KB012442

군림천하 27

1판 1쇄 발행 2014년 9월 5일
1판 2쇄 발행 2017년 12월 13일

지은이 I **용대운**
발행인 I 신현호
편집장 I 이석원
편집 I 이호준 고동남 송영규 이혜영 최종건 김지인
편집디자인 I 한방울
영업·관리 I 김민원 이주형 조인희

펴낸곳 I ㈜ 디앤씨미디어
등록 I 2002년 4월 25일 제20-260호
주소 I 서울시 구로구 디지털로 26길 111 JnK디지털타워 503호
전화 I 02-333-2513(대표)
팩시밀리 I 02-333-2514
E-mail I papy_dnc@hanmail.net
홈페이지 I www.ipapyrus.co.kr

값 9,000원

ISBN 978-89-267-3157-4 04810
ISBN 978-89-267-1535-2 (SET)

君臨天下

용대운 대하소설

군림천하

4부 천하의 문[天下之門]

27

향로무당(向路武當) 편

PAPYRUS
파피루스

目次

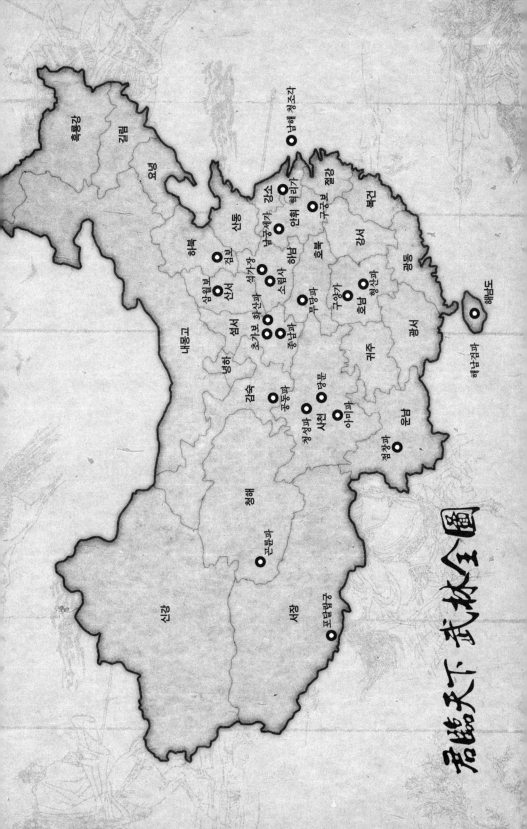

제 272 장
암천혈야(暗天血夜)

제 272 장 암천혈야(暗天血夜)

마치 어둠 전체가 그들을 향해 몰려오는 것 같았다. 그 정도로 어둠 속에서 튀어나온 인영들의 숫자는 적지 않았다. 막상 그들의 습격을 예상하고 있던 종남파의 고수들조차 당황할 정도로 엄청 난 수의 무리들이 미친 듯이 구릉 위를 향해 달려오고 있었다.

각양각색의 복장을 한 그들의 살기 어린 눈빛이 때마침 구름을 뚫고 모습을 드러낸 달빛을 받아 이글거리는 광경은 보는 이로 하여금 섬뜩한 느낌마저 들게 하고 있었다. 고함도 없이 병장기를 든 채 몰려드는 무리들의 가장 선두에는 누런 황의를 입은 십여 명의 장한들이 어깨를 나란히 하고 있었다.

동중산이 그들의 정체를 파악한 듯 진산월에게 빠르게 속삭였다.

"저 앞에 있는 황의인들은 방산동이 수족처럼 부리고 있는 황랑대(黃狼隊)의 무리들인 듯합니다. 개개인이 모두 상당한 실력을 지닌 고수들이라는 소문이 파다합니다."

어느 새 진산월 옆에는 낙일방과 전흠이 바짝 다가와 있었다. 낙일방은 묵령갑을 낀 손을 가볍게 쥐었다 펴며 담담한 모습인 반면, 전흠은 신광이 이글거리는 눈으로 전면을 노려보고 있었다. 자신만만함과 투지가 결합된 그들의 모습은 보는 것만으로도 듬직함을 느끼게 했다.

진산월은 자신들을 향해 몰려오는 무리들을 찬찬히 훑어보고 있다가 낙일방과 전흠을 돌아보았다.

"일방이 우측을 맡고, 전흠이 좌측을 맡아라. 그리고 사숙께는 중산과 제자들을 부탁드리겠습니다."

성락중이 진산월의 말 속에 숨은 뜻을 알아차리고 눈썹을 살짝 찌푸렸다.

"자네가 직접 앞으로 나설 생각인가?"

"밤이 너무 길면 악몽을 꾸기 마련입니다. 속전속결로 그들의 머리를 잘라내는 것이 오늘 밤을 쉽게 보낼 수 있는 지름길일 것입니다."

성락중은 장문인이 선봉에 나선다는 것이 못내 마음에 들지 않는 눈치였다.

하나 진산월의 말에도 일리가 있었다. 자칫 너무 시간을 끌었다가 피아(彼我)가 뒤섞인 난전(亂戰)이 벌어진다면 무공이 약한 제자들이 뜻밖의 참변을 당할지도 모르는 일이었다. 그리고 이런 살기가 가득한 싸움에는 자신보다 진산월이 훨씬 더 풍부한 경험을 가지고 있는 것도 사실이었다.

"제자들은 걱정하지 말게."

성락중이 어쩔 수 없다는 듯 살짝 고개를 끄덕이자 진산월은 한쪽에 말없이 서 있는 담옥교를 돌아보았다.

"담 소저를 번거롭게 해 드려 죄송하오. 성 사숙 옆에 있는다면 특별한 일이 없는 한 담 소저의 손에 피를 묻히는 일은 없을 거요."

담옥교는 고개를 저었다.

"내 한 몸은 스스로 지킬 수 있으니 나는 신경 쓰지 마세요."

"고맙소."

진산월은 그녀에게 살짝 고개를 숙여 보이고는 마지막으로 임영옥에게 시선을 돌렸다. 특별한 말은 하지 않았으나 임영옥은 시선을 마주치는 것만으로도 그가 무슨 말을 하려는지 알 수 있었다.

임영옥 또한 진산월을 가만히 보고 있다가 조용히 눈을 감았다 떴다.

진산월은 빙긋 웃더니 말없이 앞으로 신형을 움직였다. 그 뒤를 따라 낙일방과 전흠도 각기 우측과 좌측 방향으로 몸을 날렸다. 자신들을 향해 벌떼같이 몰려오는 무리들 속으로 주저 없이 뛰어드는 세 사람의 뒷모습은 일견 장중해 보이기조차 했다.

그 광경을 묵묵히 바라보고 있던 성락중이 동중산을 바라보았다.

"뒤쪽에서 접근하는 자들이 있을지 모르니 자네는 후방을 경계하게."

"알겠습니다."

동중산이 뒤쪽으로 가자 손풍이 슬금슬금 눈치를 보며 그 뒤를 따르려 했다. 하나 성락중은 이내 그를 불러 세웠다.

"너는 내 옆으로 오너라."

손풍은 우거지상을 지으며 어쩔 수 없이 성락중이 있는 곳으로 다가왔다.

"저도 제 한 몸은 지킬 수 있는데……."

성락중은 엄한 눈으로 그를 쏘아보았다.

"장문인의 지시를 듣지 못한 게냐? 아니면 면벽 일 년을 그리도 받고 싶은 것이냐?"

손풍은 찔끔하여 입을 다물었다.

천하에 무서운 것이 없는 손풍이었으나, 자신을 위해서 열흘이나 모진 고생을 한 성락중에게는 미안함과 고마운 마음을 가지고 있었기 때문에 그의 말에 고분고분하지 않을 수 없었다.

성락중은 손풍이 조용히 있자 이번에는 유소응을 슬쩍 살펴보았다. 유소응은 수많은 무리들의 습격에도 전혀 동요하는 빛 없이 침착함을 유지하고 있었다. 성락중은 그 모습에 다시 한 번 감탄을 금치 못하면서도 마음 한구석으로는 안쓰러운 생각이 들었다.

'어려서부터 모진 고생을 했다고 하더니 그래서인지 나이답지 않게 진중하구나. 무인(武人)으로 대성하기에 좋은 성격이기는 하지만, 그동안 저 어린것이 얼마나 많은 고난을 겪었을지를 생각하니 가슴이 아프구나.'

성락중의 시선은 다시 임영옥에게로 향했다.

사실 성락중은 임영옥에 대해 거의 아는 것이 없었다. 그도 그럴 것이 그가 종남파를 떠날 때 임영옥은 불과 두세 살의 어린아이였고, 그 뒤로 그가 다시 임영옥을 본 것은 이십여 년이 지난 구궁보에서였으니 그녀에 대한 기억이 있을 리 없었다.

하나 그녀의 모친인 두란향은 지금도 생생하게 기억하고 있었다.

두란향은 정말 미인이었고, 조용하고 현숙한 여인이었다. 임영옥의 외모는 그런 두란향을 많이 닮았고, 그 기질은 아버지인 임장홍과 유사한 면이 있었다. 그래서인지 성락중은 그녀를 만났을 때부터 오래전부터 알고 지내던 사이처럼 친숙한 느낌이 들었다.

성락중은 그녀를 알게 된 지 얼마 되지 않았으나 그녀가 무척 차분하고 조용한 성품의 소유자임을 알고 있었고, 그녀와 진산월이 얼마나 서로를 위하는지 충분히 짐작하고 있었다. 지금도 그녀는 깊게 가라앉은 눈으로 장내의 격전을 바라보고 있었는데, 눈빛과 표정에 한 치의 흔들림도 없었다. 그 표정 속에 진산월에 대한 확고한 믿음이 자리하고 있음을, 성락중은 어렵지 않게 짐작할 수 있었다.

성락중이 한 가지 궁금해 하는 것은 그녀의 무공이 어느 정도냐 하는 것이었다. 겉으로 본 그녀는 무공을 익히지 않은 사람처럼 평범해 보였으나, 걷는 자세나 사소한 동작에서 가끔씩 드러나는 현기(玄機)를 보면 절정 고수에 못지않은 면이 있었다.

그렇다고 그녀가 자신에 버금가는 절정 고수라고 생각하기에는 나이도 어리고 기세도 대단치 않았다.

'동중산은 사 년 전만 해도 그녀의 검법이 장문인을 능가했었다고 말했었지. 그녀가 부상을 당하지 않고 계속 검법에 매진했다면 지금쯤 상당한 실력을 보유했을 텐데 정말 아쉬운 일이구나.'

성락중은 절정 고수의 숫자가 절대적으로 부족한 종남파의 현실 때문에라도 그녀의 상황이 너무도 안타깝게 느껴졌다.

성락중이 그녀를 응시하고 있자 그녀가 그 시선을 느꼈는지 그를 돌아보았다.

시선이 마주치자 임영옥은 살짝 웃어 보였다. 성락중도 마주 웃어 주었으나, 그때 그의 마음속에는 한 가지 생각이 문득 떠올랐다.

'내가 그녀의 기세를 읽지 못한다는 건 두 가지 경우 중 하나일 것이다. 그녀가 부상 이후 거의 무공을 상실했거나……'

성락중의 눈에 한 줄기 신광이 번뜩이고 지나갔다.

'아니면 그녀의 경지가 내가 알아차리기 힘들 정도로 뛰어나거나……'

그의 생각은 더 이어질 수 없었다. 순간 처절한 비명이 밤하늘을 갈가리 찢어 놓았기 때문이다.

"으악!"

시선을 돌린 성락중의 눈에 하얀 검광을 사방으로 날리는 진산월과 그 검광에 격중 되어 피를 뿌리며 쓰러지는 장한의 모습이 들어왔다. 본격적으로 피의 밤이 시작되려 하고 있는 것이다.

진산월은 담담한 눈으로 전면을 바라보았다. 그의 주위에는 열

다섯 명이나 되는 황의인들이 에워싸고 있었고, 바닥에는 세 구의 시신이 피바다 속에 누워 있었다. 짧은 격전이었으나 서로 간의 실력을 파악하기에는 충분한 시간이었다.

황의인들은 장강십팔채의 총채주인 천교자 방산동 휘하에 있는 세 개의 무력 단체 중 하나인 황랑대의 대원들이었다. 황랑대와 흑수단(黑獸團), 그리고 방산동의 최측근 수하들인 혈염조(血染組)가 방산동의 삼대 무력단체였다. 그중에서도 황랑대는 가장 많은 인원을 보유하고 있었는데, 그들 개개인이 하나같이 무시할 수 없는 실력을 지닌 일급 고수들이었다.

특히 그들은 합격진에 능했는데, 지금 그들이 펼친 십팔천멸진(十八天滅陣)은 강호의 절정 고수들을 상대하기 위해 특별히 만들어진 것이어서 적지 않은 실력자들이 이 절진에 갇혀 제대로 실력도 발휘해 보지 못하고 비명횡사하고 말았다.

하나 진산월은 불과 오초 만에 십팔천멸진을 뚫고 그들 중 중심이 되는 세 명을 검하고혼(劍下孤魂)으로 만들어 버렸다. 그 때문인지 나머지 열다섯 명의 황랑대원들은 모두 바짝 긴장한 표정으로 진산월을 둘러싼 채 섣불리 공격하지 못하고 있었다.

진산월은 여유 있는 모습으로 주위를 둘러보다가 낙일방이 머리를 산발한 거구의 괴인과 치열한 공방을 벌이는 장면을 목격했다. 그 산발 괴인은 피처럼 붉은 장법(掌法)을 사용하고 있었는데, 언뜻 보기에도 패도적인 기운이 물씬 풍겨 나왔다. 두 사람의 싸움은 상당히 치열해서 주위에 적지 않은 인원들이 있음에도 누구도 섣불리 그들의 싸움에 끼어들지 못하고 있었다.

다른 한쪽에서는 전흠이 선불 맞은 멧돼지처럼 많은 무리들 속을 헤집고 있었는데, 그의 주위에 검은색 장포를 걸친 인물들이 하나둘씩 늘어서면서 차츰 행동반경이 좁혀들고 있었다. 진산월은 아마도 그 흑포인들이 흑수단의 인물들일 거라고 추측했다.

진산월을 에워싼 황랑대원들은 진산월이 자신들은 신경도 쓰지 않고 주변의 상황을 살피고 있자 당혹감과 분노를 이기지 못하는 표정들이었다. 그럼에도 그들 중 누구도 섣불리 덤벼들지 못하는 것은 조금 전에 겪은 환상적인 검법의 무서움을 너무도 뼈저리게 느꼈기 때문이었다. 단순한 듯하면서도 현묘한 몇 번의 칼질에 그토록 완벽했던 십팔천멸진이 너무도 어이없이 허물어졌던 것이다. 게다가 진의 주축이 되는 세 명의 고수들이 모두 쓰러진 탓에 더 이상 진법을 펼치기도 어려운 상황이었다.

그들이 엉거주춤한 자세로 서 있을 때, 진산월은 주위를 둘러보면서도 한편으로는 속으로 숫자를 헤아리고 있었다.

'넷…… 다섯…… 여섯…….'

진산월이 여덟까지 헤아렸을 때, 그의 발밑에서 몇 개의 인영이 솟구쳐 올랐다.

파앗!

주변의 땅거죽이 송두리째 뒤집히며 여덟 개의 날카로운 섬광이 그의 전신을 찔러 왔다. 그 속도와 기세는 맹렬하기 이를 데 없어서 땅 속에서의 암습이 아니었더라도 충분히 위협적이었다.

진산월은 한 차례 몸을 돌리며 수중의 용영검을 질풍처럼 휘둘렀다.

따따땅!

귀청을 찢을 듯한 음향이 거푸 터져 나오며 몇 개의 인영이 사방으로 튕겨져 나갔다. 그 속에 진한 피비린내가 화악 풍겨났다.

그런데도 비명 소리는 전혀 들리지 않았다. 오히려 튕겨졌던 인영들 중 몇이 더욱 빠른 속도로 달려들고 있었다. 달려들지 않은 인영들은 허리가 갈라지거나 가슴이 베인 채 미동도 않고 있는 시신들뿐이었다.

한동안 기합 소리도, 신음성도 없는 침묵 속에 칼날이 스치는 소리만이 주위의 공기를 갈랐다.

사악사악…….

수십 개의 검광이 허공을 수놓고, 핏물이 사방에 자욱하게 뿌려졌다.

마침내 검광이 모두 사라졌을 때, 장내에는 여덟 개의 새로운 시신이 생겨났다.

그 시신들은 온몸에 짙은 고동색 기름옷을 걸친 인물들이었는데, 하나같이 손에 두 자 길이의 쇠꼬챙이를 들고 있었다. 그들은 교묘하게도 땅속으로 파고들어 진산월의 발밑까지 도달한 다음에 암습을 펼쳐 왔던 것이다.

진산월도 아무 생각 없이 그대로 있거나 십팔천멸진에서 허우적거리고 있었다면 그들의 접근을 알아차리지 못했을 수도 있었다. 하나 그가 예상보다 빨리 십팔천멸진을 파해하는 바람에 그들의 은밀한 습격이 쉽게 발각되어 버린 것이다. 목숨이 끊어질 때까지도 누구도 비명 한마디 지르지 않는 것으로 보아 그들이 얼마나 무서운 수련을 겪은 자들인지 어렵지 않게 짐작할 수 있었다.

진산월은 몰랐지만, 그들은 장강십팔채의 살수조직인 온서당(瘟鼠堂)의 고수들이었다. 온서당에는 수서(水鼠)와 혈서(血鼠), 비서(飛鼠), 맹서(盲鼠)의 네 개 조직이 있었는데, 이들은 그들 중 맹서일호부터 팔호였다.

진산월이 수중의 용영검을 채 갈무리하기도 전에 다시 세 개의 인영이 그를 향해 달려들었다.

진산월이 막 그들을 향해 검을 휘두르려는 순간, 주위에 석상처럼 늘어서 있던 열다섯 명의 황의인들이 일제히 몸을 움직였다. 그러자 진산월을 향해 달려들던 세 명의 인영들이 재빨리 그들과 뒤섞여 버렸다. 자연스레 중심축이 무너져 와해되었던 십팔천멸진이 다시 되살아나면서 삼엄한 기운이 진산월을 에워싸 버렸다.

그들의 능숙한 동작과 자연스런 진법에의 합류는 진산월에게 경각심을 불러일으켰다.

원래 한번 무너졌던 진법이 다시 발동되는 것은 절대로 쉬운 일이 아니었다. 진법이란 것은 사전에 치밀하게 짜인 체계를 바탕으로 오랫동안 손발을 맞춰야만 비로소 그 위력을 발휘할 수 있는 법이다. 그래서 즉흥적으로 인원을 교체한다고 해서 본연의 위력을 낼 수는 없었다.

그런데 뒤에 나타난 세 사람은 너무도 능숙하고 자연스럽게 진법의 중심축으로 들어가 진법을 발동시켰던 것이다. 그것은 그들이 십팔천멸진을 완벽하게 이해하고 있지 않고서는 불가능한 일이었다. 더구나 진산월을 공격할 듯하면서 슬쩍 방향을 돌려 황량

대에 합류하는 신법의 움직임은 가히 절정 고수의 그것에 못지않은 것이었다.

그들이 가세하자 진법의 위력이 조금 전과는 천양지차로 강력해졌다. 단순히 세 명의 인원이 바뀌었을 뿐인데 진산월에게 가해지는 압력이 두 배는 더 가중되는 것 같았고, 진법 속에서 움직이는 황의인들의 동작 또한 훨씬 더 빠르고 민첩해졌다.

진산월은 자신을 향해 무서운 기세로 날아오는 칼날을 슬쩍 피하며 용영검을 횡으로 쓸어갔다. 방금 전만 해도 상대의 공세 속을 유연하게 파고들던 용영검이 멈칫거리며 검의 방향이 살짝 바뀌었다. 열여덟 명의 진기로 형성된 진법의 위력이 조금 전과는 달리 그의 검에 실린 기운을 감당해 내고 있는 것이다.

그런 상황이 몇 번 반복되자 진산월은 대응 방법을 바꾸었다.

다시 하나의 칼날이 가슴 부위를 날카롭게 찔러 오자 진산월은 피하지 않고 이번에는 용영검으로 칼날을 후려쳤다.

땅!

칼날이 금시라도 부러질 듯 크게 휘어지며 칼을 잡고 있던 황의인이 비틀거리며 뒤로 물러났다. 진산월은 그를 향해 바짝 다가섰으나, 어느새 두 자루의 칼이 그의 양쪽 옆구리를 파고들었다. 그 칼날들이 날아오는 각도가 상당히 예리해서 어느 쪽으로 피하든 한쪽 칼날에 격중될 수밖에 없어 보였다.

진산월은 피하지 않고 이번에도 번개같이 용영검을 휘둘러 두 자루의 칼날을 후려쳤다. 그 속도가 어찌나 빨랐던지 두 자루의 칼과 용영검이 부딪힌 것이 동시에 일어난 일 같았다.

따당!

격렬한 마찰음과 함께 다시 두 명의 황의인들이 주춤거리며 뒤로 한 걸음 물러섰다. 하나 그 순간, 진산월의 앞뒤에서 네 자루의 칼날이 각기 다른 방위를 노리고 날아들었다.

일단 한 번 칼을 마주치게 되자 계속 검으로 칼을 부딪쳐 물리치는 것 외에는 다른 방법이 없었다. 피할 수 있는 방위가 모두 상대의 공세 속에 봉쇄되어 버린 것이다.

진산월이 다시 용영검으로 네 개의 칼날을 튕겨 내자 이번에는 여덟 자루의 칼날이 폭포수처럼 그의 전신으로 쏘아져 왔다. 마치 천지사방이 온통 칼날의 홍수 속에 파묻힌 듯한 착각이 들 정도였다.

이것이야말로 십팔천멸진의 가장 무서운 점이었다. 계속 피한다면 모르되, 한 번이라도 칼날을 부딪치게 되면 가공할 연환공격의 수렁 속으로 빠져들게 되는 것이다. 더구나 그 공격이 두 배씩 가중되는 방식이라 뛰어난 무공을 지닌 절정 고수라도 낭패를 당하기 일쑤였다. 고수의 수는 많지만 절정의 무공을 지닌 실력자가 부족한 장강십팔채가 나름대로 고심한 끝에 마련한 대일인합격진(對一人合擊陣)다운 위력이 아닐 수 없었다.

진산월은 그 자리에서 빠르게 선회하며 용영검을 질풍처럼 휘둘렀다.

파파파파…….

사방이 온통 칼 그림자와 검광에 휩싸였다. 그와 함께 폭죽 같은 검기가 거세게 휘몰아치며 자욱한 흙먼지가 장내를 완전히 뒤덮어 버렸다.

진산월은 자신의 전신을 노리고 날아든 여덟 자루의 칼날을 모두 격퇴시켰으나 손에 상당한 충격을 받아야만 했다. 하나 그 순간, 눈도 뜨기 어려운 흙먼지 속에서 세 가지의 섬뜩한 기운이 자신의 미간과 심장, 그리고 뒤통수를 향해 날아드는 것을 느꼈다.

그것은 유난히 얇고 날카로운 세 자루의 면도(緬刀)였다. 종잇장처럼 얇은 그 면도들이 다가오는 기세는 너무도 은밀했을 뿐 아니라 음험하기 그지없어서, 진산월이 면도들의 접근을 알아차렸을 때는 이미 손을 내뻗으면 닿을 정도로 가까운 거리에 도달해 있는 상황이었다.

진산월이 처음 하나의 칼날을 쳐 낸 후 세 번의 연환 공격을 받고 다시 세 개의 면도에 암습을 당할 때까지는 불과 숨을 몇 번 내쉴 정도의 짧은 시간밖에 흐르지 않았다. 그만큼 숨 돌릴 틈도 없이 톱니바퀴처럼 정교하고 치밀한 공격이 이어지고 있는 것이다.

진산월은 무표정한 얼굴로 한 차례 몸을 휘청거렸다. 그러자 무서운 기세로 앞뒤로 날아들며 금시라도 진산월의 미간과 뒤통수를 꿰뚫을 듯하던 두 개의 면도가 헛되이 허공을 가르며 지나갔다. 하나 그의 심장을 노리고 날아들던 마지막 면도는 어느새 그의 가슴에 거의 닿아 있었다.

땅!

날카로운 음향이 장내를 뒤흔들었다. 진산월의 가슴을 뚫어 버릴 듯했던 면도는 용영검에 막혀 허공으로 튕겨져 나갔다. 그와 함께 수직으로 세워져 진산월의 가슴을 보호하던 용영검이 흙먼지 속을 뚫고 무서운 속도로 앞으로 전진했다.

막 면도를 날려 진산월의 가슴을 노렸다가 실패한 황의인이 헬쑥해진 얼굴로 뒤로 물러나려 했으나 용영검은 어느새 그의 목을 스치고 지나갔다. 피가 분수처럼 뿜어져 나오며 그의 몸이 바닥에 쓰러질 때, 용영검은 다시 우윳빛 검광을 뿌리며 조금 전에 진산월의 이마와 뒤를 노렸던 두 명의 황의인에게 다가갔다.

허공을 마음대로 유영(遊泳)하는 듯 하는 용영검의 움직임은 너무도 매끄럽고 신묘했다. 그것은 도저히 사람의 손에서 움직이는 검이라고 볼 수 없었다. 오히려 제 스스로 영성(靈性)을 가지고 살아서 움직이는 미지의 생명체 같았다.

두 황의인은 사력을 다해 몸을 피하려 했으나 용영검의 예리한 검날은 순식간에 한 치의 착오도 없이 그들의 몸을 가르고 지나갔다.

그들 세 황의인들은 뒤늦게 십팔천멸진을 발동한 인물들로, 실질적인 황랑대의 우두머리인 장강삼랑(長江三狼) 도씨(都氏) 형제였다. 그들은 먼저 수하들을 내세웠다가 상대의 방심이나 빈틈을 노려 십팔천멸진을 재발동하는 수법을 곧잘 사용했는데, 이들의 이런 교묘한 수법에 당해 낭패를 본 고수들이 적지 않았다.

장강삼랑의 신형이 질펀한 피바다 속에 누워 꿈틀거리고 있을 때, 용영검은 다시 허공에서 미묘하게 움직이며 나머지 열다섯 명의 황의인들을 향해 날아가고 있었다.

파파팍!

"크아악!"

눈부신 검광과 시뻘건 혈화(血花)가 동시에 뿜어 나오며 장내에 한 폭의 지옥도가 펼쳐졌다. 새하얀 검광이 움직일 때마다 붉은 핏물이 검은 하늘을 뚫고 사방을 붉게 물들이고 있는 모습은 일견 처절하면서도 섬뜩한 아름다움을 느끼게 하는 것이었다.

막 진산월이 마지막 황의인을 베어 넘기고 있을 때였다. 갑자기 차가운 무언가가 그의 가슴을 향해 날아들었다. 진산월은 마지막 황의인의 목을 가름과 동시에 용영검으로 그것을 후려쳤다.

따앙!

주위를 뒤흔드는 음향이 터져 나오며 진산월의 신형이 한 차례 살짝 휘청거렸다.

진산월은 용영검이 후려친 물체를 바라보았다. 그것은 하나의 작은 손도끼였다. 붉은색 수실이 달린 그 손도끼는 용영검에 격중되어 허공으로 튕겨져 오르더니 이내 한 사람의 손에 들어갔다.

그는 비쩍 마른 체구에 얼음장처럼 차가운 눈빛을 지닌 흑의인이었다. 그의 허리춤에는 일곱 개의 각기 다른 색 수실을 지닌 손도끼들이 주렁주렁 매달려 있었는데, 그 모습은 왠지 우스꽝스러우면서도 섬뜩한 느낌을 불러일으켰다.

다시 어디선가 어슬렁거리며 나타난 두 명의 인물들이 흑의인과 어깨를 나란히 한 채 진산월을 보고 우뚝 섰다.

한 사람은 머리를 허리까지 늘어 뜨린 우람한 체구의 황포인이 있었는데, 허리춤에 두 개의 분수아미자(分手蛾眉刺)를 꼽고 있었다.

다른 한 사람은 얼굴에 흉터가 가득한 추악한 인상의 남의인이었다. 어찌나 많은 상처가 있었는지 원래의 얼굴이 어떠한지를 짐작조차 할 수 없을 정도였다. 그 남의인의 손에서는 기다란 송곳을 연상시키는 쇄겸도(鎖鎌刀)가 섬뜩한 빛을 발하고 있었다.

다시 등 뒤에서 인기척을 느낀 진산월이 뒤를 돌아보자 그의 뒤편에도 어느새 두 명의 인물들이 서 있었다.

그들은 각기 홍의와 알록달록한 화의를 입은 사십 대 중반의 인물들이었는데, 하나같이 살벌한 인상에 거친 눈빛을 하고 있었다. 홍의인은 양쪽으로 날이 달린 장창(長槍)을, 화의인은 유성추(流星鎚)를 들고 있었는데, 유성추 끝의 가시가 잔뜩 달린 쇠뭉치가 유난히 시선을 끌었다. 그 가시의 끝에 푸르스름한 빛이 어른거리는 것으로 보아 극독(劇毒)을 바른 것이 분명해 보였다.

그들 다섯 명은 진산월을 에워싼 채 아무런 말이 없었다.

진산월은 그들이 장강십팔채를 이끄는 수뇌 인물들임을 짐작했으나, 각각의 정체는 알 수 없었다. 다만 아무리 보아도 소문으로 들었던 천교자 방산동의 인상착의와 일치하는 자가 없어 다소 의아한 생각이 들었다.

알려지기로 방산동은 상당한 거구에 기이하게 생긴 기형도(畸形刀)를 쓴다고 했다. 그런데 자신을 둘러싼 다섯 명은 물론이고 주위를 둘러보아도 그와 비슷하게 생긴 자나 기형도를 쥔 자는 보이지 않았다.

"방산동은 어디 있나?"

진산월의 물음에도 그들은 아무런 대답이 없었다. 모두 입을 굳게 다문 채 살기가 가득 담긴 흉흉한 눈으로 진산월을 노려보고 있을 뿐이었다.

진산월은 그들의 살벌한 기세에도 아랑곳하지 않고 태연히 장내의 상황을 살펴보았다.

낙일방과 산발 괴인의 싸움은 거의 막바지에 이르러 있었다. 낙일방은 여전히 두 주먹을 매섭게 휘두르고 있는 반면에 산발 괴인의 장력은 붉은 기가 거의 가셔서 한눈에 보기에도 승패가 판가름 날 시기가 머지않았음을 알 수 있었다.

낙일방이 주먹을 휘두를 때마다 산발 괴인이 움찔거리며 뒤로 물러나는 모습을 보고 있던 진산월은 이번에는 전흠에게 시선을 돌렸다.

전흠은 낙일방보다 훨씬 험하고 힘든 싸움을 하고 있었다.

그의 주위에는 십여 명의 흑포인들이 맹렬한 공세를 펼치고 있었는데, 바닥에 대여섯 구의 시신들이 널려 있기는 했지만 전흠의 몸에도 몇 군데의 상처가 나 있어 그다지 좋은 상황으로 보이지는 않았다. 그들 외에도 적지 않은 무리들이 주위를 에워싸고 있었으나, 그 무리들 중 특별히 경계할 만한 자는 눈에 뜨이지 않았다.

빠르게 장내를 둘러본 진산월은 안도감과 의아함이 동시에 들었다. 전흠이 비록 어려운 싸움을 하고 있기는 하지만 충분히 감당할 수 있는 상태였고, 낙일방은 이미 완전한 우세를 점하고 있었다. 자신을 에워싸고 있는 다섯 명의 고수들만 제거하면 오늘 밤의 싸움은 대충 정리될 수 있을 것 같았다. 그런데 이들의 우두머리인 방산동의 모습이 보이지 않으니 의아한 생각이 들지 않을 수 없었던 것이다.

설마 방산동은 수하들만으로 종남파의 고수들을 쓰러뜨릴 수 있다고 생각했단 말인가? 아니면 습격을 하려다 막상 자신들의 실력을 보고 겁이 덜컥 나서 몸을 피한 것이란 말인가?

그게 아니라면 무언가 다른 의도를 품고 있음이 분명한데, 그것을 확실히 알 수 없다는 것이 진산월의 마음을 껄끄럽게 만들었다.

하나 진산월의 생각은 더 이어지지 않았다. 진산월을 둘러싸고 있던 다섯 명의 고수들이 약속이나 한 듯이 일제히 그를 향해 달려들었기 때문이다.

사방이 온통 칼바람과 검 그림자, 그리고 때때로 터져 나오는 비명 소리에 뒤덮여 있었다. 멀리서 보고 있기만 해도 현장에서 흘러나오는 거친 숨소리가 귓전에 들려오는 것만 같았다. 성락중은 어둠 속에서 벌어지는 혈전에서 시선을 떼지 못한 채 한참이나 안력을 돋우어 상황을 살펴보고는 내심 안도의 한숨을 내쉬었다.

'다행히 큰 피해 없이 저들을 물리칠 수 있을 것 같구나.'

장문인이야 그 실력이 대단함을 알고 있으니 큰 걱정을 하진 않았지만 낙일방과 전흠이 혹시라도 신상에 변을 당할까 싶어 내심 우려했던 성락중은 낙일방이 일방적인 우세를 점하고 전흠 또한 하나둘씩 자신을 상대하던 자들을 쓰러뜨리고 있자 조금씩 안도하기 시작했다.

그래도 혹시나 하는 생각에서 특별히 전흠에게 시선을 집중시킨 채 만약의 사태에 대비하고 있었다. 전흠이 때때로 상대의 공세에 부상을 당해서 몸의 여기저기에 자잘한 상처를 입고 있음을 보았기 때문이다.

그때 문득 성락중은 자신의 옆으로 누군가가 다가오는 기척을 느꼈다. 슬쩍 고개를 돌려보니 의외로 담옥교가 바로 옆에 서 있었다.

"무슨 일이시오, 담 소저?"

성락중의 물음에 그녀는 담담한 음성으로 대꾸했다.

"뒤에서 가만히 있으려니 조금 답답한 생각이 들어서요."

담옥교는 도봉황이라는 별호답게 무공이 뛰어날 뿐만 아니라 어려서부터 고수들과의 싸움을 마다하지 않던 적극적인 성격의 소유자였다. 그녀가 강호에 명성을 날리게 된 계기도 강남 일대의 이름난 도객들과 벌인 비무에서 모두 승리했기 때문임을 생각해 본다면, 당장 눈앞에서 벌어지고 있는 피비린내 나는 싸움에 그녀의 손이 근질거리는 것도 당연한 일이었다.

성락중은 그녀가 당장이라도 도를 꺼내 들고 장내의 싸움에 뛰어들 것처럼 보였는지 부드러운 말로 그녀를 달랬다.

"이번 일은 본 파 때문에 벌어진 것이니 본 파의 손으로 해결하는 것이 순리일 것이오. 굳이 담 소저께서 도와주시지 않아도 본 파의 힘으로 충분히 감당할 수 있으니 담 소저는 너무 염려하지 마시오."

점잖은 말이었으나, 그 속에 숨은 뜻은 명백한 것이었다. 담옥교 또한 섣불리 나설 생각은 없어 보였다. 다만 그녀로서는 보기 드문 처절한 혈전으로 인해 잠시 무인 특유의 호승심이 들끓었던 모양이었다.

　그녀는 묵묵히 싸움을 벌이고 있는 종남파의 고수들을 차례로 바라보더니 이내 진산월에게로 시선을 고정시켰다. 그때 진산월은 다섯 명의 고수들에 둘러싸인 채 맹렬한 공방을 벌이고 있었는데, 그들의 싸움이 어찌나 격렬했던지 상당히 멀리 떨어진 이곳에서도 살벌한 기운을 감지할 수 있을 정도였다.

　담옥교는 진산월이 상대하는 다섯 명의 고수들을 유심히 살펴보다가 나직한 음성으로 말했다.

　"저들은 아무래도 장강십팔채의 채주들인 것 같군요."

　성락중 또한 진산월과 싸우는 다섯 명의 고수들이 하나같이 범상해 보이지 않아서 주목하고 있던 참이라 그녀의 말에 급히 반문했다.

　"저자들이 누구인지 아시오?"

　담옥교는 살짝 고개를 끄덕였다.

　"직접 본 적은 없어도 인상착의만으로 짐작할 수 있지 않을까 싶군요. 저들 중 일곱 가지 색깔의 도끼를 사용하는 흑의인은 칠색악부(七色惡斧) 정탁(丁卓)일 거예요. 그리고 양손에 분수아미자를 든 황포인은 탈명염라(奪命閻羅) 추해일(秋海溢)이고, 얼굴이 상처투성이인 남의인은 파면도부(破面屠夫) 악숭(岳崇)이 분명해 보이는군요."

　그녀는 장강십팔채의 채주들에 대해 자세히 알고 있는지 다섯 명을 설명하는 데 있어 추호의 망설임도 없었다.

　"장창을 휘두르는 홍의인은 색명창(索命槍) 탕월(蕩越), 그리고 유성추를 든 화의인은 비류귀견수(飛流鬼見愁) 동일소(童日蘇)일 거예요. 저들 중 정탁과 동일소는 십팔채주들 중에서도 손꼽히는 고수들이에요."

성락중은 새삼스러운 눈으로 그녀를 돌아보았다.

"담 소저의 견문이 이토록 넓을 줄은 미처 몰랐구려."

"별로 그렇지는 않아요. 다만 본 가의 영역 중 상당 부분이 장강을 접하고 있어서 늘 장강십팔채의 무리들을 주시하고 있기에 그들에 대해 상세한 정보를 가지고 있을 뿐이에요."

"이곳에 저자들 외에 십팔채의 다른 채주들도 있소?"

담옥교의 시선이 낙일방과 싸우고 있는 홍의 괴인에게 잠깐 고정되었다.

"낙 소협이 상대하고 있는 자가 장강십팔채 중 가장 세력이 큰 혈응채(血鷹寨)의 채주인 패천혈장(覇天血掌) 강태독(江泰獨)이에요. 그는 장력만으로는 능히 장강십팔채의 채주들 중 최고의 고수일 뿐 아니라 강남 무림에서도 손꼽히는 인물인데, 오늘은 아주 제대로 된 임자를 만났군요."

그녀가 보고 있는 와중에도 강태독은 낙일방의 주먹에 정신없이 밀리고 있었다. 누가 보아도 얼마 안 가서 그가 쓰러질 것이 분명해 보였다.

"그 외에 다른 채주들은 없소?"

그녀는 다시 한 차례 주위를 둘러보고는 이내 고개를 저었다.

"그들 외에는 보이지 않는군요."

성락중은 살짝 눈썹을 찌푸렸다.

'이상하군. 열여덟 명의 채주들 중에서 절반이 넘는 인원이 모습을 드러내지 않았을 뿐 아니라 총채주인 방산동 또한 나타나지 않았다. 이자들은 설마 이들만으로 본 파를 상대할 수 있다고 생각했단 말인가? 아니면 다른 무슨 계책을 부리려 하고 있는 것인가?'

성락중은 불현듯 불안한 생각이 들어 주위를 빠르게 훑어보았다.

그와 이삼 장 떨어진 곳에서 유소응과 손풍이 손에 땀을 쥐고 장내의 격전을 정신없이 바라보고 있었고, 그들 옆에는 임영옥이 조용히 서 있었다. 그녀의 신색은 여전히 담담해서 피가 튀기고 비명이 난무하는 혈전을 코앞에서 목도하고 있는 사람 같지 않았다.

다시 그들에게서 오 장쯤 떨어진 뒤편에서 동중산이 후위를 지키고 있는 모습이 시야에 들어왔다.

그들이 있는 곳은 제법 커다란 구릉의 정상 위였고 숲에서도 상당히 떨어져 있어서, 몰래 암습을 하거나 접근을 하기가 거의 불가능한 위치였다. 성락중은 다시 한 번 이런 절묘한 곳에 자리를 잡은 동중산의 안목에 감탄하지 않을 수 없었다.

그런 그의 생각을 비웃기라도 하듯 갑자기 멀리 떨어진 숲의 수풀이 흔들리며 한 떼의 인영이 나타났다. 힐끗 보는 것만으로도 하나같이 평범치 않은 기도를 지닌 인물들임을 알 수 있었다.

성락중은 무의식적으로 그들의 숫자를 헤아렸다. 모두 여덟 명이었다.

'지금까지 나타난 채주들이 여섯 명에 다시 여덟이면 모두 열넷이다. 그렇다면……'

그는 재빨리 주위를 둘러보았다.

아니나 다를까? 강태독을 일방적으로 몰아붙이고 있던 낙일방에게 다시 두 명의 고수들이 가세를 하여 맹렬한 공격을 퍼붓고 있었다. 그 바람에 완전히 패색이 짙었던 강태독이 다시 힘을 얻었는지 낙일방에 팽팽히 맞서기 시작했다.

전흠의 상태는 더욱 위태로웠다. 그럭저럭 흑수단을 상대로 선전을 하고 있던 전흠 또한 갑작스럽게 나타난 두 명의 고수들에게 합공을 당하고 있었는데, 언뜻 보기에도 그들 개개인의 무공이 전흠과 큰 차이가 나지 않아 그야말로 악전고투를 하고 있었다.

그나마 다행인 것은 진산월 쪽으로는 추가로 가세하는 자들이 없다는 점이었다. 하나 진산월도 다섯 명의 합공을 짧은 시간 내에 돌파하기는 어려워 보였다. 그것은 그들이 진산월을 쓰러뜨리기보다는 진산월을 봉쇄하는 데 주력하고 있기 때문이었다. 그들 개개인의 무공은 진산월의 상대가 되지 못했으나, 특이한 합격술(合擊術)로 진산월의 발길을 묶는 것은 어느 정도 성공을 거두고 있는 것 같았다.

성락중은 빠르게 사태를 파악하고는 동중산을 불렀다.

"중산, 자네는 소응과 손풍을 보호하게."

동중산 또한 새롭게 나타난 자들이 하나같이 심상치 않은 고수들임을 알아보았는지 표정이 무겁게 굳어져 있었다.

"알겠습니다. 사숙조께선……."

성락중은 그 말에는 아무 대답 없이 임영옥을 돌아보았다. 임영옥의 차분한 눈빛을 보자 성락중은 왠지 모르게 바짝 긴장했던 마음이 풀어지는 것 같았다.

"너는 괜찮겠느냐?"

성락중의 물음에 임영옥은 조용한 음성으로 입을 열었다.

"저는 걱정하지 마십시오, 사숙."

성락중은 그녀의 얼굴을 가만히 바라보고 있다가 고개를 끄덕였다.

"너를 믿겠다."

이어 그는 담옥교를 돌아보았다. 담옥교는 그가 바라보는 의미를 알고 있는지 자신의 옆구리에 매달려 있는 칼집을 두드렸다.

"내 한 몸은 내가 지킬 수 있으니 성 대협께서는 신경 쓸 필요 없어요."

"고맙소."

성락중은 그녀에게 살짝 고개를 숙이고는 이내 몸을 날렸다.

그의 신형은 단숨에 오 장을 훌훌 날아 자신들에게 다가오는 여덟 명의 인영들 앞으로 떨어져 내렸다. 어느새 뽑아 들었는지 그의 손에 들린 장검에서 뿌연 검광이 폭죽처럼 피어오르고 있었다.

여덟 명의 인영들은 메뚜기처럼 사방으로 흩어졌다가 그들 중 네 명이 성락중에게 달려들었고, 다른 네 명은 성락중을 피해 나머지 일행들이 있는 곳으로 돌진해 들어왔다. 사전에 치밀하게 계획된 듯한 그들의 움직임은 일사불란했으며, 동작에 한 치의 망설임도 없었다.

동중산이 유소응과 손풍을 자신의 뒤로 물러나게 하며 그들을 향해 맞서려 했을 때, 담옥교가 먼저 움직였다.

"비켜서세요!"

담옥교의 외침에 동중산이 몸을 멈추자 담옥교의 신형이 그의 머리를 뛰어넘어 네 명의 인영들을 향해 쏘아져 갔다. 그 움직임은 그야말로 한 마리 봉황처럼 우아하면서도 신묘한 것이었다.

네 명의 인영들이 다시 흩어져 그들 중 두 명은 담옥교의 앞을 가로막았고, 나머지 두 명이 일행들을 향해 달려들었다. 담옥교는 자신을 피해 옆으로 움직이는 자들을 제지하려 했으나, 다른 두 명이 교묘하게 앞을 막아서며 맹렬한 공격을 퍼붓는 바람에 일시 지간 어쩔 수 없이 그들을 상대해야만 했다.

동중산이 다가오는 두 명의 앞을 막아섰다. 그러자 한 명의 인영이 동중산의 앞으로 쏘아져 오며 그를 상대했고, 다른 한 명이 동중산의 몸을 돌아 앞으로 쏘아져 갔다.

그의 전면에는 오직 임영옥, 한 사람만이 있을 뿐이었다.

막 그 인영이 임영옥을 향해 달려들려 할 때, 거친 숨소리와 함께 누군가가 그의 앞을 막아섰다.

"이놈! 면벽 일 년이 아니라 십 년을 하는 한이 있더라도 네놈은 내가 상대하겠다!"

눈을 부라리며 인영의 앞을 막아선 인물은 다름 아닌 손풍이었다.

인영은 눈을 찌푸리며 그를 노려보더니 오른손을 앞으로 내밀어 손풍의 목덜미를 향해 내뻗었다. 갈고리처럼 변한 그의 오른손 끝에 푸르스름한 기운이 어려 있는 모습이 언뜻 보기에도 섬뜩한 느낌이 들게 했다.

"이얍!"

손풍은 벼락같은 호통을 내지르며 무릎을 굽혔다가 쭉 펴더니, 두 주먹을 앞으로 번개같이 내찔렀다. 며칠 동안 나름대로 고련을 해 온 장쾌장권구식 중의 영양괘각이라는 초식이었다.

손풍의 반격이 의외로 날카로웠는지 인영이 내뻗었던 손을 빠르게 거두어들이며 뒤로 슬쩍 물러났다. 손풍은 기세등등하여 더욱 맹렬하게 인영을 향해 달려들었다.

이제 장내는 세 곳에서 벌어진 싸움으로 피아를 식별하기 어려운 난전이 벌어졌다. 그 싸움에 끼어들지 않은 사람은 나이 어린 유소응과 임영옥뿐이었다.

두 사람이 장내의 격전을 보고 있을 때, 다시 한 사람이 숲에서 걸어 나왔다. 느릿느릿 앞으로 걸어오는 그 사람은 구척에 가까운 장신에 허리춤에는 톱니처럼 날카로운 이빨이 달린 기형도를 매단 거한이었다.

거한은 주위에는 시선도 주지 않은 채 임영옥을 향해 곧장 걸어오고 있었다.

제 273 장
배후인물(背後人物)

제 273 장 배후인물(背後人物)

임영옥은 거한이 나타날 때부터 그를 주시하고 있었다. 그녀와 시선이 마주치자 거한은 이를 드러내며 웃었다.

"전혀 놀라지 않는군. 마치 내가 나타날 것을 알고 있기라도 했다는 듯이 말이야."

거한은 매부리코에 유난히 짙은 눈썹을 하고 있었다. 그 눈썹 아래 검게 번들거리는 한 쌍의 눈은 보는 이의 모골을 송연하게 할 만큼 섬뜩한 것이었다.

임영옥은 그 살인적인 눈빛을 보고도 전혀 표정이 달라지지 않은 채 담담한 모습을 유지하고 있었다.

"개들은 잔뜩 몰려 왔는데, 개를 풀어 놓은 주인이 나타나지 않아서 의아해 하던 참이었지요. 당신이 방산동인가요?"

거한은 그녀의 말에는 가타부타 대답하지 않고 살기가 뚝뚝 떨어지는 미소를 지어 보였다.

"개 주인이라, 그리 틀린 말도 아니군. 하지만 내 앞에서 그런 식으로 말한 사람은 네가 처음이다."

천교자 방산동의 악명은 장강 일대에서는 거의 사신(死神)과도 같은 절대적인 것이었다. 그는 녹림(綠林)의 총표파자(總票把子)인 십절산군(十絶山君) 사여명(司如命)과 함께 강산쌍패(江山雙覇)로 불리며, '강호의 모든 산은 산군이 호령하고, 강이란 강은 이무기가 쥐어 잡고 있다.'라는 말을 들을 정도로 대단한 명성을 떨치고 있었다.

더구나 성격이 포악하고 잔인하기로 널리 알려져 있어 감히 그의 앞에서 그의 심기를 거스를 만한 담량을 지닌 자는 거의 없었다. 방산동이 장강십팔채의 총채주가 된 후 장강십팔채의 세력이 예전보다 몇 배나 강력해진 것에 그의 무시무시한 흉명(兇名)이 가장 큰 역할을 한 것은 누구나가 인정하는 사실이었다.

그런 방산동이 살광이 이글거리는 눈으로 쳐다보고 있으면 누구라도 가슴이 떨려 오지 않을 수 없을 것이다.

"너 하나 때문에 오늘 너무 많은 손해를 봐야만 했다. 그러니 단단히 각오하는 게 좋을 거다."

임영옥은 물처럼 고요한 시선으로 그를 응시했다.

"처음부터 나를 노리고 있었단 말이군요."

"그래. 방해되는 자들을 치우기 위해 내 부하들이 애를 쓰긴 했지만, 어쨌든 내가 원하는 건 너다."

임영옥은 슬쩍 머리를 매만졌다. 그녀의 손이 우연인지 머리

위에 꽂고 있는 봉황 문양의 비녀에 닿아 있었다.

"원하는 건 나인가요, 아니면……."

방산동의 시선이 그녀의 눈을 지나 머리 위의 비녀에 고정되었다. 그의 눈에 한 줄기 기광이 번뜩거리며 지나갔다.

"둘 다라고 해 두지."

그가 금시라도 임영옥을 향해 달려들 듯하자 유소웅이 바짝 긴장하여 임영옥의 앞을 막아섰다. 무슨 일이 있더라도 그녀를 보호하겠다는 나름대로의 의지가 엿보이는 행동이었다.

방산동은 유소웅을 보며 웃었다. 살기가 가득 담긴 무시무시한 웃음이었다.

"비켜라, 꼬마야. 어른들 일에 함부로 끼어드는 것이 아니다."

유소웅이 절정 고수의 이런 진득한 살기에 정면으로 노출된 것은 이번이 처음이었다. 그가 아무리 나이답지 않게 담대하고 침착한 성격이라고 해도 자신도 모르게 눈앞이 캄캄해지며 몸이 덜덜 떨려 오는 것을 어쩔 수 없었다.

그래도 유소웅은 뒤로 물러서지 않은 채 그 자리에 꿋꿋하게 서 있었다.

그것을 본 방산동의 검은 눈은 번들거리는 기운이 더욱더 강해졌다.

"재미있는 꼬마로군. 머리통 속이 어떻게 되어 있는지 파헤쳐 보고 싶구나."

털이 수북하게 나 있는 그의 커다란 손이 금시라도 허공을 가르고 유소웅의 머리를 잡아 올 것만 같았다. 유소웅의 몸이 한 차레 움찔거렸으나 이번에도 역시 몸을 뒤로 피하거나 꽁무니를 빼지 않았다. 오히려 유소응은 앞으로 한 걸음 내디디며 손에 들고 있던 견정검을 뽑아 들었다.

창!

검집을 내던진 유소응은 견정검을 두 손으로 힘껏 움켜잡고 자신의 몸 앞에 우뚝 세워 들었다. 작은 체구에 어울리지 않는 커다란 장검을 두 손으로 잡은 채 방산동을 노려보고 있는 그의 모습은 소년이라기보다는 한 명의 노련한 검객을 보는 것 같았다.

방산동은 무엇이 그리도 우스운지 계속 피식 웃었는데, 그때마다 한층 더 지독한 살기가 꿈틀거리며 그의 전신에서 피어올랐다.

"곧 죽어도 종남파의 종자란 말이지? 어디 신검무적의 제자 피맛이 어떤지 한번 볼까?"

방산동이 성큼 앞으로 다가서자 유소응은 바짝 긴장하여 견정검을 앞으로 내뻗으려 했다. 그때 누군가의 조용한 음성이 들려왔다.

"소응, 뒤로 물러나라."

이상한 일이었다. 단순한 몇 마디의 말이었음에도 그 음성을 듣자 유소응은 팽팽하게 긴장되었던 마음이 풀어지며 편안한 심정이 되었다.

유소응은 견정검을 내리며 한쪽으로 물러섰다.

방산동의 표정도 조금 변했다. 그는 원래 단숨에 유소응에게 달려들어 그의 목덜미를 손에 움켜잡으려 했는데, 어찌 된 일인지 달려들려던 몸을 멈춰 세웠을 뿐 아니라 오히려 허리춤에 차고 있던 기형도의 손잡이를 움켜잡았다.

한 사람이 천천히 어둠 속에서 걸어 나왔다. 훤칠한 키에 담담한 눈빛을 한 사나이였다. 어스름한 월광 아래 그의 한쪽 뺨에 나 있는 칼자국이 유난히 도드라져 보였다.

그를 보자 방산동의 입에서 자신도 모르게 나직한 음성이 흘러나왔다.

"신검무적……."

진산월은 그에게는 시선조차 주지 않은 채 임영옥을 바라보았다.

"내가 조금 늦었지?"

임영옥은 고개를 저었다.

"적절한 때에 왔어요."

"저자들이 본 파의 무공에 대한 파해식을 익히고 있더군. 그들이 어디까지 알고 있는지 궁금하여 살펴보는 바람에 시간이 제법 지체되었어."

임영옥의 고운 아미가 살짝 찌푸려졌다.

"그들이 어떻게 본 파 무공의 파해식을 알고 있는 거죠?"

"일전에 서안에서도 비슷한 일이 있었지. 아마도 서장무림이나 쾌의당에서 각 문파의 무공에 대해 오랫동안 상세한 연구를 했던 모양이야."

"단순히 연구했다고 해서 파해식을 알아낼 수는 없어요."

"첩자라도 있는 모양이지."

진산월은 대수롭지 않은 듯 말했으나, 그 의미는 결코 단순한 게 아니었다. 당시 서안에서 취미사 혈겁을 조사하기 위해 파견된 소림과 화산, 개방의 고수들은 파해식 때문에 상당한 피해를 입어야만 했다.

결국 나중에 각 파에 배반자가 있음을 알게 되어 어느 정도 의문은 풀렸으나, 아직도 각 파의 무공이 어느 정도까지 파해식이 나오게 되었는지, 그리고 그 파해식을 만든 자들은 누구인지에 대해서는 아무도 정확하게 아는 사람이 없었다.

임영옥은 묻지 않을 수 없었다.

"그들이 본 파 무공을 어디까지 알고 있던가요?"

"장괘장권구식과 천하삼십육검, 그리고 유운검법의 상당수에 대한 파해식을 알고 있더군."

임영옥은 누구보다 침착한 여인이었으나 지금은 안색이 어두워지는 것을 피할 수 없었다.

장괘장권구식과 천하삼십육검, 유운검법은 종남파 무공의 근간이 되는 것들이었다. 물론 종남파에는 그보다 뛰어난 무공들이 존재하지만, 그중 대부분은 최근에 진산월과 낙일방이 잃어버렸던 비급들을 입수하면서 얻게 된 절학들이었다. 진산월의 말대로라면 결국 최근에 얻은 무공들 외의 대부분의 무공에 대한 파해식이 존재한다는 뜻이었다.

다행히 새로 진산월이 보강시킨 초식들에 대해서는 파해식이 존재하지 않았으나 진산월은 굳이 그 점까지 밝히지는 않았다. 종남파 무공에 대한 파해식이 있다는 것만으로도 충분히 경각심을 가질 만한 일이었기 때문이다.

진산월이 자신은 본 척도 하지 않고 임영옥과 대화를 나누고 있자 방산동의 표정이 험악하게 일그러졌다. 자신을 완전히 무시하는 듯한 진산월의 행동에 분노하면서도 그의 전신에서 흘러나오는 말로 표현하기 힘든 장중한 기도에 상당한 중압감을 느끼는 모양이었다.

진산월은 임영옥과 몇 마디 대화를 나눈 후 유소응을 돌아보더니 그의 작은 어깨를 가만히 두드려 주었다.

"수고했다. 이제 사부에게 맡기어라."

유소응은 가만히 머리를 조아렸으나 그의 이마와 목덜미는 땀으로 흠뻑 젖어 있었다. 비록 임영옥을 보호하기 위해 방산동을 막아서긴 했으나, 방산동의 살기가 자신에게 집중되었던 순간의 기억은 잊을 수 없을 것이다. 전신의 모공이 얼어붙고 솜털 한 가닥 한 가닥이 모두 곤두서는 듯한 그 질식할 듯한 기분은 이제껏 경험하지 못했던 것이었다. 의기상인(意氣傷人)이나 의형살인(意形殺人)이라는 단어의 뜻이 실제로 충분히 가능할 수 있다는 것을 생생하게 느낀 순간이었다.

진산월은 유소응을 다독여 주고는 이내 방산동을 향해 성큼 다가갔다.

방산동은 짙은 눈썹을 살짝 찡그린 채 진산월을 뚫어지게 바라보고 있다가 그가 자신을 향해 아무 말도 없이 곧장 다가오자 마침내 참지 못하고 기형도를 뽑아 들었다.

스릉!

섬뜩한 광망이 이글거리는 톱날 모양의 도가 그의 손에 쥐어지자 삽시간에 장내가 진득한 살기로 뒤덮였다.

몇 마디 말을 물을 법도 한데, 진산월은 불문곡직하고 방산동을 향해 몸을 날리며 용영검을 휘둘렀다. 방산동 또한 입을 굳게 다문 채 기형도로 벼락 같은 십이도(十二刀)를 날렸다.

주위 사방이 온통 검풍과 도영에 휩싸였다. 그들이 맞붙는 기세가 어찌나 강력했던지 칠흑 같은 어둠이 일시지간 물러나는 것 같은 착각이 들 정도였다.

파파파팍!

소나기 같은 도기가 폭포수처럼 진산월의 머리 위로 떨어져 내렸다. 하나 진산월의 몸은 폭포를 거슬러 오르는 잉어처럼 도기 속을 유연하게 뚫고 방산동의 지척으로 다가가고 있었다.

방산동은 자신이 펼쳐 낸 도초가 너무도 빠르게 허물어진 상태로 진산월의 접근을 허용하자 안색이 딱딱하게 굳어진 채 사력을 다해 도를 휘둘렀다.

그 순간, 진산월의 검에서 우유빛 섬광이 폭죽처럼 솟구쳤다. 그러자 방산동의 도기가 순식간에 걷히며 한 줄기 혈화(血花)가 피어올랐다.

진산월은 어느새 용영검을 거두고 뒤로 물러났다.

그의 앞에는 목 부위를 난자 당한 방산동이 두 눈을 찢어질 듯 부릅뜬 채 우뚝 서 있었다. 그의 두 눈에는 도저히 믿기 힘들다는 경악과 공포의 감정이 고스란히 담겨 있었다.

"이, 이렇게 강할 줄은……."

진산월은 그의 두 눈을 정면으로 응시하더니 나직한 음성으로 물었다.

"방산동은 어디 있나?"

방산동은 그를 향해 무어라고 입을 열려 했으나 시뻘건 선혈이 그의 입을 메웠다. 결국 그는 더 이상 말을 내뱉지 못하고 그대로 쓰러지고 말았다.

쿵!

체구가 큰 만큼이나 요란한 소리가 장내를 뒤흔들었다.

진산월은 용영검을 검집에 집어넣으며 몸을 돌렸다. 임영옥이 그의 옆에 다가와서 싸늘히 식어 가는 시신을 내려다보더니 조용하게 중얼거렸다.

"저자는 방산동이 아니로군요."

"그래, 방산동은 황충의 흡룡공을 대성하여 물 밖으로 나오면 피부에 작은 비늘 같은 것이 돋는다고 하더군. 하지만 저자는 정상적인 피부를 지니고 있었어."

"그러면 저자는 누구인가요?"

그에 대한 대답은 다른 사람이 했다.

"그자는 아마 방산동의 최측근 수하인 혈염조의 삼조장(三組長)인 수라귀도(修羅鬼刀) 목영산(睦英霰)일 거예요. 그가 가끔 방산동의 대역을 한다는 말을 들은 적이 있어요."

소리가 들려온 곳을 돌아보니 담옥교가 그들에게 다가오고 있었다. 그녀를 상대했던 두 명의 고수들은 이미 허리가 두 동강이 난 채 피바다 속에 쓰러져 있었다.

진산월은 그녀를 향해 포권을 했다.

"결국 담 소저의 손에 피를 묻히게 되었구려. 본 파 때문에 번거로운 일에 말려들게 된 것을 사과드리오."

"아니에요. 어차피 장강십팔채는 본 가에서도 눈엣가시 같은 존재들이었으니 언젠가는 그들과 맞붙어야 했을 거예요. 그나저나 저 사람은 상당히 위태로워 보이는데 그냥 내버려 두어도 괜찮겠어요?"

담옥교가 가리키는 곳에서는 손풍이 한 명의 흑의인을 맞아 악전고투를 벌이고 있었다.

손풍은 머리가 풀어헤쳐져 어깨 위로 흘러내리고 있었고, 전신은 피와 땀으로 범벅이 되어 흡사 개울물에 빠지기라도 한 것처럼 낭패스런 모습이었다. 게다가 얼굴은 얼마나 많이 맞았는지 원래 모습을 알기 힘들 정도로 퉁퉁 부어 있었고, 코와 입에서는 연신 시커먼 피가 줄줄 흘러내렸다.

그런데도 용케도 손풍은 쓰러지지 않은 채 흑의인을 향해서 주먹을 휘두르고 있었다.

손풍이 비록 십이경맥을 모두 타통하여 탄탄한 내공의 기초를 이루었다고 해도 본격적으로 무공을 연마한 지는 얼마 되지 않았다. 게다가 알고 있는 초식이라고 해야 장쾌장권구식 중의 몇 가지뿐이었으니 무공을 익힌 무인이라고 하기에도 민망한 수준이었다.

그런 그가 지금까지 흑의인과 싸워 용케도 쓰러지지 않고 버틸 수 있었던 것은 십이경맥이 모두 뚫려 어느 때보다 그의 신체가 강인해졌기 때문이었다. 게다가 흑의인의 목적이 종남파 고수의 제거가 아니라 방산동으로 분한 자가 임영옥을 쓰러뜨릴 때까지 누구도 접근하지 못하게 하기 위함이었기 때문에 전력을 기울이지 않은 것도 큰 이유였다.

하나 워낙 현격한 실력의 차이가 있는지라 손풍은 그야말로 일방적으로 두들겨 맞고 있는 상황이었다. 악에 받힌 손풍이 수비를 도외시한 채 마구 주먹을 휘두르자 흑의인은 어이가 없기도 하고 가소롭기도 해서 이리저리 그의 주먹을 피하며 그를 희롱하고 있었다.

지금도 손풍이 크게 휘두르는 주먹을 슬쩍 피하며 그의 옆구리를 갈고리 같은 손으로 가볍게 찔러 대자 옷자락이 찢어지며 손풍의 갈비뼈 부근이 시커멓게 변해 버렸다. 흑의인이 사용하는 수법은 염라조(閻羅爪)라는 것인데, 빠르고 날카로운 위력을 지니고 있는 사파(邪派)의 유명한 조법(爪法) 중 하나였다.

손풍의 몸이 주춤거리며 허리가 조금 꺾였다. 아마도 갈비뼈에 부상을 입어 상당한 통증을 느끼는 모양이었다. 그래도 손풍은 이를 악물고 다시 흑의인을 향해 주먹을 내뻗으려 했다.

그때 그의 귓전으로 하나의 음성이 들려왔다.

-우측으로 일 보 물러나라.

그 음성은 마치 그의 귀에 대고 소곤거리는 것처럼 나직하면서도 똑똑하게 들렸다. 손풍은 무심결에 그 음성을 따라 주먹을 내뻗다 말고 우측으로 한 걸음 물러섰다. 그러자 흑의인의 구부러진 손이 아슬아슬하게 왼쪽 옆구리 부근을 스치고 지나갔다.

손풍은 두려움을 모르는 사람이었으나 지금은 절로 모골이 송연해졌다. 우측으로 물러서지 않았다면 영락없이 그 손에 다시 옆구리의 같은 부위를 격중 당하고 말았을 것이다. 지금도 몸을 움직일 때마다 갈비뼈가 부서지는 것 같은 통증을 느끼고 있는데, 그 부위를 다시 가격 당했다면 아무리 튼튼한 몸을 가지고 있는 손풍이라 할지라도 견디지 못하고 쓰러지고 말았을 것이다.

다시 예의 음성이 귓전에 들려왔다.

-앞으로 두 걸음 성큼 내디디며 오강감계로 상대의 머리를 노려라.

오강감계는 장괘장권구식 중에서 손풍이 알고 있는 몇 안 되는 초식들 중 하나였다. 음성의 주인이 어떻게 그런 사실을 알고 있는지 깨닫기도 전에 손풍의 몸은 그 음성의 지시를 따라 앞으로 나아가며 오강감계를 펼치고 있었다.

손풍의 오강감계는 제법 괜찮았으나 흑의인은 너무도 수월하게 슬쩍 옆으로 몸을 비틀어 간단히 피하고 말았다. 하나 손풍이 채 실망하기도 전에 다시 음성이 들려왔다.

-몸을 좌측으로 회전시키며 영양괘각으로 상대의 안면을 가격해라.

손풍의 몸이 왼쪽으로 반쯤 선회하며 두 팔이 영양괘각의 식으로 흑의인의 얼굴을 노렸다. 원래 영양괘각은 산양이 뿔로 상대를 공격하는 동작을 응용한 것인데, 지금은 아주 적절하게도 아래에서 위로 상대의 턱을 가격하는 자세가 되었다.

흑의인은 뜻밖의 변초에 흠칫하면서 뒤로 주춤 물러섰다.

그 순간, 마지막 지시가 손풍의 귓전을 울렸다.

－전력으로 상대의 가슴으로 뛰어들며 삼비박룡을 펼쳐라.

손풍은 주저하지 않고 맹렬하게 앞으로 돌진하며 오른 주먹을 있는 힘껏 세 번 내질렀다.

흑의인은 그야말로 심장이 목구멍 밖으로 튀어나올 듯 놀랐다. 지금까지 엉성하기 짝이 없는 공격만 일삼던 손풍이 갑자기 전혀 다른 사람이 된 듯 정교한 몸놀림을 보여 주더니 기습적인 일격을 가해 왔던 것이다. 흑의인은 황급히 옆으로 물러서며 양손을 질풍처럼 휘둘렀다.

파파팍!

그의 염왕조가 손풍이 펼친 세 개의 주먹을 완벽히 봉쇄하자 손풍의 손에서 핏물이 솟아올랐다. 아쉽게도 손풍은 절대적으로 우세한 상황에서 공격을 했음에도 상대의 몸을 가격하기는커녕 오히려 손에 상처를 입은 것이다. 그것은 그만큼 손풍의 실력이 흑의인과 현격한 차이가 있음을 나타내는 것이었다.

하나 흑의인은 손풍의 벼락같은 연환 공세에 놀랐는지 다소 느긋했던 지금까지의 모습을 버리고 얼굴 가득 살기를 뿜어 올렸다.

"이 하루살이 같은 놈이……."

하마터면 풋내기 중의 풋내기에게 가슴을 가격당할 뻔했다는 사실에 분노한 흑의인이 막 손풍을 향해 살수를 쓰려 할 때, 하나의 검광이 날아들었다.

그 검광이 어찌나 빠르고 유연했던지 흑의인은 몸을 피할 엄두도 내지 못하고 멀거니 눈을 뜬 채 자신의 몸이 검광에 갈라지는 광경을 봐야만 했다.

"크악!"

처절한 비명이 밤하늘을 찢어 놓으며 흑의인의 몸은 힘없이 바닥에 나뒹굴고 말았다.

손풍은 멍하니 그 자리에 서 있다가 무언가를 느낀 듯 황급히 뒤를 돌아보았다. 담담한 얼굴로 자신의 뒤에 우뚝 서 있는 진산월을 보자 손풍은 자신도 모르게 고개를 떨구었다.

"장문인……."

용영검은 어느새 진산월의 옆구리에 매여 있어 그가 조금 전 검을 휘둘러 흑의인을 쓰러뜨렸다는 사실이 믿어지지 않을 정도였으나, 손풍도 바보가 아닌 다음에야 일이 어찌 된 것인지를 충분히 짐작할 수 있었다.

자신에게 은밀히 전음을 날려 싸우는 방법을 알려 준 사람도, 그리고 위기에 처한 자신을 구해 준 사람도 진산월임을 알았다.

한데 막상 그를 보는 순간, 그의 명령을 어기고 남과 싸웠다는 사실에 말로 표현하지 못할 정도로 부끄럽고 미안한 마음이 가슴을 가득 메우고야 말았다. 그 와중에도 '면벽 일 년'의 네 글자가 머릿속을 떠나지 않고 맴돌았다.

진산월은 가만히 그를 보고 있다가 조용한 음성으로 말했다.

"내 말을 허투루 듣다니, 무엄한 놈이구나."

손풍은 고개를 숙인 채 아무런 말도 할 수가 없었다. 장문인이 특별히 내린 명령을 불과 반 시진도 되지 않아 어겨 버렸으니 입이 열 개라도 할 말이 있을 리 없었다.

"무당산에 도착할 때까지 장괘장권구식을 모두 완성해라. 그렇지 않으면 내 말을 어긴 벌까지 해서 면벽의 기간이 이 년으로 늘어날 것이다."

의기소침한 얼굴로 고개를 떨구고 있던 손풍이 진산월의 말에 번쩍 고개를 쳐들고 그를 쳐다보았다. 그의 말인즉, 무당산에 갈 때까지 장괘장권구식을 모두 연마하면 면벽 일 년의 벌을 면해 줄 수도 있다는 뜻이 아니겠는가?

손풍이 무어라고 제대로 말하지도 못하고 엉거주춤하게 진산월을 바라보고만 있는데, 누군가가 그의 어깨를 툭 쳤다.

"어서 빨리 장문인의 아량에 감사드리지 않고 뭐 하는가?"

어느새 다가왔는지 동중산이 그를 향해 눈짓을 하고 있었다.

손풍은 황급히 진산월을 향해 허리를 숙였다.

"장문인의 말씀에 따르겠습니다. 기필코 이른 시간 내에 장괘장권구식을 익혀서 장문인의 배려에 보답하도록 하겠습니다."

진산월은 말없이 슬쩍 고개만 끄덕이고는 다른 곳으로 시선을 돌렸다.

어느새 주변의 상황은 거의 정리되어 있었다. 동중산이 상대했던 자는 사태가 불리함을 깨닫고 이미 꽁무니를 뺀 상태였고, 성락중을 막아섰던 네 명의 흑의인들도 두 명은 시신이 되어 누워 있었고 다른 두 명은 도망친 후였다.

성락중은 잠시 무언가 생각에 잠겨 있는 듯 허공을 응시하고 있다가 퍼뜩 정신을 차리고 진산월을 향해 다가왔다.

"별일 없는가?"

"저는 괜찮습니다. 사숙께선 생각이 많으신 것 같습니다."

장강십팔채의 습격을 별다른 피해 없이 물리쳤음에도 성락중의 얼굴은 그다지 밝아 보이지 않았다.

"이자들이 아무래도 본 파 무공의 투로를 어느 정도 알고 있는 것 같더군. 그걸 확인하느라 잠시 지체했네."

"그 이야기는 잠시 후에 나누도록 하지요. 그보다 그들의 수뇌인 방산동의 모습이 보이지 않는 것이 마음에 걸립니다."

성락중은 이곳에 자신들 외에 담옥교가 있기에 진산월이 화제를 돌렸다는 것을 알아차리고 이내 그의 말을 받았다.

"나도 그 점이 의심스럽기는 하네. 하지만 장강십팔채의 채주들 대부분이 오늘 목숨을 잃었으니 그 혼자로는 더 이상 다른 수작을 부릴 수 없지 않겠나?"

의외로 그 말에 담옥교가 다른 의견을 내놓았다.

"오늘 이곳에 모습을 드러낸 채주들은 절반도 되지 않아요. 그러니 방산동이 앞으로도 수작을 부릴 여지는 충분하다고 할 수 있지요."

성락중이 어리둥절한 얼굴로 그녀를 쳐다보았다.

"그럼 내가 상대했던 자들이 채주들이 아니었단 말이오?"

"그래요. 이쪽 방향으로 왔던 자들은 모두 혈염조의 인물들이었어요. 나중에 가세한 인물들도 마찬가지인 것 같군요."

그제야 성락중은 상황을 짐작하고 침음했다. 사실 그가 상대한 네 명의 고수들은 종남파 무공의 파해식을 알고 있다는 점을 제하면 무공 자체는 충분히 감당할 만한 수준이었다.

"결국 처음 장문인을 막아섰던 다섯 명과 낙 사질이 상대하는 홍포괴인만이 십팔채의 채주들이었단 말이로군."

성락중이 무거운 음성으로 말하자 담옥교는 고개를 끄덕였다.

"오늘 습격한 고수들 중 제가 알고 있는 십팔채의 채주는 그들 여섯뿐이었어요. 그들 중 강태독과 정탁, 동일소 외의 세 사람은 십팔채주들 중에서도 가장 무공이 처지는 인물들이에요."

"결국 오늘의 싸움은 전초전에 불과한 셈이구려."

담옥교는 전초전치고는 오늘 장강십팔채가 입은 타격이 너무 컸다고 생각했지만, 굳이 그 생각을 입 밖으로 내뱉지는 않았다.

비록 채주들은 여섯밖에 나타나지 않았으나, 방산동의 직속 수하들인 황랑대와 흑수단, 혈염조의 고수들이 상당수 투입되었기에 장강십팔채 전체의 절반에 가까운 세력이라고 할 수 있었다. 그중에서도 혈염조는 방산동이 가장 믿고 있는 수하들로 개개인이 모두 상당한 실력을 지닌 뛰어난 고수들인데, 오늘 이곳에서 삼분지 일에 가까운 숫자가 비명횡사하고 말았으니 모르긴 해도 방산동의 속은 무척이나 쓰라릴 것이다.

성락중의 시선이 진산월에게로 향했다.

"방산동이 자신은 모습을 드러내지 않고 수하들만 보낸 이유가 무엇이라고 생각하나?"

진산월은 상념에 잠겨 있다가 조용한 음성으로 입을 열었다.

"둘 중 하나라고 봅니다. 우리의 전력을 보다 상세하게 파악하려는 의도가 있든지⋯⋯."

중인들의 시선이 모두 그의 입을 향했다.

진산월은 담담한 표정으로 말을 이었다.

"아니면 누군가의 지시를 충실히 이행하고 있는 것이든지."

성락중의 눈이 번쩍 빛났다.

"자네의 말은 방산동의 배후에 다른 인물이 있을 거라는 뜻인가?"

"방산동이 어리석은 자가 아니라면 수상(水上)이 아닌 육지에서의 싸움은 자신에게 승산이 없다는 걸 누구보다도 잘 알고 있을 겁니다. 그럼에도 불구하고 이토록 공공연하게 습격을 한 것은 그로서는 어쩔 수 없는 상황에 처해 있기 때문일지 모릅니다."

성락중은 그의 말에 일리가 있음을 인정하지 않을 수 없었다.

"음. 그럴 법한 일이군. 그렇다면 방산동을 배후에서 조종하는 자가 누구라고 생각하나?"

진산월은 주저하지 않고 말했다.

"그것도 둘 중 하나일 것입니다. 서장의 세력이거나 아니면……."

동중산이 무심결에 그의 말을 받았다.

"쾌의당."

진산월은 고개를 끄덕였다.

"그렇다."

그의 음성은 나직했으나, 중인들의 표정은 검은 하늘만큼이나 어둡게 가라앉았다. 오늘의 싸움이 끝이 아닌 더욱 험난한 싸움의 시작일지도 모른다는 생각이 중인들의 마음을 무겁게 짓누르고 있었다.

장내의 싸움은 끝까지 낙일방을 괴롭혔던 강태독이 결국 두 명

의 혈염조 고수들과 함께 낙일방의 주먹에 격살되면서 매듭지어
졌다.

흑수단의 합공에 고전했던 전흠은 뒤늦게 싸움에 가세했던 두
명의 혈염조 고수들이 사태의 불리함을 알아차리고 꽁무니를 빼
자 간신히 위급한 상황을 넘기고 나머지 흑수단의 고수들을 처치
하는 것으로 자신의 분노를 다스렸다.

오월야(五月夜)의 고적함에 젖어 있던 구릉지는 온통 시뻘건
피와 처참한 시신들로 뒤덮여 참혹하기 이를 데 없었다. 그 때문
인지 어둠은 더욱 짙어진 것 같았고, 봄밤의 적막감은 사람의 마
음을 한없이 공허하게 만들었다.

떠나는 일행의 제일 뒤에서 마지막까지 장내를 둘러보고 있던
동중산은 피로 물든 산하(山河)에 마음이 무거워져서 자신도 모르
게 한숨을 내쉬었다.

"흐음."

몸을 돌리던 동중산은 문득 한쪽에서 가늘게 어깨를 들썩이고
있는 손풍을 목격하고는 황급히 그에게 다가갔다.

"왜 그러나, 손 사제? 많이 다쳤는가?"

손풍은 여기저기가 찢겨지고 얼굴 전체가 시퍼렇게 멍이 든 채
로 연신 거친 숨을 몰아쉬었다. 피로 범벅된 그의 두 눈가에는 엷
은 물기마저 내비치고 있었다.

동중산은 덜컥 불안한 생각이 들어 그의 어깨를 움켜잡았다.

"불편한 곳이 있으면 어서 말하게. 장문인과 사숙조께 말씀드
리겠네."

손풍은 억지로 그의 손을 뿌리치며 소맷자락으로 눈자위를 훔치고는 힘겨운 음성을 내뱉었다.

"그게 아니라…… 그놈에게 열다섯 대나 맞았는데도 한 대도 못 때린 게 너무 억울하고 분해서……."

동중산은 그저 망연자실한 눈으로 손풍의 퉁퉁 부어오른 얼굴을 한참이나 쳐다보고 있었다.

제 274 장
명쟁암투(明爭暗鬪)

제274장 명쟁암투(明爭暗鬪)

서안의 동문대로에 자리한 넓은 공터에 이른 아침부터 사람들이 몰려들기 시작했다. 병장기를 찬 무인들도 많았지만, 무공을 익히지 않은 일반 사람들도 상당수 눈에 띄었다. 그들 중 대부분은 서안에 뿌리를 둔 서안의 토박이였고, 심지어는 여인들의 숫자도 적지 않았다. 그래서인지 장내의 분위기는 소란스럽기 그지없어서 시장터를 방불케 했다.

미시(未時)가 가까워 오자 장내가 한층 더 시끌벅적해졌다. 그리고 이내 사람들의 고함 소리가 터져 나왔다.

"왔다!"

인파의 한쪽 끝이 자연스럽게 벌어지며 그쪽에서 일단의 무리들이 공터의 중앙으로 들어섰다. 그들은 모두 검은색 무복(武服)을 걸치고 이마에는 흑건(黑巾)을 두르고 있었는데, 흑건의 중앙에 '관중제일(關中第一)'이라는 글귀가 붉은색 실로 수놓아져 있었다.

그들의 가장 앞에서 무리를 이끌고 있는 사람은 우람한 체구에 검은 수염을 기른 오십 대 장한이었다. 장한의 얼굴은 대춧빛처럼 붉었고, 부리부리한 호목(虎目)에서는 정광(精光)이 이글거리고 있어서 마음이 약한 사람은 제대로 쳐다보지도 못할 정도로 패기가 가득한 모습이었다.

그들을 본 중인들이 여기저기서 소곤거렸다.

"관중일관의 무사부(武師父)들이 모두 나왔구나."

"노호공이 단단히 작정한 모양일세. 호랑이 콧수염을 건드리다니. 이번에는 아무래도 냉혈교가 호된 꼴을 당할 것 같으이."

흑의인들의 앞에 서 있는 장한이 바로 관중일관의 관주인 노호공 장력패였다. 관중일관은 생긴 지가 거의 백오십 년이나 되는 오래된 무관(武館)으로, 서안 사람들에게는 이웃처럼 친숙하기도 하고 든든한 보호소이기도 한 곳이었다. 장력패 또한 노저라고 불릴 만큼 성정이 화급하고 불 같았으나, 그만큼 믿음직한 구석도 있어서 따르는 사람들이 많았다.

관중일관의 고수들이 한쪽에 자리를 잡은 지 얼마 되지 않아 다시 장내가 시끄러워지며 일단의 백의인들이 모습을 나타냈다.

그들은 관중일관의 고수들과는 달리 온통 새하얀 무복을 입고 머리에는 흰 띠를 두르고 있어서 더욱 두드러져 보였다. 언뜻 보기에도 하나같이 범상치 않은 외모에 당당한 기세를 풍기고 있는 그들은 바로 백인장의 고수들이었다.

그들의 선두에는 몸이 창같이 곳곳하고 기개가 헌앙해 보이는 준수한 중년인이 자리하고 있었다. 탈속(脫俗)한 듯 뛰어난 모습의 그 백의 중년인은 백인장의 주인인 교군 도지곤으로, 이십 년 전에 혈혈단신으로 서안에 와서 혼자의 힘으로 백인장을 일으켜 세운 입지전적인 인물이었다.

장력패와 도지곤은 외모부터 풍기는 기세까지 너무도 판이하여 누가 보기에도 그들이 친하게 어울릴 것 같지 않았다. 그것을 증명이라도 하듯 두 사람은 나타날 때부터 다른 사람은 쳐다보지도 않고 서로를 무서운 눈으로 쏘아보고 있었다.

하나 두 사람의 태도는 조금 달랐다. 장력패가 거친 숨을 몰아쉬며 금시라도 도지곤을 향해 달려들 듯한 모습인 반면에, 도지곤은 냉정하고 차분한 표정을 유지하고 있었다.

관중일관과 백인장의 고수들이 팽팽하게 대치하고 있자 시장바닥처럼 소란스럽던 장내가 조용해지며 모든 사람들의 시선이 그들에게 집중되었다.

그때 다시 세 명의 인물들이 공터로 들어섰다. 그들은 금포를 입은 중년인과 우람한 체구의 갈의인, 그리고 문사 차림의 준수한 유생(儒生)이었다.

금포인은 관중일관과 백인장의 고수들이 서로 노려보고 있는 중앙으로 가서 몸을 멈춰 세웠다. 그 바람에 장력패와 도지곤은 어쩔 수 없이 그에게로 시선을 돌려야만 했다.

금포인은 그들을 향해 살짝 머리를 끄덕여 아는 척을 하고는 이내 좌중을 돌아보며 입을 열었다.

"나는 금륜장의 장주인 금륜군자 고소명으로, 오늘 벌어질 관중일관과 백인장 사이의 공개 대련에 공증을 맡기로 했소. 나 외에 장안표국(長安鏢局)의 총국주(總局主)인 신룡표객(神龍鏢客) 태을진(太乙眞) 대협과 현자(賢者)로 유명하신 명일수사(明逸秀士) 문인종(聞人宗) 대협께서도 함께 공증에 힘을 보태 주시기로 하셨소."

주위를 둘러싸고 있던 많은 사람들이 새삼스런 눈으로 그들을 보며 박수를 쳤다.

고소명은 초가보주였던 무영신군 초관이 등장하기 전만 해도 서안에서 제일가는 고수로 인정받던 인물이었다. 태을진 또한 서안에서 가장 큰 표국인 장안표국의 주인이었고, 문인종은 장안일현(長安一賢)이라고 불릴 정도로 학식이 뛰어나고 현명한 사람이었으니 오늘같이 중요한 싸움의 공증을 하기에는 더할 나위 없이 적합한 인선(人選)이라고 할 수 있을 것이다.

고소명은 신광이 번뜩이는 눈으로 장력패와 도지곤을 차례로 바라보았다.

"오늘의 대련은 실질적으로 장안에서 가장 뛰어난 무관이 어디인지를 가르기 위한 것으로, 오늘 승리한 무관에 패한 곳에서 '장안제일무관(長安第一武館)'이라고 쓰인 현판을 선사하고 무관의 문을 닫기로 사전에 약조했소. 이 점에 대해 두 분의 생각은 아직도 변함이 없으시오?"

장력패와 도지곤은 무겁게 굳은 표정으로 고개를 끄덕였다.

"없소이다."

중인들은 단순한 두 무관의 비무인 줄로만 알고 있다가 이번 내기에 걸린 것이 무엇인지를 알게 되자 모두 놀라움을 금치 못했다.

무관끼리의 비무가 흔한 것은 아니었으나 그렇다고 전혀 없는 것도 아니었다. 그럴 경우 대부분 승리한 무관은 문하생들이 대폭 증가하여 번성하게 되고, 패한 무관은 문도들을 많이 잃고 세가 약해져서 와신상담하여 재기를 노리게 되는 정도였다.

그런데 이번에는 아예 패한 쪽에서 상대 무관을 '장안제일'로 인정할 뿐 아니라 제 무관의 문까지 닫는다고 하니 단순한 비무라고 하기에는 일이 지나치게 커져 버렸다.

그야말로 어떠한 생사투(生死鬪)보다도 처절한 싸움이 벌어져도 하등 이상할 게 없는 상황이 되어 버린 것이다. 이긴 무관은 자타가 공인하는 '장안제일무관'이라는 혁혁한 명성을 세울 수 있지만, 패한 무관은 존재조차 완전히 사라지는 전부 아니면 전무인 싸움이 된 셈이었다.

"이번 대련은 양측에서 다섯 명씩 나와서 먼저 세 번을 이기는 쪽이 승리하는 것으로 하겠소. 아무쪼록 이번 대련이 커다란 사고 없이 순탄하게 마무리되기를 바라겠소."

고소명은 피를 보지 않기를 바란다는 식으로 말했으나, 그의 말대로 되리라고 믿는 사람은 아무도 없었다. 고소명 자신도 그렇게 믿고 있지는 않을 것이다.

아직 비무가 시작되지도 않았는데 장내의 분위기는 팽팽하게 긴장되었고, 양측의 신경은 곤두설 대로 곤두서서 사소한 일로도 한바탕 피바람이 몰아칠 것만 같았다.

대다수의 사람들은 서안에서 가장 큰 무관들인 관중일관과 백인장이 사소한 다툼으로 비무를 벌인다고만 알았지, 설마 이토록 살벌한 싸움이 되리라고는 예상치 못한 모양이었다. 그들은 당황한 기색을 보이기도 했으나 곧 흥미진진해 하는 표정이 역력했다. 누가 뭐라 해도 싸움구경만큼 재미있는 것이 어디 있겠는가? 더구나 이번처럼 자신들의 모든 것을 내걸고 싸우는 싸움이야말로 승패를 전혀 예측할 수 없다는 점에서 한층 더 흥미로울 수밖에 없었다.

고소명과 다른 두 명의 공증인들이 한쪽에 자리를 잡고 있자 양측의 인원들이 모두 뒤쪽으로 물러나고 곧 비무를 벌일 공간이 마련되었다.

관중일관에서 제일 먼저 출전하는 인물은 체구가 커다란 삼십대의 장한이었다. 장력패만큼이나 거구를 자랑하는 그 장한은 관중일관의 무사부들 중에서도 첫째 둘째를 다투는 실력을 지닌 만성호(萬星豪)라는 인물이었다. 비무가 다섯 번에 불과하니 처음부터 반드시 승리를 거두어 유리한 고지를 점하겠다는 장력패의 의중을 엿볼 수 있었다.

그에 맞서 백인장에서도 최고수 중 한 명인 보영웅(寶英雄)을 내세웠다. 보영웅은 도지곤이 서안에 들어온 후 가장 먼저 포섭한 인물로, 그와 함께 백인장을 세웠다고 해도 과언이 아닐 정도로 도지곤이 가장 믿고 있는 최측근의 수하였다.

두 사람은 서로 마주 보더니 가볍게 포권을 하고는 이 장의 거리를 두고 나란히 섰다. 그들은 오랫동안 서로를 지켜봐 왔기에 상대의 무공이 자신에 결코 못하지 않다는 것을 너무도 잘 알고 있었다.

그래서인지 그들은 처음부터 전력을 다할 생각으로 맹렬하게 기세를 끌어올리고 있었다.

"이얍!"

누가 먼저랄 것도 없이 두 사람은 커다란 고함과 함께 자신이 펼칠 수 있는 가장 강한 무공으로 상대를 공격하기 시작했다.

만성호의 장기는 튼튼한 몸을 바탕으로 한 외공(外功)과 광마사십팔권(狂馬四十八拳)이라는 권법이었고, 보영웅은 빠른 신법과 철종각(鐵鐘脚)이라는 각법을 주 무기로 하고 있었다.

그래서인지 두 사람의 대결은 주먹과 발길질이 서로 어울려져 보는 맛이 각별했다. 만성호의 솥뚜껑 같은 주먹이 무시무시한 파공음을 내며 금시라도 보영웅의 머리통을 박살 낼 듯 날아들 때면 관중일관을 지지하는 사람들이 환성을 내질렀고, 보영웅이 허깨비의 움직임 같은 유연한 동작으로 만성호의 주먹을 피하며 날카롭고 빠른 발길질을 해 댈 때는 백인장 측에서 요란한 함성이 터져 나왔다.

그야말로 승패를 전혀 예측하기 어려운 팽팽한 대결이 펼쳐지자 장내의 분위기는 삽시간에 후끈 달아올랐다. 여기저기서 내지르는 고함과 박수 소리, 탄식과 감탄성이 주위를 시끄럽게 했다.

하나 보영웅보다는 만성호를 응원하는 사람들의 함성이 더욱 큰 것으로 보아 서안 사람들이 외부에서 들어온 백인장보다는 서안의 터줏대감격인 관중일관을 더 지지한다는 걸 어렵지 않게 알 수 있었다.

퍽! 퍽!

두 사람은 서로의 주먹과 발에 몇 번이나 격중 당해 몸의 여기 저기에 크고 작은 상처가 나 있었다. 특히 보영웅의 창같이 날카 로운 발끝 공격에 뺨을 스친 만성호의 얼굴은 피로 얼룩져 있었 다.

보영웅의 상태도 그리 좋은 것은 아니었다. 그는 비록 만성호 의 몸에 다섯 번이나 공격을 격중시켰으나, 자신도 두 번의 주먹 질을 당해 코에서 검은 피가 흘러내리고 있었다. 특히 왼쪽 옆구 리를 가격당한 충격은 상당해서 왼쪽 발을 들어 올리는 것에도 심 각한 통증을 느낄 정도였다.

통상적인 비무 대련이라면 이쯤에서 어느 쪽이 우세했는지로 승패를 판가름했을 텐데, 지금은 두 사람 중 누구도 멈출 생각을 하지 않았다. 오히려 그들은 얼굴에 흉흉한 빛을 가득 뿌린 채 더 욱 사납게 상대를 공격하고 있었다.

장내의 싸움이 단순한 비무가 아닌 두 사람의 사력을 다한 혈 투로 변해 가고 있을 즈음, 두 명의 인물이 공터가 환히 내려다보 이는 근처의 이 층 건물에서 그들의 격전을 구경하고 있었다.

그들은 다름 아닌 노해광과 정해였다.

노해광은 습관적으로 턱 밑의 수염을 쓰다듬으며 혀를 찼다.

"쯧, 이건 비무가 아니라 완전히 사생결단을 내려는 처절한 승 부로군. 그들의 처지가 이해가 되지 않는 것은 아니지만, 너무 보기 딱하구나. 그나저나 너는 둘 중 누가 이기리라고 보느냐?"

정해는 한동안 장내의 치열한 싸움을 내려다보고 있다가 고개를 절레절레 흔들었다.

"제 안목이 너무 보잘것없어서 두 사람 중 누가 우세한지를 알 수 없습니다. 죄송합니다."

노해광은 피식 웃었다.

"네 무공이 형편없는 건 나도 잘 알고 있다. 그래도 제법 눈썰미가 있어서 무공을 보는 눈은 상당하다는 걸 알고 있는데, 무슨 겸손을 떠는 것이냐?"

정해의 얼굴에 멋쩍은 미소가 떠올랐다.

"겸손을 떠는 게 아니라 정말 모르겠습니다. 단순한 무공의 고하(高下)를 겨루는 것이라면 저도 드릴 말씀이 있습니다만, 지금 저 두 사람은 그야말로 목숨을 도외시하고 있어서 승부가 어떻게 될지를 전혀 예측할 수가 없군요."

"그러면 승패는 예측하지 말고 누구의 무공이 더 나은지를 말해 보아라."

"아무래도 사숙께서 심심하신 모양이군요. 제가 보기에는 순수한 무공만 따지면 보영웅이 그래도 더 낫다고 봅니다."

노해광의 입가에 떠오른 미소가 조금 더 짙어지며 두 눈이 반짝거렸다.

"정말 보면 볼수록 네놈은 꼭 내 뱃속에 들어갔다 나온 것처럼 나에 대해 잘 알고 있구나. 네가 보기엔 보영웅이 이길 것 같단 말이지?"

정해는 우거지상을 했다.

"아이고, 제가 사숙의 마음을 어떻게 알겠습니까? 그리고 보영웅이 이길 것 같다는 게 아니라, 그의 무공이 만성호보다는 좀 더 뛰어난 것 같다고 말씀드린 것뿐입니다."

"그게 그 말 아니냐?"

"무공은 보영웅이 조금 나아도 체력은 만성호가 훨씬 뛰어나니 누가 이긴다고 말씀드릴 수는 없습니다."

"그러니 제법 내기가 되지 않겠느냐? 너는 보영웅이 이긴다고 본단 말이지?"

노해광이 장난스럽게 계속 추궁하자 정해는 울상을 하며 고개를 저었다.

"사숙께선 일전에 제게 내기에서 진 것이 아직도 원통하신 모양이군요. 전 내기에 걸 것도, 얻을 것도 없으니 아무런 내기도 하지 않겠습니다."

"얻을 게 없긴, 네가 이기면 내가 제법 괜찮은 무공서(武功書)를 주마."

그 말에 정해는 솔깃한 표정이었으나 여전히 난색을 표했다.

"제가 지면 내놓을 것이 없는데……."

"네놈이 지면 내 부탁 한 가지만 들어 주면 된다."

"그게 무엇입니까?"

"네 장인을 잠깐만 쓰도록 하자."

정해의 눈이 크게 뜨여졌다.

"장인어른을 말입니까?"

"그래. 네 장인도 이곳에 와서 하는 일 없이 방구석에만 처박혀 있느니 그래도 나를 좀 도와주면 심심하지는 않을 게 아니냐?"

정해는 곰곰이 생각해 보더니 슬쩍 노해광의 눈치를 살폈다.

"힘들거나 위험한 일은 아니겠지요?"

노해광은 이를 드러내며 웃었다.

"망할 자식, 내가 아무려면 네 장인을 다치거나 죽게 할 것 같으냐? 내 주위에 쓸 만한 무공을 지닌 자가 너무 부족해서 그의 힘이라도 빌리려 하는 것이다."

정해는 마음을 결정한 듯 선뜻 고개를 끄덕였다.

"좋습니다. 저는 만성호의 승리에 걸겠습니다."

노해광은 멀거니 그를 쳐다보더니 이내 히죽 웃었다.

"보영웅의 무공을 잔뜩 칭찬하더니 막상 내기는 만성호에게 걸겠다는 말이지? 약삭빠른 녀석."

노해광이 보기에도 보영웅보다는 만성호의 승산이 더 높아 보였다. 보영웅의 무공이 만성호보다 뛰어나다고 해도 그 차이는 그리 크지 않았다. 그러니 싸움이 계속될수록 체력이 떨어지는 보영웅이 만성호에게 당할 확률이 높아질 것이다.

"그렇다면 나는 보영웅에게 걸겠다. 네가 비록 잔머리를 굴린 모양이다만, 강호에서의 목숨을 건 승부는 누구도 예측할 수 없는 법이니라."

노해광이 점잖게 말하자 정해는 어깨를 으쓱거렸다.

"보영웅은 체력이 떨어지기 전에 승부를 걸었어야 했는데 지금은 너무 늦었습니다. 아무리 사숙께서 그렇게 말씀하셔도……."

바로 그때 장내의 싸움에 격변이 일어났다.

한 치의 양보도 없이 서로 치열하게 공방을 벌이던 두 사람 중 보영웅이 갑자기 휘청거리며 뒤로 물러나고 있었다. 고통스러운 표정으로 옆구리를 움켜쥐고 있는 것으로 보아 조금 전에 격중 당한 갈비뼈의 통증이 심각해져서 더 이상 견디지 못하는 것으로 보였다.

절대적인 기회를 포착한 만성호가 두 눈을 무섭게 번뜩이며 보영웅의 앞으로 바짝 다가섰다. 그와 함께 그의 주먹이 보영웅의 콧등을 향해 유성처럼 날아들었다. 단숨에 보영웅의 얼굴을 박살 내 버리겠다는 듯 전력을 다한 무지막지한 공격이었다.

그것을 본 정해의 입에서 자신도 모르게 짤막한 외침이 흘러나왔다.

"저런 바보…… 그건 함정이야!"

하나 그의 작은 외침은 멀리 떨어진 만성호의 귀에까지 들리기에는 턱없이 부족했다. 대신 그가 우려했던 상황이 그대로 전개되었다.

만성호의 주먹이 얼굴을 가격하려는 순간, 보영웅의 몸이 그 자리에 허물어지듯 주저앉으며 빠르게 선회했다. 그 동작은 너무도 시기가 적절했을 뿐 아니라 선회하는 속도가 어찌나 빨랐던지, 만성호가 자신의 주먹이 헛되이 허공을 가르고 지나가는 것을 느끼고 안색이 변하는 순간에 이미 보영웅의 몸은 만성호의 턱밑에 도달해 있었다.

어느새 물구나무를 한 보영웅의 발이 그의 턱을 사정없이 강타

했다. 그야말로 피하고 자시고 할 사이도 없이 순식간에 벌어진 일이었다.

쾅!

"크억!"

만성호의 몸이 허공으로 붕 떠올랐다가 바닥에 나뒹굴었다. 혼절한 그의 아래턱은 턱뼈가 부서진 채 흐물흐물해 있어 실로 보기에 끔찍할 정도였다.

삽시간에 우세를 보이고 있던 만성호가 처참한 몰골로 패하자 관중일관의 분위기가 침울해졌다. 장력패는 얼굴이 붉게 상기된 채 보영웅을 찢어죽일 듯이 무서운 눈으로 노려보았다.

무관 사이의 비무에서 이토록 참혹한 부상을 당하는 경우는 거의 없었다. 언뜻 보기에도 만성호는 기식이 엄엄한 상태였고, 설사 살아난다 해도 두 번 다시 입으로 아무것도 씹지 못하는 신세가 될 게 분명해 보였다. 관중일관의 제자들이 황급히 만성호를 둘러업은 채 의원을 찾아 인파 속을 뚫고 사라져 갔다.

승리를 한 보영웅의 안색도 그리 밝지는 않았다. 만성호가 우세한 상황에서 그가 술수를 부려 승리했음을 누구라도 쉽게 짐작할 수 있기 때문이었다. 그래서인지 사방을 향해 정중하게 포권하는 그를 향해 환호를 보내는 사람은 백인장의 고수들 외에는 거의 보이지 않았다. 보영웅 또한 승리한 사람답지 않게 무겁게 굳어진 얼굴로 자신의 자리로 돌아갔다.

관중일관에서 두 번째로 나선 사람은 만성호와 쌍벽을 이루는 실력자인 조중담(曹重擔)이었다. 그는 만성호와는 선의의 경쟁자였고, 또한 누구보다도 절친한 사이였다. 그래서인지 자신의 상대로 나선 백인장의 고수를 응시하는 그의 눈빛은 어느 때보다 결연했고, 분노에 가득 차 있었다.

그의 상대는 백인장의 이인자격인 총사부(總師父) 막고성(莫古城)이었다. 막고성이 두 번째 비무자로 나오자 제법 안목이 뛰어난 사람들은 상당히 의아하게 생각했다. 아직도 비무가 세 번이나 남았는데 벌써부터 막고성이 나선다면 그다음에는 백인장의 장주인 도지곤 외에 마땅히 나올 사람이 떠오르지 않았던 것이다.

하나 도지곤의 표정은 담담하기 그지없었고, 막고성 또한 전혀 부담스러워 하지 않는 것으로 보아 무언가 믿는 구석이 있는 것이 분명해 보였다.

노해광도 그들의 표정을 알아보았는지 얼굴에 흥미로운 기색이 가득했다.

"도지곤이 강수를 두는군. 초반에 확실한 승기를 잡아 자신이 나서기 전에 승부를 판가름 지을 속셈인 모양이구나."

정해가 눈을 반짝이며 그의 말을 받았다.

"막고성이라면 확실히 도지곤을 제외하고는 백인장 제일의 고수라고 할 수 있지요. 하지만 조중담도 만만치 않은 실력의 소유자입니다. 알려지기로는 그의 삼절곤(三節棍)을 다루는 솜씨가 능히 장안제일이라고 하더군요."

노해광이 정해를 보며 피식 웃었다.

"왜? 이번에도 또 나와 내기를 하고 싶은 게냐?"

정해는 커다란 머리통을 긁적거리며 어색한 미소를 흘렸다.

"그냥 구경만 하는 것은 사숙께서 너무 심심해 하실 것 같아서 말이죠."

노해광은 그를 빤히 쳐다보더니 불쑥 물었다.

"내가 가진 무공서를 그렇게 갖고 싶은 것이냐?"

정해는 잠시 머뭇거리다가 힘겹게 입을 열었다.

"솔직히 말씀드리면…… 응 사형은 한쪽 다리가 불편해서 본파의 무공만으로는 제대로 실력을 발휘하기가 힘든 상태입니다. 사숙께서 오랫동안 보관하고 계실 정도면 상당히 괜찮은 무공서일 테니 응 사형에게 도움이 되지 않을까 하는 생각에 제가 무리하게 욕심을 부렸습니다. 죄송합니다, 사숙."

정해가 머리를 조아리자 노해광은 한동안 그를 본 채 가만히 생각에 잠겨 있었다.

정해가 평상시에도 응계성에게 유난히 신경을 쓰고 있다는 건 그도 잘 알고 있었다. 정해의 말마따나 현재 종남파에 남아 있는 무공들 중 한쪽 다리를 쓰지 못하는 응계성이 사용할 만한 것은 거의 없는 형편이었다.

다른 파의 무공을 익히는 것은 명문 정파의 제자로서 용납하지 못할 일이지만, 그런 만큼 특별한 문파의 무공이 아닌 오래전에 실전(失傳)된 절학이나 대(代)가 끊어진 개인의 무공은 익히는 것에는 커다란 제약이 없었다. 오히려 일부 문파에서는 그런 식으로 습득한 무공들을 수정 보완하여 자신들만의 독문 무공으로 만드는 경우도 적지 않았다.

노해광은 오랫동안 강호를 떠돌면서 적지 않은 수의 무공 서적들을 모아 왔다. 물론 그 대부분은 절학이라고 하기 민망한 것들이었지만, 그래도 그중 세 가지는 어디에 내세워도 부끄럽지 않은 뛰어난 무공 비급들이었다.

그중 하나는 잠행술(潛行術)과 몇 가지 살인 수법(殺人手法)을 담은 '잠룡무종(潛龍無踪)'이라는 살수 무예서(殺手武藝書)였고, 또 하나는 다섯 종의 암기를 사용하는 '비선혈류(飛線血流)'라는 암기 비급이었다. 그리고 마지막 하나가 백여 년 전에 일대유협(一大儒俠)으로 명성을 날렸던 호천신유(昊天神儒) 수인영(隋仁英)의 비기를 적은 '호천비록(昊天秘錄)'이었다.

노해광은 원래 이중에서 '비선혈류'를 정해에게 줄 생각이었다. 내공은 조금 약하지만 눈치가 비상하고 손이 빠른 정해가 익히면 최후의 순간에 가장 효과적인 보호 수단으로 사용할 수 있을 것으로 판단했기 때문이었다.

하지만 응계성이 사용할 것이라면 '비선혈류'는 별로 어울리는 선택이 아니었다. 그렇다고 살기가 짙고 사도(邪道)의 냄새가 물씬 풍기는 '잠룡무종'을 줄 수도 없었다. '잠룡무종'에 담긴 대부분의 수법들은 노해광의 수하들이 적재적소에 사용하면서 톡톡히 그 효과가 입증된 뛰어난 무공이지만, 명문 정파의 제자가 익힐 만한 것은 아니었다.

수인영의 '호천비록'도 문제였다. '호천비록' 상의 무공들이 비록 상승 절학(上乘絕學)이기는 하나, 어려서부터 체계적으로 연마하지 않으면 절정에 도달하기 힘든 정종무공(正宗武功)이어서 노해광 자신도 어렵게 구해만 놓고 익히지 않고 있는 상황이었다.

기대에 가득 찬 눈으로 자신을 보고 있는 정해를 실망시키지 않기 위해서라도 무언가 그럴듯한 무공서를 내놓아야 하는데, 마땅히 그럴 만한 게 떠오르지 않는다는 게 노해광을 고민스럽게 했다.

그러다 문득 노해광의 머릿속으로 한 가지 생각이 스치고 지나갔다.

'어차피 '호천비록'은 지금의 나에게는 계륵(鷄肋)과도 같은 것이다. 하지만 이 비급을 반드시 필요로 하는 자도 있을 것이다. 그렇다면…….'

노해광은 이리저리 생각을 굴리다가 정해를 바라보았다. 정해는 두 눈을 유달리 반짝이며 노해광을 빤히 응시하고 있다가 시선이 마주치자 멋쩍은 웃음을 날렸다. 그 모습을 보자 노해광은 왠지 얄미운 생각이 들어 퉁명스런 음성을 내뱉었다.

"이 사숙이 어렵게 모은 것들을 네 녀석은 말 몇 마디로 얻으려 하고 있구나. 더 이상의 내기는 하지 않겠다."

정해는 움찔하다가 울상을 지었다.

"사숙……."

노해광은 엄격한 눈으로 그를 쏘아보았다.

"대신 네게 두 가지 일을 맡기겠다. 첫 번째 일을 성공시킨다면 네 녀석이 쓸 만한 무공서 하나를 넘겨주겠다. 그리고 두 가지 모두 이루게 된다면 계성에게 어울릴 만한 무공서를 주도록 하마."

정해는 반색을 했다.

"그게 정말입니까, 사숙?"

"너무 좋아하지 마라. 그리 쉬운 일은 아닐 테니 말이다."

노해광이 짐짓 엄포를 놓았으나 정해는 기쁜 표정을 숨기지 않았다. 무공 때문에 고민하고 있는 응계성에게 조금이라도 도움이 되고자 어렵사리 말을 꺼낸 것인데, 응계성뿐 아니라 자신도 적합한 무공을 얻을 수 있게 되었으니 아무리 무공에 별 욕심이 없는 그일지라도 기쁘지 않을 리 없었다. 정해 또한 아직은 무림인의 본성이 남아 있었던 것이다.

"감사합니다, 사숙. 무슨 일이든 맡겨만 주십시오."

정해가 평상시와는 달리 자신 있는 표정으로 말하자 굳은 얼굴을 하고 있던 노해광도 슬며시 웃고 말았다.

'계성에게 무공서를 얻어 주는 게 그리도 기쁜가? 어려운 고비를 함께 헤쳐 나가서인지 사형제들 간의 우애가 참으로 돈독하구나.'

노해광은 사문의 선배로서 그들의 그런 모습이 뿌듯하면서도 한편으로는 내심 부러웠다. 자신도 충분히 그럴 기회가 있었는데, 결국 그러지 못했다는 회한이 마음 한구석을 무겁게 했다. 노해광은 마음속의 짐을 억누르며 짐짓 호탕한 표정으로 입을 열었다.

"네가 그리 자신한다니 나도 기껍게 일을 맡기도록 하마. 내가 네 녀석에게 맡길 일은……."

그가 막 정해에게 일에 대한 이야기를 하려 할 때였다. 갑자기 처절한 비명 소리가 장내를 뒤흔들었다.

"크아악!"

두 사람의 시선이 절로 소리가 들려온 곳으로 향했다.

조중담과 막고성의 비무는 처참한 결과를 맞이하고 말았다. 친

우인 만성호의 비참한 모습에 분노한 조중담은 처음부터 살기가
가득한 수법을 계속 사용했고, 막고성은 나름대로 신중을 기하면
서 반격을 노리려 했다. 결국은 두 사람의 그러한 상반된 대응이
의외의 결과를 불러 일으켰다.

원래 조중담과 막고성의 무공은 엇비슷한 수준이어서 쉽게 승
부가 갈릴 상황은 아니었다. 그런데 조중담은 처음부터 적극적으
로 공세에 임한 반면 막고성은 소극적으로 수비에 치중하다 보니
제대로 실력을 발휘할 수가 없었다.

딴에는 반격을 노린다는 의도를 가지고 있었지만, 조중담의 거
듭된 살수에 반격은커녕 피하는 것에 급급했던 막고성은 비무가
시작된 후부터 일방적으로 몰리다가 결국 조중담의 삼절곤에 관
자놀이를 정통으로 가격당하고 만 것이다.

입과 코로 시커먼 피를 줄줄이 흘리며 경련을 일으키던 막고성
의 몸이 축 늘어지고 말았다. 백인장의 고수들이 다급히 그에게
달려갔으나, 그때는 이미 막고성의 몸은 싸늘하게 식어 버린 후였
다.

오늘의 비무에서 처음으로 희생자가 나오게 된 것이다.

장내의 사람들은 환성을 지르기보다는 웅성거리며 불안한 표
정을 감추지 못했다. 처음부터 비무의 분위기가 너무 과열되었다
싶었는데, 결국은 죽은 사람까지 나왔으니 두 무관은 도저히 양립
할 수 없는 철천지원수가 되어 버린 것이다. 그 여파가 어디까지
미칠지 서안에 사는 사람들로서는 불안한 생각이 들지 않을 수 없
었다.

조중담 또한 처음부터 전력을 기울였던지라 숨조차 제대로 쉴 수 없을 정도로 지치고 피곤한 기색이 역력했다. 아마 막고성이 조금만 더 버텼다면 조중담이 제풀에 먼저 쓰러지고 말았을지도 몰랐다. 하나 결국 그는 승리해 두 발로 서 있었고, 막고성은 비참한 시신의 모습으로 누워 있으니 승자와 패자의 운명이 너무도 극명하게 엇갈려 버린 것이다.

조중담이 만성호의 패배에 분노하지 않았다면 무모할 정도로 공격 일변도로 나가지 않았을 것이고, 막고성 또한 일방적으로 수세에 몰려 자기의 실력을 반도 발휘하지 못하고 허무하게 패하는 일은 없었을 것이다. 오히려 다소 폭급한 조중담보다는 신중한 막고성이 우세했을 가능성이 더 높았다. 강호에서의 승부란 이처럼 아주 사소한 일로도 전혀 판이한 결과를 초래하게 되는 법이었다.

조중담은 부축을 하려는 관중일관의 수하들을 뿌리치고 스스로 자신의 자리로 돌아갔다.

의외의 결과에 놀란 것은 노해광과 정해도 마찬가지였다.

하나 그들은 이내 다음에 등장하는 인물들에게 관심을 집중시켰다.

이인자인 막고성이 시신으로 돌아오자 항상 냉정하고 침착했던 도지곤의 안색도 그리 평온하지는 않았다. 오히려 관중일관 쪽을 응시하는 그의 두 눈에는 진득한 살기가 가득 어려 있었다.

도지곤이 슬쩍 뒤로 눈짓을 하자 한쪽에 조용히 앉아 있던 백의인 한 명이 앞으로 나왔다. 얼굴이 길쭉하고 몸이 호리호리한 삼십 대 중반의 인물이었다.

그를 보자 노해광의 눈빛이 날카롭게 번뜩였다.

"드디어 나왔군."

정해의 시선도 그 백의인에게 고정되었다.

"저자가 화산파에서 백인장에 은밀히 지원해 준 두 명의 고수 중 하나입니까?"

"그래. 낙일검(落日劍) 하태목(何泰睦)이라고 하면 동북 지방에서는 열 손가락 안에 드는 검의 고수로 손꼽힌다."

정해는 고개를 갸웃거렸다.

"저는 처음 들어 보는 이름이군요."

"중원에서는 새외(塞外)나 변방의 고수들을 대수롭지 않게 보는 경향이 있다. 그래서 동북이나 장성 이북의 고수들은 거의 알려져 있지 않지. 하지만 흥안령(興安嶺) 부근만 가도 하태목의 이름을 모르는 자가 거의 없는 형편이다."

"검술이 대단한가 보지요?"

"쾌검이 놀랍지."

"화산파에서는 어떻게 저런 고수를 포섭할 수 있었을까요?"

노해광이 턱밑의 수염을 쓰다듬으며 진중한 음성으로 말했다.

"하태목은 사실 화산파의 속가 출신이다. 나중에 다른 사부의 밑으로 들어가기는 했지만, 태생은 화산파에 속해 있던 인물이지."

정해는 눈을 둥그렇게 떴다.

"화산파에서 그런 일을 한 자도 용납해 줍니까?"

노해광의 얼굴에 냉소가 떠올랐다.

"본산 제자가 아닌 속가 제자까지 일일이 신경 쓸 정신이 있겠느냐? 더구나 그 제자가 뛰어난 무공을 익히고 있다면 예전에 속가 제자였다는 연줄만으로도 충분히 이용해 먹을 수 있는데, 화산파에서 그걸 마다할 리 없지."

"이번 일처럼 말이지요?"

"그렇다."

"다른 한 사람은 누구입니까?"

노해광은 도지곤의 우측에 앉아 있는 다소 우람한 체구의 백의인을 가리켰다.

"염종수(廉宗樹)라는 자다."

정해는 곰곰이 생각해 보더니 입을 열었다.

"그 이름은 들어 본 적이 있는 것 같군요. 예전에 장인어른께서 감숙에서 활동하실 때 다툼이 있었던 마의혈객(麻衣血客)이라는 사파 고수의 이름이었던 것 같은데……."

"바로 보았다. 서자가 바로 마의혈객 염종수다."

정해는 새삼스런 눈으로 갈종기를 바라보았다.

"화산파에서 사파의 고수도 포섭했다는 말입니까?"

"사파는 무슨. 수단이 잔인하고 손끝에 인정을 베풀지 않아서 그런 오해를 받기는 했지만, 그도 엄연히 화산파의 속가 출신 고수다. 아는 사람이 거의 없어서 그렇지."

정해가 탄성을 터뜨렸다.

"화산파의 영역은 정말 넓고도 다양하군요."

"화산파가 강호에 뿌리를 내린지 수백 년이 흘렀다. 그동안 꾸

준히 본산뿐 아니라 속가의 제자들을 배출했으니 그 수가 얼마나 되겠느냐? 개중 화산파의 속가 출신임을 숨기고 활동하는 자들이 얼마나 되는지는 누구도 알 수 없을 것이다."

정해의 얼굴에 한 줄기 쓸쓸한 빛이 스치고 지나갔다. 노해광이 그를 힐끔 쳐다보았다.

"부러운 게냐?"

"솔직히 조금 부럽긴 하군요. 본 파의 제자들은 몽땅 합쳐도 스무 명이 채 될까 말까 한데…… 본 파 출신의 속가 제자들은 없었습니까?"

노해광의 얼굴에도 잠시 착잡한 빛이 떠올랐다.

"왜 없었겠느냐? 다만 그걸 그들이 선뜻 시인하느냐 하는 것이 문제겠지."

"지금은 본 파의 명성도 많이 회복되었으니 본 파를 찾아오는 자들이 나올 법도 한데 말입니다."

정해가 여전히 기대를 저버리지 않는 듯하자 노해광이 고개를 저었다.

"내가 있을 때 본산을 떠난 인물들이 십여 명쯤 된다. 그전 대(代)에는 훨씬 많은 자들이 하루가 멀다 하고 떠났다고 하더구나. 그 일이 벌써 이십 년 전이니, 그들이 다시 돌아오기도 힘들뿐더러 설사 온다고 해도 그들을 선뜻 받아들일 수 있겠느냐?"

정해가 생각하기에도 한번 종남파를 떠났던 인물이 다시 돌아온다는 건 불가능에 가까운 일이었다. 정해가 종남파에 입문한 이후 종남파를 떠난 인물들이 몇 명 있었지만, 그들은 절대로 돌아올 가능성이 없는 사람들이었다. 설사 그들이 돌아온다고 해도 과연 다른 사람들이 선선히 용납할지는 아무리 정해라 해도 자신할 수 없었다.

하물며 이십 년 혹은 그 이전의 일이라면 더 말할 나위도 없을 것이다.

이십 년은 너무도 긴 세월이었다. 그동안 그들은 종남파와는 무관한 삶을 살았을 것인데, 이제 와서 그들이 다시 종남파로 돌아오기를 기대한다는 것은 너무도 무망(無望)한 일일 것이다.

잠시 그들이 생각에 잠겨 있는 사이 관중일관에서도 세 번째 고수가 등장했다. 이번에 나온 사람은 머리가 다소 부스스하고 얼굴이 유난히 검은 건장한 체구의 사십 대 장한이었다.

그를 보자 정해가 기대에 찬 눈빛을 반짝였다.

"이제 정말 제대로 된 대결을 보겠군요."

노해광이 피식 웃었다.

"만만치 않은 싸움이 되겠지."

그 검은 얼굴의 장한은 독초웅(獨楚雄)이란 인물로, 장력패가 오늘의 비무를 위해 상당한 돈을 들여 초빙한 고수였다. 정해와 노해광이 그에 대해 상세하게 알고 있는 이유는 그 인물을 장력패에게 소개해 준 사람이 바로 노해광이었기 때문이다.

노해광은 화산파에서 은밀히 백인장을 지원하고 있다는 사실을 장력패에게 흘렸고, 장력패는 그에 맞설 고수를 찾아줄 것을 노해광에게 부탁했다. 노해광이 비밀리에 수소문하여 장력패에게 소개해 준 사람이 바로 독초웅과 학일명(鶴一明)으로, 그들은 각기 산동과 산서 지방에서 주로 활동하던 고수들이었다.

하나 두 사람 모두 의외로 명성은 그다지 크지 않았는데, 그것은 그들이 돈을 받고 은밀한 일을 주로 수행하는 청부업자들이었기 때문이다. 대신에 실력만큼은 확실하여, 하태목과 염종수에 견주어도 추호의 손색이 없었다.

원래 이런 무관끼리의 비무에서 외부의 고수를 자기 무관의 인물인 것처럼 눈속임하여 비무자로 내세우는 경우는 비일비재했다. 그래서 아주 유명하거나 누가 보아도 무관 소속이 아님이 분명한 인물 외에는 대체로 서로 묵인(默認)하는 것이 일종의 관행이었다.

노해광은 하태목과 독초웅의 대결은 백중지세로 예측했고, 염종수와 학일명의 싸움은 학일명이 우세할 것으로 생각했다. 그도 그럴 것이 학일명이야말로 노해광이 데리고 있는 소혼묘랑 초희의 오빠인 초력의 변장이었기 때문이다. 초력의 무공은 노해광 자신도 선뜻 이긴다고 자신할 수 없을 정도로 뛰어난 수준이어서 아무리 염종수가 감숙성에서 명성을 날린 고수라 해도 상대하기 벅찰 게 분명했다.

독초웅이나 초력, 둘 중 한 사람만 승리해도 결국 승부는 오 차전까지 갈 것이며, 그렇게 될 경우 어쩔 수 없이 두 무관의 주인인 장력패와 도지곤이 마지막 싸움을 하게 될 것이다. 그리고 본신의 실력으로 정면 대결을 하는 것이라면 도지곤은 절대로 장력패의 상대가 되지 못했다.

노해광이 무공 실력이 뛰어난 초력을 이번 일에 투입한 것은 화산파의 지원을 받은 백인장이 승리하는 것을 막기 위함이었다. 그렇게만 된다면 서안의 오대전장 중 하나인 천무장이 화산파의 영향력 아래 놓이는 일을 막을 수 있을 터였다. 또한 함께 일한 지 얼마 되지 않아 아직은 다른 수하들처럼 무조건적인 신뢰를 보낼 수 없는 초력을 좀 더 지켜보려는 의도도 담겨 있었다.

노해광이 걱정하는 것은 오히려 전혀 다른 것에 있었다.

이번 비무에 세인들의 이목이 집중되는 동안 화산파에서 방보당을 노리려 할 텐데, 아직 그런 기미를 찾을 수 없다는 것이 그의 신경을 거슬리게 하고 있었다.

서안 일대에는 이미 흑선방의 수하들이 거미줄처럼 잔뜩 깔려 있어서 아무리 사소한 움직임이라도 쉽게 파악할 수 있는데, 비무가 중반을 넘어서는 지금까지도 아무런 연락도 오지 않고 있는 것이다.

노해광이 눈살을 살짝 찡그리고 있자 정해가 슬쩍 그의 눈치를 살피며 조심스런 음성으로 물었다.

"그런데 사숙께서 저에게 맡기시려는 일들이 무엇인지 알 수 있습니까?"

"그건 잠시 후에 말해 주마. 그보다 과연 화산파에서 우리들이 의도한 대로 움직여 줄지 걱정이 되는구나. 네 생각은 어떠냐?"

"아직까지 그들이 아무런 움직임이 없으니 사숙께서 불안하신 모양이군요. 하지만 결국 그들의 선택은 자명(自明)한 일 아니겠습니까?"

노해광의 얼굴은 여전히 무겁게 가라앉아 있었다.

"그렇긴 하다만, 왠지 일이 뜻대로 흘러가지 않을 것 같은 불길한 생각이 드는구나. 내가 너무 과민한 탓이겠지?"

정해도 그 점에 대해서는 무어라고 말하기가 어려웠다. 노해광과 정해는 상당히 심혈을 기울여 오늘 일을 준비했지만, 강호에서의 일이란 것이 늘 마음먹은 대로 풀리는 건 아니다. 오히려 전혀 예상치 못했던 뜻밖의 방향으로 전개되는 경우가 허다했기에 일이 마무리될 때까지는 조금도 마음을 늦출 수 없었다.

그때, 그들의 그런 우려를 증명이라도 하듯 방문이 벌컥 열리며 누군가가 안으로 들어왔다.

들어온 자는 흑선방주인 최동의 수하 중 한 명인 마림(馬林)이었다. 눈치가 비상하고 발이 빨라서 최동이 연락책으로 주로 사용하는 인물이었다.

"무슨 일이냐?"

노해광이 묻자 마림은 재빨리 노해광의 앞으로 가서 머리를 조아렸다.

"방보당 주위에 일단의 무리들이 나타나서 주위를 배회하고 있습니다."

노해광은 재차 물었다.

"화산파의 고수들이냐?"

"그걸 확인할 수가 없습니다. 방주께서 그들을 어찌해야 할지 여쭤어 보라고 하셨습니다."

노해광의 눈썹이 한 차례 꿈틀거렸다.

"확인할 수가 없다고?"

서안에 들어온 화산파 고수들의 용모파기는 이미 세세하게 파악하여 최동이 모두 기억하고 있었다. 그들 중 화산파의 인물이 있다면 최동이 모를 리 없었다.

노해광의 가슴이 갑자기 마구 뛰기 시작했다. 조금 전부터 자신의 마음을 흔들리게 했던 불안감의 정체를 문득 깨달았던 것이다.

'내가 너무 곡수를 안일하게 생각하고 있었던 게 아닐까?'

곡수는 신산이라 불릴 만큼 두뇌가 비상하고 지모가 뛰어난 인물이어서 노해광도 그에 대한 경계심만큼은 계속 가지고 있었다. 하나 이번 일을 진행하면서 곡수의 대응이 자신의 예상을 벗어나지 못하고 있다는 생각에 내심으로 그에 대해 약간의 우월 의식을 가지게 된 것도 사실이었다.

그것은 노해광이 유화상단과 수룡신군 황충을 상대하면서 계속적으로 승승장구해 왔기에 자신도 모르게 자신감이 팽배해지면서 벌어진 일이었다. 지금까지 자신이 의도한 모든 일들이 정확하게 맞아떨어졌기에 이번에 화산파를 상대하면서도 그들이 자신의 의도에서 벗어나지 않으리라는 막연한 믿음을 가지고 있었던 것이다.

그러한 믿음이 얼마나 위험천만하고 허무한 것인지를 너무도 잘 알고 있던 노해광은 안색이 변해 다급하게 물었다.

"곡수는 지금 어디 있느냐?"

마림은 노해광이 이토록 다급해 하는 모습을 거의 본 적이 없기에 당혹한 얼굴로 대답했다.

"반 시진 전의 보고로는 공터의 반대편에 있는 천보루(天寶樓)의 삼 층 누각에서 이번 비무를 지켜보고 있다고 했습니다."

천보루는 노해광이 있는 건물에서 대각선 방향에 있는 주루였다. 그곳에서는 공터가 한눈에 내려다 보여서 아침 일찍부터 많은 사람들로 북적거리고 있었다. 노해광은 그런 번잡함이 싫어서 다소 한적한 반대편 방향에 있는 이곳에 자리를 잡았던 것이다.

노해광이 즉시 마림에게 지시를 내렸다.

"지금 당장 곡수가 아직도 천보루에 있는지 확인해라. 만일 없다면 곡수가 현재 어디에 있는지를 최대한 빨리 알아보도록 해라."

마림은 노해광의 안색만 보고도 그 일이 시급한 것인지를 알아차렸는지 즉시 머리를 조아리고는 황급히 밖으로 뛰어나갔다.

정해가 다소 긴장된 얼굴로 노해광에게 다가왔다.

"사숙께서는 곡수가 우리 의도와는 다르게 움직일 가능성이 있다고 보십니까?"

노해광은 허공을 응시한 채 여러 차례 표정이 변해 있다가 무거운 한숨을 내쉬었다.

"후우. 내가 미처 생각하지 못한 것이 한 가지 있다."

"그게 무엇입니까?"

"그들이 방보당을 얻었을 때 내게 줄 수 있는 피해는 약소한 정도에 불과하나, 만약 다른 곳을 얻을 수 있다면 내게 치명적인 타격을 주는 것은 물론이고 장안 전체의 상권을 일거에 장악할 수도 있다는 점이다."

노해광의 말에 무언가를 느낀 듯 정해의 얼굴도 딱딱하게 굳어
졌다.

"손가전장 말씀이군요."

노해광은 뜨거운 납덩이를 삼킨 듯한 표정으로 고개를 끄덕였다.

"그렇다."

노해광은 오늘 일에 대비해서 방보당 주위에 거의 모든 인력을
배치해 놓았다. 그러니 만약에라도 화산파가 방보당이 아닌 손가
전장을 노린다면 사태가 심각해지게 되는 것이다.

손가전장은 지리적으로 방보당과 반대편에 위치해 있었다. 손
가전장에 문제가 생겼다고 해도 방보당에 배치된 인력을 다시 그
곳에 투입하기까지는 상당한 시간이 소요될 게 분명했다.

그렇다고 방보당에 대한 방비를 풀고 무조건 손가전장으로 달
려갈 수도 없었다. 만에 하나 이런 일 자체가 곡수의 계략이라면,
손가전장으로 인원을 뺀 사이에 방보당은 그야말로 무주공산(無
主空山)이 되어 버릴 것이기 때문이다.

그야말로 진퇴양난의 상황이 아닐 수 없었다.

노해광은 허공을 응시한 채 속으로 중얼거렸다.

'결국 둘 중 하나를 선택해야 한다는 말이로군. 방보당이냐, 손
가전장이냐…… 내가 곡수라면 과연 어디를 선택했을까?'

제 275 장
신창마수(神槍魔手)

제275장 신창마수(神槍魔手)

구름이 낮게 깔린 흐린 날이었다. 해는 두툼한 구름에 가려 있었고, 금시라도 빗방울이 뿌릴 듯 하늘은 어둑어둑해져 있었다.

대홍산(大洪山)을 넘어가는 삼리강(三里崗)의 고갯마루는 유난히 높고 험해서 정상 인근을 지나는 사람들은 고개 근처에 위치한 주점에서 잠시 지친 몸을 쉬곤 했다. 하나 오늘은 날씨가 흐린 탓인지 고개를 넘어가는 사람은 거의 보이지 않았다.

다각다각…….

때마침 가벼운 말발굽 소리와 함께 대여섯 필의 말이 고개 정상에 나타났다. 뽀얀 먼지를 뒤집어쓴 인물들의 선두에서 말을 달리던 장한이 정상 부근에 있는 작은 주점을 발견하고는 반색을 했다.

"저곳에서 잠시 목이나 축이도록 합시다."

일행들은 모두 고개를 끄덕이고는 주점으로 향했다. 주점은 그리 크지 않았고, 특별한 간판도 없이 '주(酒)'라고 쓰인 붉은 깃발 하나만 달랑 내걸고 있었다.

지나가는 사람 하나 없어서 의자에 앉아 졸고 있던 주인이 갑자기 나타난 일단의 사람들에 놀라 퍼뜩 자리에서 일어나 허겁지겁 그들을 안내했다.

"어서 오십시오."

주점 앞 나무에 말을 묶고 주점으로 들어온 사람들은 여섯 명이나 되었다. 모두 남자들이었고, 사십 대에서 오십 대로 보였다. 대부분이 수중에 병장기를 휴대한 것으로 보아 강호의 무림인들임을 어렵지 않게 알 수 있었다.

주점 안은 달랑 네 개의 탁자만이 단출하게 놓여 있어서 주인은 서둘러 두 개의 탁자를 붙여서 그들을 앉게 했다.

"무얼 드시겠습니까?"

주인이 묻자 여섯 명 중 가장 먼저 들어왔던 호리호리한 체구에 유난히 커다란 눈을 가진 장한이 짤막하게 말했다.

"죽엽청 두 병과 간단한 요깃거리를 적당히 내오게."

주문을 받은 주인이 주방 쪽으로 사라지자 그들은 옷에 묻은 먼지를 털고 각자 자리를 잡았다.

"오늘은 날이 너무 흐리군. 비라도 올 것 같은데, 삼리강을 넘기 전에 쉴 걸 그랬나?"

일행들 중 체구가 건장하고 덥수룩한 수염을 기른 오십 대 중반쯤 되어 보이는 홍포 중노인이 인상을 찌푸리며 투덜대자 음식을 주문했던 커다란 눈의 장한이 고개를 저었다.

"비가 오고 나면 계곡물이 불어서 일정을 며칠이나 지체할지 모릅니다. 차라리 비가 오기 전에 빨리 삼리강을 넘어 장가집(張家集)으로 가서 쉬는 게 훨씬 더 낫습니다, 뇌 대협."

"그런가? 하긴 이쪽 지리야 자네가 훨씬 잘 알고 있을 테니 어련히 알아서 잘하겠지."

홍포 중노인의 맞은편에 앉아 있는 비쩍 마른 얼굴에 유난히 강퍅한 인상의 중년인이 피식 웃었다.

"소표(小飄)는 평생을 호북성에서만 살아서 이 일대 지리는 눈을 감고도 훤히 알 수 있을 만큼 정통하네. 그러니 길 안내는 그에게 맡겨 두고 우리는 느긋하게 따라가기만 하면 되는 걸세."

홍포 중노인은 계면쩍은 얼굴로 어깨를 으쓱했다.

"그거야 나도 알고 있지. 하루라도 빨리 일을 해결해야 한다는 생각에서 마음이 급해졌던 모양일세."

강퍅한 인상의 중년인이 정색을 했다.

"이번 일은 서두른다고 해결될 일이 아닐세. 자칫 한 번이라도 삐끗했다는 돌이킬 수 없는 상황에 처하게 될지 모르니 신중에 신중을 기해야 하네."

"그렇다고 너무 지체했다가 시일을 놓친다면 말짱 공염불이 아닌가?"

"아직은 충분한 시간이 있네. 그러니 너무 초조해 하지 말게."

홍포 중노인은 한 차례 무거운 한숨을 내쉬었다.

"후우. 자네 말대로 침착해야 하는데, 당최 마음이 가라앉지가 않는군. 내가 너무 소심해진 건가?"

"너무 걱정하지 말게. 우리는 분명 옳은 길을 가고 있는 걸세. 그걸 믿게."

홍포 중노인은 물끄러미 그를 보고 있다가 천천히 고개를 끄덕였다.

"나도 믿네. 그러니 자네를 따라 나선 것이지."

그때 지금까지 아무 말 없이 그들의 대화를 듣고 있던 준수한 얼굴의 백의 중년인이 조용한 음성으로 입을 열었다.

"뇌 대협께서 불초한 이 사람을 믿고 따라와 주신 것에 다시 한 번 감사드리오. 하지만 그 때문에 뇌 대협의 영명(榮名)에 누(累)가 되지 않을까 심히 우려되는구려."

"누라니 당치 않소. 나야말로 유 대협을 위해서 작은 힘이나마 보탤 수 있어서 정말 기쁘기 한량이 없소."

이들은 구궁보를 떠난 유중악과 그의 일행들이었다.

홍포 중노인은 진산수 뇌일봉이었고, 그의 맞은편에 앉은 강퍅한 인상의 중년인은 그의 가장 친한 친우인 팔비신살 곽자령이었다.

길 안내를 맡았던 커다란 눈의 중년인은 여뢰관이(如雷貫耳) 동천표(董天飄)라는 인물로, 호북성에서 상당한 명성을 떨치고 있는 이름난 고수였다. 그 옆에 앉은 흑색 유삼의 중년인은 흑삼객 임지홍이었고, 지금까지 아무 말 없이 한쪽에 조용히 있는 갈포인은 태행독객(太行獨客) 무종휘(武宗輝)였다. 무종휘는 태행산(太行山) 일대에서는 최고의 고수로 손꼽히는 인물로, 특히 쌍도(雙

刀)를 잘 사용하기로 명성이 높았다.

이들 중 진산수 뇌일봉과 흑삼객 임지홍을 제외한 세 명의 인물들은 유중악의 오랜 친우들로, 모두 한 지방의 패주(覇主)와도 같은 절대적인 명성을 쌓은 고수들이었다.

구궁보를 도망치듯 빠져나온 그들은 곧장 장강을 건넌 다음 육로를 이용해 이곳까지 쉬지 않고 말을 달려왔다. 때문에 고강한 무공을 지닌 그들이라도 어느 정도의 피로를 느끼고 있었다. 육체적으로는 누구보다도 강인한 그들이었으나, 구궁보에서 벌어진 일로 적지 않은 마음의 충격을 입은 데다 쉬지 않고 계속되는 여정에 정신적으로는 상당한 중압감을 느끼고 있었던 것이다.

그 여정의 끝이 어떻게 될지는 누구도 장담할 수 없을 것이다.

한동안 장내에 무거운 침묵이 감돌았다. 때마침 주방에서 주인이 주문한 요리들을 가지고 나오지 않았다면 분위기는 한층 더 무겁게 가라앉았을 것이다.

요리와 술이 나오자 뇌일봉이 무거운 분위기를 깨려는지 짐짓 호탕하게 건배를 제의했다.

"앞으로의 일이 어떻든 나 뇌 모(某)는 여러분들과 알게 된 것을 진심으로 기쁘게 생각하고 있소. 앞으로의 일이 순탄하기를 빌며, 모쪼록 우리의 만남이 좋은 결실을 맺게 되길 기원하겠소."

뇌일봉이 먼저 술을 마시자 모든 사람들이 그와 함께 술잔을 들이켰다.

몇 순배의 술이 돌며 장내의 분위기가 한결 부드러워지자 뇌일봉이 동천표를 향해 물었다.

"앞으로의 일정은 어떻게 되는가?"

자신들이 가야 할 최종 목적지가 어디인지는 알고 있었지만 중간의 여정은 전적으로 동천표가 책임지기로 했으므로 궁금하지 않을 수 없었다.

동천표는 안주를 한 점 집어 먹은 후 입을 열었다.

"삼리강을 지나면 장가집에서 하룻밤을 기거한 후 한수(漢水)를 건너 의성(宜城)으로 갈 것입니다. 그곳에서 관도를 따라 양양(襄陽)까지 가게 되면 목적지가 지척입니다."

"의성까지만 가면 일단 길이 순탄해지겠군."

뇌일봉은 거듭된 산행에 조금 지쳐 있는지라 관도를 따라 이동한다는 말에 반색을 했다.

사실 그는 오랫동안의 투병 생활로 아직 채 몸이 완전한 상태가 아니었다. 그동안 종남파와 함께 움직일 때는 여정이 넉넉해서 피곤한 줄을 몰랐는데, 구궁보를 떠난 이후에는 상당한 강행군을 해 온 탓에 몸의 여기저기가 이상을 호소하고 있었다.

곽자령이 뇌일봉을 보며 빙그레 미소 지었다.

"철골(鐵骨)로 이름 높았던 자네도 어느덧 뼈마디가 노곤해진 것 같군. 의성에 가면 며칠 푹 쉬었다가 움직일 생각이니 그때까지만 참게."

뇌일봉이 씁쓸한 표정으로 그의 말을 받았다.

"아무래도 나도 나이를 먹긴 먹은 모양일세. 강호가 좁다 하고 뛰어다닐 때가 엊그제 같았는데, 며칠 말을 달렸다고 허리뼈가 죽는 소리를 내는군."

"혼자 늙어 가는 사람처럼 말하는군."

곽자령이 그와 가벼운 농을 주고받고 있을 때, 주루 안으로 몇 명의 사람이 들어왔다.

이번에 들어온 사람들은 모두 네 명이었는데, 하나같이 흑립(黑笠)을 깊게 눌러쓰고 검은색 피풍의를 걸치고 있었다. 피풍의 아래 드러난 의복들도 검은색이었고, 심지어 신발도 검은색 흑단화였다. 전신이 온통 검은색 일색이어서 언뜻 보기에도 괴기스러웠다.

그들이 들어오자 담소를 나누고 있던 유중악 일행들은 모두 입을 다문 채 그들을 주시했다. 일견하기에도 그들에게서 무언가 심상치 않은 기운이 느껴졌던 것이다.

네 명의 흑포인은 주루 한쪽에 있는 탁자에 가서 앉았다. 곧 주인이 그들에게 다가가 주문을 받고 이내 주방 안으로 사라졌다.

흑포인들은 여전히 흑립을 벗지 않고 말없이 앉아 있었고, 그에 따라 주루 안의 분위기도 차츰 어색하게 굳어지기 시작했다.

그때 다시 주루 안으로 네 명의 인물들이 들어왔다. 이번에 들어온 사람들은 조금 전의 흑의인들과는 반대로 모두 하얀색 의복을 걸치고 있었다. 머리에는 백색 망사가 달리고 챙이 넓은 모자를 쓰고 있었고 소맷자락이 넓은 백포를 입고 있었는데, 머리끝부터 발끝까지 온통 하얀색 일색이라 흡사 백색 물감을 뒤집어쓴 것 같은 모습이었다.

네 명의 백포인들은 흑포인들과 반대편 탁자에 앉았다. 공교롭게도 그들이 앉은 위치는 유중악 일행을 둘러싼 형태여서 유중악 일행이 밖으로 나가기 위해서는 어느 쪽으로든 그들 앞을 지나치지 않을 수 없는 상황이었다.

잠시 장내에 괴이한 침묵이 감돌았다. 여덟 명의 흑포인과 백포인들은 벙어리처럼 입을 굳게 다물고 있었고, 유중악 일행 또한 말없이 그들을 응시하고 있었다. 하나 바늘이 떨어지는 소리도 들릴 것 같은 정적 속에는 사소한 일로도 커다란 폭발이 일어날 듯한 팽팽한 긴장감이 감돌고 있었다.

그 무거운 정적을 깬 사람은 뜻밖에도 유중악이었다.

유중악은 술병을 들어 뇌일봉을 향해 술을 따랐다.

"뇌 대협을 알게 된 것이 칠팔 년은 족히 지난 것 같구려."

뇌일봉은 그의 잔을 받으면서도 이런 상태에서 그와 왜 자신에게 이런 말을 하는지 몰라 어리둥절한 얼굴이 되었다.

"그렇소. 금릉(金陵)에서 처음 자령의 소개로 유 대협을 만난 일이 엊그제 같은데, 벌써 팔 년이나 흘렀구려."

"그동안 뇌 대협과는 서너 번의 술자리를 가졌음에도 아직 허심탄회하게 말할 기회를 가지지 못했으니, 모두 이 사람의 불찰이오."

"별말씀을 다하시오. 나는 유 대협을 알게 된 것을 강호에 몸을 담은 후 가장 운이 좋았던 일 중 하나라고 생각하고 있소."

유중악은 준수한 얼굴에 엷은 미소를 지었다. 보는 사람의 마음을 편안하게 하면서도 무언가 믿음직한 느낌을 주는 미소였다.

"뇌 대협이 나를 그렇게 생각해 준다니 고맙소. 사실 말은 하지 않았지만, 나는 진작부터 뇌 대협을 나의 친구로 생각하고 있었소."

뇌일봉은 가슴이 격탕되는지 가뜩이나 붉은 얼굴이 홍시처럼 시뻘겋게 변했다.

"나도 그렇소."

"뇌 대협이 나를 믿고 따라와 준 것에 진심으로 고마움을 느끼고 있소."

"나를 친구로 생각한다면 굳이 그런 말은 할 필요가 없소."

"나도 알고 있소. 하지만 더 늦기 전에 뇌 대협에게 꼭 내 마음을 한 번쯤은 밝히고 싶었소."

뇌일봉은 감동으로 가슴이 뜨거워지는 와중에도 의아한 생각이 들었다.

"더 늦기 전이라니 그게 무슨 말이오?"

유중악은 그 말에는 대답하지 않고 따뜻한 눈으로 그를 보더니 천천히 주위를 둘러보았다. 그의 친구들도 무언가를 느낀 듯 일제히 그에게로 시선을 고정시켰다.

한 사람, 한 사람과 시선이 마주칠 때마다 유중악은 조용히 미소 지으며 고개를 끄덕였다. 곽자령과 동천표, 무종휘도 그를 따라 밝게 웃었다. 한 점의 구김살이 없는 밝고 환한 웃음이었다.

유중악의 시선은 제일 마지막으로 임지홍에게로 향했다.

임지홍도 웃고 있었지만, 그의 얼굴은 잔뜩 구겨져서 울음과도 같아 보였다.

"유 대협……."

유중악은 부드러운 눈으로 그를 바라보았다.

"자네는 나에게 미안해 할 필요 없네. 이건 모두 내가 원해서 한 일일세."

임지홍은 벌겋게 충혈된 눈으로 그를 응시하며 무어라고 입을
열려 했다.

"유 대협. 나는……."

"알고 있네. 나는 후회하지 않으니, 자네도 후회하지 말게."

임지홍은 말없이 고개를 끄덕였다.

유중악은 천천히 주루의 입구로 시선을 돌렸다.

한 사람이 느릿느릿 주루 안으로 들어오고 있었다.

한쪽은 검고 한쪽은 흰 음양포(陰陽袍)를 입은 노인이었다. 노
인의 머리는 잡털 하나 없는 눈부신 백발이었고, 얼굴은 대춧빛으
로 붉었다. 전체적으로 준수하고 당당한 외모였으나, 충후하기보
다는 왠지 사이한 느낌을 불러일으켰다.

그것은 백발 노인의 눈동자 때문이었다. 오른쪽의 눈동자는 유
난히 검은 동자가 많았고, 반면에 왼쪽 눈은 흰자위가 대부분이었
다. 흑과 백의 경계가 분명한 그 눈은 보는 사람으로 하여금 묘한
두려움을 느끼게 했다.

백발 노인은 당당한 걸음으로 주루 안으로 들어오더니 이내 유
중악에게 시선을 고정시켰다.

"노부가 누구인지 알아본 모양이군."

유중악은 고개를 끄덕였다.

"흑백상문신(黑白喪門神)들이 나타날 때부터 당신이 왔으리라
고 짐작했소."

백발 노인의 대춧빛 얼굴에 한 줄기 흥겨움이 떠올랐다.

"그렇다면 노부가 왜 이곳에 왔는지도 알고 있겠군?"

유중악은 담담한 음성으로 대꾸했다.

"짐작은 하고 있소. 누군가가 올지 모른다고 생각했지만, 그게 설마 당신일 줄은 몰랐소."

"그래서 세상일이란 재미있는 걸세. 왕왕 예상을 벗어난 일이 벌어지니 말이야."

백발 노인은 강호의 절대 고수인 유중악을 아랫사람 대하듯 대했다. 하나 유중악 본인은 물론이고 장내의 누구도 그 점을 이상하게 생각하지 않았다.

유중악은 조용히 미소 지었다.

"확실히 재미있는 일이오. 당신 같은 사람도 남에게 부림을 당한다는 걸 누가 예상이나 했겠소?"

백발 노인은 유중악의 비아냥거림이 섞인 말에도 전혀 동요하지 않았다.

"노부를 부릴 수 있는 사람은 없네. 노부는 그저 부탁을 받았을 뿐일세."

"단순히 부탁 때문이란 말이오?"

"거절할 수 없는 부탁이라고 해 두지."

"그 부탁이란 게 정확히 뭔지 알 수 있겠소?"

"자네도 충분히 짐작하고 있지 않은가?"

"좀 더 분명하게 알고 싶을 뿐이오."

이번에는 백발 노인이 빙긋 웃었다.

"알고 싶다면 말해 주지. 더 이상 자네들이 자신의 옷자락을 들쳐 보지 못하게 해 달라더군. 성가시다고 말이야."

"재미있는 표현이군. 당신은 자신이 있소?"

"쉽지는 않겠지. 하지만 어려운 일도 아닐세. 자네도 그렇게 생각하고 있지 않나?"

"글쎄. 당신의 말대로 되길 바라겠소. 하지만 조금 전에 당신도 말했다시피 강호에서의 일이란 왕왕 예상을 빗나가기 마련이오."

백발 노인의 붉은 얼굴에 떠오른 미소가 조금 더 짙어졌다.

"하지만 오늘은 아닐세."

백발 노인이 어떠한 몸짓도 하지 않았는데 탁자에 앉아 있던 네 명의 흑포인과 네 명의 백포인이 일제히 자리에서 일어나 유중악 일행을 에워쌌다.

그들의 동작은 그야말로 일사불란하면서도 쾌속하기 그지없어서 눈앞에 무언가 검고 하얀 것이 어른거린다 싶은 순간에 그들은 유중악 일행의 팔방(八方)을 정확하게 포위해 버렸다. 그 속도와 방위의 정확함은 보는 이의 모골을 송연하게 할 정도였다.

유중악 일행은 모두 자리에서 일어났다.

백발 노인은 그들이 대항할 자세를 갖추는 모습을 가만히 지켜보더니 유중악을 향해 느릿느릿 걸어왔다.

"그럼 이제 자네의 그 소문난 신창 솜씨를 보도록 하지."

백발 노인, 강호의 모든 무림인들이 이름만 들어도 기겁해 질린다는 우내사마의 일인인 음양신마(陰陽神魔) 복양수(僕陽壽)는 유중악을 향해 손을 내뻗기 시작했다.

유중악의 나이는 올해 마흔일곱. 고향은 강서성(江西省) 봉강(鳳崗)이었다.

어렸을 때부터 그는 신동(神童)으로 명성이 자자했으며, 관옥(冠玉) 같은 얼굴에 인물됨이 비범해서 주위의 칭찬이 끊이지 않았다. 천하제일신창으로 널리 알려졌던 절세의 고수 조화신창 감화는 그에 대한 소문을 듣고 노구를 이끌고 직접 봉강까지 내려가 그를 면담했으며, 그 자리에서 그를 자신의 제자로 받아들였다. 그때 감화는 육십이 훌쩍 넘었고, 유중악의 나이 불과 열두 살이었다.

십여 년 후에 감화는 성장한 유중악을 흐뭇한 눈으로 바라본 후 숨을 거두었고, 유중악은 한 자루 창을 들고 강호로 뛰어들었다. 그로부터 그에 대한 무수한 전설 같은 이야기가 퍼지기 시작했다.

그의 창법은 사부인 감화를 뛰어넘는다고 알려졌고, 성품은 푸른 하늘처럼 고고하면서도 담백해서 누구라도 그를 직접 보게 되면 앞을 다투어 친구로 사귀고 싶어 할 정도였다. 그가 강남 지방을 무인지경처럼 휩쓸고 다니던 혈륜방(血輪幇)을 단신으로 무너뜨렸을 때부터 사람들은 그를 '창의 최고봉'이라고 불렀으며, 이내 무림구봉 중의 일인으로 꼽기에 주저하지 않았다.

남녀노소를 불문하고 그에 대한 사람들의 칭송이 끊이지 않아서 그는 누구나가 인정하는 무림 최고의 기남아(奇男兒)가 되었다. 그럼에도 그는 추호도 오만하지 않았고, 모든 사람을 공정하게 대했다. 그를 지칭하는 '신창조화 의기천추'라는 말은 그의 별호인 환상제일창보다 더욱 널리 알려졌으며, 그의 명성을 불후의 것으로 만들어 주었다.

하나 그 찬란했던 명성도 구궁보에서 벌어진 일로 흐려지기 시작했으니, 많은 무림인들은 이를 자기 일처럼 아쉬워했다.

이제 유중악은 무림 출도 후 최고의 위기에 봉착해 있었다. 그는 지금까지 서른일곱 번을 싸웠고, 그중 단 한 번도 자신의 전력을 모두 드러낸 적이 없었다.

하나 지금은 사정이 달랐다.

그가 상대하려는 복양수는 무림인들이 무림구봉보다 오히려 한 단계 위로 평가하는 우내사마 중의 한 사람이었으며, 오랫동안 강호 무림에 전설적인 존재로 군림해 온 희대의 마인(魔人)이었다. 유중악이 감화의 제자가 되기 전부터 복양수의 이름은 강호를 진동하고 있었으니 성격이 담대하고 철담협골로 이름 높은 유중악이라도 절로 긴장되지 않을 수 없었다.

하나 속마음이야 어떻든 겉으로 드러난 유중악의 얼굴은 전혀 흔들림이 없었고, 태도 또한 한 점 흐트러짐이 없이 진중(鎭重)했다.

주루 안이 금시라도 터질 듯한 팽팽한 긴장감에 휩싸인 가운데 돌연 싸움이 시작되었다.

주위를 에워싸고 있던 여덟 명의 흑백상문신이 좌우로 갈라지며 유중악의 친우들을 향해 몸을 날렸다. 흑백상문신은 복양수가 직접 키운 고수들로, 개개인이 강호의 어떤 절정 고수에도 못지않은 무서운 실력의 소유자들이었다. 그런 고수 여덟 명이 일제히 달려들었으니 아무리 유중악의 친우들이 한 지방을 주름잡는 무인들이라고 해도 승산을 장담할 수 없을 것이다.

삽시간에 장내는 세찬 경풍과 도성(刀聲), 거친 숨소리로 가득 차 버렸다.

유중악은 자신의 바로 옆에서 치열한 격전이 벌어지고 있는데도 전혀 시선을 주지 않고 담담한 눈으로 자신을 향해 다가오고 있는 복양수를 응시하고 있었다. 하나 조금만 안목이 있는 자라면 이미 유중악과 복양수 사이에서 보이지 않는 싸움이 시작되었다는 것을 알 수 있을 것이다.

그것을 증명이라도 하듯 유중악과 복양수 사이에 있던 탁자와 의자들이 세차게 뒤흔들리더니 이내 먼지로 화해 사라져 버렸다. 그 모습은 기괴하면서도 보는 이의 마음을 섬뜩하게 만들기에 충분한 것이었다.

복양수가 유중악의 삼 장 앞까지 다가왔을 때, 유중악은 오른손을 늘어뜨려 허리춤을 매만졌다.

그의 허리에 매어져 있던 옥색 허리띠가 풀려나오며 그의 손에 쥐어졌다. 길이가 네 자를 갓 넘은 허리띠는 무슨 재질로 만들어졌는지 그의 손에 쥐어지는 순간 빳빳하게 일어나며 길쭉한 봉의 형태가 되었다. 그가 허리띠의 가운데 부분을 만지자 봉의 양쪽 끝에서 예리한 창날이 튀어나왔다.

이것이 바로 유중악을 무림구봉 중의 하나로 불리게 한 그의 독문병기 여의신창(如意神槍)이었다.

여의신창의 길이는 네 자 다섯 치. 여타의 창보다 훨씬 짧아서 창이라기보다는 단봉(短棒)과 비슷한 길이였으나, 대신에 특수한 재질로 만들어져서 평상시에는 허리띠로 사용해도 될 만큼 유연하면서도 신축성이 좋았다. 하나 일단 내공을 주입하게 되면 강철보다 단단해져서 가히 신병(神兵)이라 해도 어색하지 않을 만큼 신묘한 병기였다.

여의신창을 든 유중악의 모습은 하나의 거대한 봉우리를 연상케 했다. 다섯 자에도 못 미치는 짧고 가느다란 단창을 들고 있음에도 누구도 범접하기 어려운 가공할 기운이 흘러나오고 있었다.

복양수는 조금도 주저하지 않고 유중악을 향해 달려들었다. 정파인이었다면 강호에서의 명성이나 연륜으로 보아 까마득한 후배뻘인 유중악에게 선수를 양보했을 텐데, 복양수는 그런 점에서 추호의 아량이나 자비가 없는 인물이었다.

유중악과 복양수 사이의 공간은 그들이 내뿜는 무형의 기세로 가득 차 있어서 어지간한 고수라도 그 안에 들어서면 전신의 혈맥이 터져 나가고 말 것이다. 하나 복양수의 손은 너무도 수월하게 공간을 뚫고 들어가 유중악의 가슴 쪽으로 날아들었다.

유중악은 옆으로 반 보 움직이며 수중의 여의신창을 살짝 흔들었다.

우웅…….

마치 벌떼가 우는 듯한 음향과 함께 수백 개의 은광이 그의 앞에 나타났다. 마치 백색 방패가 가슴을 보호하는 듯한 형상이었다. 그것이 여의신창의 창날이 움직여 만들어진 것임을 누가 상상이나 했겠는가?

팍!

복양수의 손이 창날로 이루어진 은색의 방패와 마주치며 아주 작은 소리가 났다. 하나 그 여파는 결코 작지 않았다. 유중악이 만들어 낸 백색 방패의 가운데가 뻥 뚫려 버린 것이다. 그 사이로 유중악의 앞가슴이 훤히 드러났다.

그런데 복양수는 앞으로 달려들기는커녕 오히려 뒤로 한 걸음 물러났다. 그 순간,

쾌액!

한 가닥 섬광이 눈부신 속도로 그의 코앞을 스치고 지나갔다. 무심결에 계속 앞으로 다가섰다가는 영문도 모르고 그 섬광에 목을 꿰뚫리고 말았을 것이다.

이것이 바로 조화십이창법 중의 섬전일순(閃電一楯)이라는 초식이었다. 창을 빠르게 움직여 창날만으로 방패를 만들어 상대의 공격을 막고, 그 방패에 상대의 공격이 격중되는 순간에 반대편 창날로 상대의 목을 노리는 무시무시한 수법이었다. 그야말로 공수(攻守)가 완벽하게 결합된 그 수법에 허무하게 당한 고수들이 적지 않았다.

복양수는 언제 물러섰느냐 싶게 섬광이 사라지자마자 재차 달려들었다.

모든 무림인들이 두려워하는 그의 성명절기는 음양무궁보(陰陽無窮步)와 음양건곤수(陰陽乾坤手)였다. 신묘하기 이를 데 없는 음양무궁보로 상대에게 접근하여 가공할 음양건곤수로 격살시키는 것이 가장 널리 알려진 음양신마 복양수의 독보적인 살인수법이었다.

지금도 복양수의 물러섰다가 다가서는 동작이 어찌나 빠르고 민첩했던지 모르는 사람이 보았다면 그냥 처음부터 곧장 달려드는 것으로 알았을 것이다.

저돌적이라 할 만큼 맹렬한 복양수의 돌진에도 유중악은 추호도 당황하지 않고 여의신창을 위아래로 바꾸어 잡았다. 겨우 반 바퀴 회전시킨 것에 불과했지만 두 가닥의 섬광이 복양수의 미간과 아랫배를 향해 튀어나왔다. 마치 두 개의 뇌전이 방출되는 것 같았다.

복양수의 어깨가 한 차례 흔들렸다. 그러자 그의 신형이 돌연 옆으로 길쭉해지며 유중악이 발출한 두 개의 섬광이 허공을 가르고 지나갔다. 이것이 바로 음양무궁보 중의 절기인 양봉음위(陽奉陰違)였다. 머리를 가슴 쪽으로 숙이고 다리를 허리 위까지 올려 상대의 공격을 피하면서도 전혀 속도가 줄지 않는 것이 양봉음위의 놀라운 점이었다.

과연 복양수의 신형은 순식간에 유중악의 코앞에 도달했고 그 순간에 활짝 벌려진 그의 손은 어느새 유중악의 앞가슴을 가격하고 있었다.

막 그의 손이 유중악의 가슴을 뭉개 버리려는 찰나, 유중악의 신형이 허물어지듯 그 자리에서 움푹 꺼져 버렸다.

복양수의 손이 헛되이 허공을 움켜쥠과 동시에 바닥에서 폭죽처럼 섬광이 피어올랐다. 복양수는 그대로 뒤로 벌렁 넘어지더니 이내 다시 신형을 회전시켜 옆으로 물러섰다.

파파팍!

그가 움직일 때마다 그가 지나쳤던 자리가 움푹움푹 파여 들어갔다.

순식간에 두 사람은 질풍노도 같은 십여 초를 주고받았다.

그들의 공세가 어찌나 강력하고 매서웠던지 작은 주루는 이미 풍비박산 난 지 오래였고, 그들 주위에서 싸우던 흑백상문신과 유중악의 친우들도 모두 멀리 떨어진 곳으로 전권(戰圈)을 이동해야만 했다.

십여 초의 짧은 공방이 지나간 후, 앞으로 득달같이 달려들며 복양수는 양손으로 위와 아래를 가리켰다.

그가 쳐든 양손 사이에 기이한 기운이 어른거리더니 이내 폭발할 듯 유중악의 전신으로 휘몰아쳐 갔다. 음양건곤수 중의 획분음양(劃分陰陽)이라는 무서운 수법이었다. 그에 맞서 유중악은 손에 든 여의신창을 서너 차례 흔들었다. 여의신창의 끝이 하늘거리더니 이내 수십 개의 창영(槍影)을 만들어 냈다. 그 창영들은 봄날에 휘날리는 꽃송이처럼 복양수를 향해 자욱하게 날아갔다.

파파파팡!

폭죽이 터지듯 엄청난 굉음과 함께 세찬 경풍이 주위 사방을 휩쓸고 지나갔다. 한바탕 거센 폭풍이 휘몰아 친 것 같은 소란함이 가시며 장내의 광경이 드러났다.

복양수는 여전히 양손을 내민 자세로 우뚝 서 있었고, 유중악 또한 여의신창을 한 손으로 든 채 복양수를 겨누고 있었다.

문득 복양수가 자신의 옆구리를 슬쩍 내려다보았다. 검고 흰 그의 음양포 한쪽 구석에 손가락 하나가 들락거릴 만한 크기의 구멍이 뚫려 있었다.

복양수는 히죽 웃었다.

"내 음양포가 찢긴 건 정말 오랜만이군. 재미있어, 정말 재미있는 일이야."

유중악은 그의 말에는 아무 대꾸도 없이 여의신창을 들고 있는 자신의 오른팔을 가만히 바라보았다. 그의 오른쪽 소매는 갈가리 찢겨 맨살이 팔뚝까지 그대로 드러나 있었다. 건장한 팔뚝은 조금의 상처도 없이 매끈했으나 유중악의 두 눈은 무겁게 가라앉았다.

그토록 주의했음에도 결국 복양수에게 접근을 허용해 소맷자락이 갈가리 뜯겨지고 말았던 것이다.

문득 유중악은 주위를 둘러보았다.

그의 친우들은 악전고투를 벌이고 있었다. 무공이 고강한 곽자령과 동천표, 무종휘는 각기 두 명의 상문신들을 맞아 그런대로 아슬아슬하게 버티고 있었지만, 오랜 부상에서 회복한 지 얼마 되지 않은 뇌일봉과 상대적으로 그들보다 무공이 떨어지는 임지홍은 각기 한 명의 상문신을 상대하면서도 일방적으로 몰리고 있었다. 그중에서도 임지홍은 당장이라도 피를 뿌리며 쓰러질 것만 같은 위험천만한 상황의 연속이었다.

유중악은 한동안 그들을 가만히 바라보다가 문득 허공을 올려다보았다.

주루는 기둥조차 남아 있지 않아서 잔뜩 어두워진 하늘이 그대로 드러나 있었다. 마침 빗방울 하나가 그의 얼굴 위로 떨어져 내렸다.

그것을 신호탄으로 삼기라도 한 듯 한두 방울씩 비가 내리기 시작했다.

"이런 날에는 따뜻한 술을 마셔야 하는데……."

그가 조용히 중얼거릴 때, 그의 귓전으로 복양수의 음성이 들려왔다.

"이제 슬슬 본격적으로 시작해 볼까?"

유중악은 천천히 고개를 떨구어 복양수에게 시선을 고정시켰다.

"바라던 바요."

그는 수중의 여의신창을 힘껏 움켜잡았다. 그러고는 처음으로 복양수를 향해 먼저 몸을 날렸다.

제 276 장
출기불의(出機不意)

제276장 출기불의 (出機不意)

　서안의 북문에서 동쪽으로 조금 치우친 곳에 한 채의 고색창연한 건물이 서 있었다.

　이 층으로 된 그 건물은 정면으로 나 있는 정문 외에는 별다른 출입구가 없었고, 외곽으로 창문조차 나 있지 않아서 다소 음침해 보였다. 하나 의외로 정문으로 들락거리는 사람들은 제법 많은 편이었다.

　정문 위에 '손가전장(孫家錢莊)'이라고 쓰인 작은 현판이 없었다면 누구도 이곳이 서안은 물론이고 섬서성 전체를 통 털어서 가장 많은 금전 거래가 오가는 서안 최대의 전장(錢莊)임을 알지 못했을 것이다.

　손 노태야가 손가전장을 세운 것은 그의 나이 마흔두 살 때였다. 그로부터 이십여 년이 흐른 지금 손가전장은 단일 전장으로는 강북 전체에서 몇 손가락 안에 꼽히는 거대한 전장이 되었고, 손 노태야는 자타가 공인하는 서안 최고의 거부가 되었다.

손 노태야는 손가전장 외에도 열 개의 미곡상과 세 개의 보석상 등 수십 개의 점포를 가지고 있었지만, 그가 가장 애착을 가지는 곳은 이 손가전장이었다. 분점도 없이 달랑 본점 하나뿐인 건물이었으나, 손가전장은 손 노태야에게 다른 모든 점포를 합친 것에 못지않은 수익을 올려 주는 보물단지였다. 그래서인지 손가전장이 손 노태야의 거처인 손가장에서 제법 멀리 떨어져 있었음에도 손 노태야는 지금도 이삼 일에 한 번씩은 꼭 손가전장을 직접 찾아가 그동안의 거래 내역을 보고 받았다.

손가전장의 책임자는 장태(張泰)라는 인물인데, 손 노태야가 처음 손가전장을 세울 때부터 그를 따랐던 가장 오래된 측근 중 한 사람이었다.

지금 장태는 눈을 살짝 찌푸린 채 한 장의 서신을 읽고 있었다.

"흠……."

서신을 내려놓은 장태의 입에서 나직한 신음이 흘러나왔다.

장태의 나이는 쉰다섯. 이십 대의 젊은 나이에 손 노태야의 밑에 들어와 그 후로 삼십 년 가까운 세월 동안 전장업에만 몸을 담아 왔다. 재빠른 상황 판단과 우직하리만치 충실한 일처리로 손 노태야의 신임을 얻어 손 노태야의 많은 사업체 중 가장 핵심 점포인 손가전장의 책임자로 앉게 된 것이 벌써 팔 년 전이었다.

이삼 일에 한 번씩 손 노태야에게 상황 보고를 하기는 했으나, 대부분의 일을 모두 자신의 직권으로 처리할 수 있을 정도로 장태는 막강한 실권을 쥐고 있었다. 이제는 제법 거물답게 후덕해진 몸집에 늘 입가에 여유 있는 미소를 잃지 않았는데, 지금 서신을 읽고 난 장태의 표정은 그다지 좋아 보이지 않았다.

장태는 무언가 골똘히 생각에 잠겨 있다가 옆에 있는 줄을 잡아당겼다.

곧이어 장한 하나가 나타나 그를 향해 머리를 조아렸다.

"부르셨습니까?"

"잠시 후에 종리상단(鍾里商團)에서 몇 사람이 나를 찾아올 것이다. 귀한 분들이니 이쪽으로 정중하게 모셔 오도록 해라."

"알겠습니다."

"그리고 가일(賈一)을 불러와라."

"예."

장한은 허리를 숙여 인사를 하고는 조용히 방을 벗어났다.

장한이 나간 후 장태는 허공을 응시한 채 깊은 상념에 빠진 모습이었다. 간혹 고개를 갸웃거리거나 눈썹을 찡그리는 것이 무언가 마음에 들지 않는 것이 있는 듯한 모습이었다.

그때 문이 소리도 없이 열리며 한 사람이 모습을 드러냈다.

비쩍 마른 체구에 눈빛이 차가운 회의인이었다.

"무슨 일이오?"

회의인은 손가전장의 총지배인인 장태를 앞에 두고도 전혀 공손한 모습을 보이지 않았다. 하나 장태는 전혀 신경 쓰지 않는 듯 그를 힐끔 쳐다보더니 불쑥 입을 열었다.

"자네 형제들이 밥값을 할 때가 왔네."

회의인의 눈에 한 줄기 신광이 번뜩이고 지나갔다.

"듣던 중 반가운 소리군. 그렇지 않아도 비싼 임금을 받으면서 하는 일 없이 빈둥거리는 것이 다소 불편했었소."

"조금 있다가 종리후(鍾里侯)가 오기로 했네."

"종리상단의 그 종리후 말이오?"

"그렇다네."

"그가 왜 이곳에 온단 말이오?"

"본 전장과 거래를 하고 싶다더군."

회의인은 고개를 갸웃거렸다.

종리상단은 서안에서 열 손가락 안에 드는 커다란 상단이었다. 종리 성을 가진 혈족들이 모여 만든 상단이었는데, 결속력이 강하고 서안 일대에 확고한 뿌리를 내리고 있어서 누구도 그들을 무시하지 못했다.

"내가 듣기로는 종리상단은 자체 전장을 가지고 있어서 다른 전장과는 일체의 금전 거래를 하지 않는다고 하던데, 내가 잘못 알고 있는 거요?"

"그렇지 않네. 확실히 지금까지 그들은 다른 어느 전장과도 금전 거래를 한 적이 없었네. 그런데 이번에는 사정이 달라졌네. 그들은 올 봄부터 서역의 상행(商行) 개척에 대규모 신규 투자를 시작했는데, 공교롭게도 그 후에 비단 파동이 생기는 바람에 일시적으로 자금이 경색된 모양일세. 그래서 약간의 도움을 받았으면 하는 것 같더군."

비단 파동은 유화상단과 손 노태야의 다툼으로 시작된 일련의 사태를 말하는 것으로, 그 결과 유화상단의 둘째인 유길상의 취선 방이 몰락하고 노해광의 만화원이 새롭게 등장하여 그 자리를 대체해서 서안의 상계(商界)를 놀라게 했다.

회의인은 여전히 의문이 가시지 않는 얼굴이었다. 손 노태야 때문에 벌어진 사건으로 생긴 어려움을 손 노태야가 소유한 전장에 손을 빌려 타개한다는 것은 자존심 강하기로 유명한 종리상단답지 않은 일이었다.

"그 말을 믿소?"

"그래서 자네들의 도움이 필요하네."

장태의 말은 다소 뜬금없었으나 회의인은 단번에 그 속에 숨은 뜻을 알아차렸다.

"그들의 진정한 속셈이 무엇인지 알아봐 달라는 거요?"

장태는 여전히 신중한 모습이었다.

"종리후는 종리상단의 첫째로, 상단의 재무를 총괄하는 인물일세. 그가 직접 나섰으니 허언은 아니겠지만 왠지 예감이 좋지 않네."

장태는 흔히 말하는 촉이 좋은 인물이었다. 그러한 예민한 감각 때문에 커다란 손실을 피해 간 적도 여러 번 있었다.

"어떻게 예감이 좋지 않다는 거요?"

"시기가 좋지 않네. 자네도 알다시피 지금 장안 일대는 겉으로는 조용해도 금시라도 터질 것 같은 일촉즉발의 폭발성을 내재하고 있네. 특히 화산파가 무언가 큰일을 벌일 거라는 소문 때문에 모두들 몸을 사리고 있는 판국일세. 이러한 예민한 시기에 이제까지 별로 왕래도 없던 종리상단이 우리에게 손을 내민다는 게 너무공교롭다는 생각이 들어서 말일세."

"그러면 거절하면 될 게 아니오?"

"그렇게 되면 그들과는 완전히 척을 지게 되네. 종리가(鍾里家)는 집요한 구석이 있어서 적으로 돌리기에는 껄끄러운 존재들이지. 게다가 만에 하나라도 그들의 제안이 사실이라면 우리에게는 커다란 기회가 될 수도 있네. 그러니 섣불리 결정할 수 없는 일일세."

"우리가 어떻게 해 주면 좋겠소?"

"우선 종리상단의 자금 사정이 정말 어려운지 파악해 주게. 그리고 요즘 종리상단에 주로 출입하는 자들이 어떤 인물들인지도 알아봐야 하네."

회의인은 별로 깊게 생각하지도 않고 선뜻 고개를 끄덕였다.

"그렇게 하겠소. 그 외에 다른 일은 없소?"

장태는 골똘히 생각하더니 입을 열었다.

"잠시 후에 종리후가 올 때 그와 동행하는 자들에게 주의를 기울여 주게."

회의인은 그를 빤히 쳐다보았다.

"설마 종리후가 이곳에서 무슨 수작을 부리려 한다고 생각하는 거요?"

장태는 한숨을 내쉬었다.

"매사에 불여튼튼하자는 게 내 신조일세. 게다가 오늘은 태야(太爺)께서 오시는 날이니, 아무리 사소한 위험이라도 배제하는 게 좋지 않겠나?"

회의인은 장태가 너무 신중하다고 생각했다. 하나 이러한 신중함이 손 노태야로 하여금 자신의 가장 핵심사업체인 손가전장을 그에게 맡긴 가장 큰 이유였다.

회의인은 자신의 가슴을 가볍게 두들겼다.

"우리 형제에게 맡겨 주시오. 종리후가 누구를 대동해 오던 이곳에서 추호도 엉뚱한 일을 벌이지 못하게 하겠소."

"믿고 있겠네."

종리후가 손가전장에 온 것은 그로부터 반 시진 후였다. 종리후의 일행은 모두 다섯 명이었는데, 종리후 외에 다른 네 사람은 이십 대 후반의 청년 두 사람과 나이가 지긋한 두 명의 노인들이었다. 청년들은 하나같이 눈빛이 정명(精明)하고 인물이 준수해서 한눈에 보기에도 비범한 모습들이었고, 노인들은 평범한 인상이었다.

"어서 오시오. 오랜만에 보는 것 같소."

장태가 반갑게 그들을 맞았다.

종리후가 정중하게 포권을 했다.

"손 노태야의 생신 때 뵙고 처음이군요. 별래무양하셨습니까?"

종리후의 나이는 사십 대 중반으로, 장태보다 열 살쯤 적었다. 그래서인지 장태를 대하는 종리후의 태도는 깍듯하기 그지없었다.

"나야 항상 잘 먹고 잘 지내고 있소. 그런데 같이 오신 분들은 어떤 분들이시오? 모두 처음 뵙는 것 같소만……."

"이 두 사람은 제 조카들이고, 이쪽 두 사람은 저희 상단에서 회계 업무를 보는 분들입니다. 인사 올리게, 손가전장의 총지배인 이신 장태, 장 대인일세."

종리후의 말에 두 명의 청년이 살짝 허리를 숙였다.

"종리광(鍾里廣)입니다."

"종리혁(鍾里爀)이라 합니다."

그들이 건성으로 인사를 하는 듯한 모습에 장태는 내심 눈살이 찌푸려졌으나 겉으로는 전혀 내색하지 않고 빙그레 미소 지었다.

"반갑네. 외모가 출중한 두 사람을 보니 내 눈이 밝아지는 것 같군."

종리후 일행이 모두 자리에 앉자 다과가 나온 후에 바로 회담이 진행되었다.

종리후는 종리상단이 비단 파동으로 인해 일시적인 자금 압박을 받고 있으며, 삼 개월을 기한으로 십만 냥을 융통해 줄 것을 부탁했다. 그리고 그에 대한 담보로 자신들이 가지고 있는 네 곳의 땅문서를 제공한다고 했다.

종리후의 공식적인 제의를 받은 장태는 잠시 생각에 잠겼다. 십만 냥이 비록 큰돈이긴 하지만, 종리상단의 명성을 생각해 보면 오히려 적다고 할 수 있었다. 게다가 삼 개월이라는 짧은 기간은 더욱 매력이 있었다. 담보로 제공하겠다는 네 곳의 땅도 장태가 파악하기로는 적게 잡아도 십오만 냥은 훌쩍 넘으니 충분한 가치가 있었다.

이리저리 따져 보아도 전혀 손해날 것이 없었다. 그래서 장태는 오히려 마음 한구석에 불안한 생각이 들었다. 모든 조건이 너무 좋은 것이다.

이런 조건이라면 손가전장이 아닌 다른 어떤 곳이라도 쌍수를 들고 환영할 것이 분명했다. 그런데도 종리후는 굳이 자신들이 자금경색을 겪게 한 비단 파동의 원인 제공자격인 손가전장을 찾아온 것이다.

장태는 신중한 표정으로 물었다.

"조건은 합당한 것 같네. 그런데 자네가 굳이 본 전장과 거래하려는 이유를 알 수 있겠나?"

종리후는 눈을 반짝이며 장태의 후덕해 보이는 얼굴을 쳐다보았다.

"그게 궁금하십니까?"

장태는 순순히 대답했다.

"처음 자네의 서신을 봤을 때부터 그런 의문이 들었네. 장안에 커다란 전장이 많은데, 왜 자네가 굳이 우리와 거래를 하려는지 말일세. 특히 자네는 화 대부인과 상당한 친분 관계에 있다고 알고 있는데, 만방루를 이용하지 않고 내게 온 것이 선뜻 이해가 되지 않네."

지나치게 솔직한 장태의 말에 종리후의 눈이 어느 때보다 예리하게 빛났다.

"정말 이유를 알고 싶으십니까?"

장태는 종리후의 빛나는 눈을 보자 마음 한구석이 더욱 껄끄러워졌으나 주저하지 않고 고개를 끄덕였다.

"알고 싶네."

"그 대답은 내가 해야겠군."

지금까지 아무 말 없이 그들의 대화를 듣고 있던 두 명의 노인 중 체구가 왜소한 노인이 불쑥 입을 열었다.

장태의 시선이 자신도 모르게 그에게로 향했다. 그 노인의 얼굴은 너무나 평범해서 돌아서면 바로 잊어버릴 것 같았다. 그럼에도 장태는 노인에게서 시선을 떼지 못했다.

"이유는 단순하네. 이곳을 이용하면 쓸데없는 지출이 생기지 않거든."

노인의 음성은 그리 크지 않았으나 그 음성을 듣자 장태는 무언지 모를 무거운 기운에 전신이 짓눌리는 듯한 기이한 중압감을 느꼈다. 장태는 헛기침을 하며 자연스럽게 머리를 쓸어 넘겼다.

"험, 노인장의 말뜻을 이해하지 못하겠소."

노인은 그를 빤히 쳐다보았다.

"정말 이해하지 못하겠나?"

장태는 표정이 살짝 굳어지더니 이내 원래대로 돌아왔다.

"그러고 보니 조금 전에 노인장의 함자를 소개받지 못했구려."

"내 이름은 연일환(淵一煥)이라고 하네."

"이제 보니 연 노인이셨……."

무심결에 그의 말을 받던 장태의 얼굴에 한 줄기 괴이한 표정이 떠올랐다.

"함천옹(含天翁) 연일환……?"

노인은 태연히 고개를 끄덕였다.

"노부의 이름을 들어 본 모양이군."

장태는 두 눈을 크게 떴다. 무언가를 느낀 듯 그는 연일환의 옆에 앉아 있는 훤칠한 키의 노인에게 시선을 돌렸다.

훤칠한 키의 노인은 짤막하게 입을 열었다.

"나는 고성진(雇星震)이라는 별 볼 일 없는 늙은이일세."

"번천수(飜天叟)……."

"바로 날세."

장태의 얼굴이 무겁게 굳어졌다.

장태는 소리 없는 전쟁터라고 알려진 서안의 전장업계에서 평생을 살아온 사람이었다. 어지간한 일로는 쉽게 놀라지도 않았고, 마음이 흔들리거나 두려워하지도 않았으나 지금 가슴 한구석이 세차게 뛰는 것을 어쩔 수 없었다.

함천옹 연일환과 번천수 고성진.

이들은 바로 화산파의 십대 장로 중 두 사람이었던 것이다. 작고 왜소한 체구로는 상상할 수도 없을 만큼 엄청난 내공을 지니고 있어서 가히 하늘도 품을 수 있다는 함천옹 연일환과 수공(手功)으로는 능히 화산파 제일의 고수라는 번천수 고성진은 세상에 둘도 없는 절친한 사이여서 늘 함께 붙어 다니는 것으로도 널리 알려져 있었다.

종리후의 일행에 화산파의 십대 장로 중 두 사람이 동행했다는 것이 무엇을 의미하는지를 파악하기 위해 장태의 머릿속이 무섭게 회전하기 시작했다.

한동안 복잡한 눈빛으로 두 사람을 바라보던 장태는 이윽고 마음을 가라앉힌 듯 가는 한숨을 내쉬었다.

"후우. 강호에 명망이 높은 두 분이 오신 것을 모르고 결례를 범했으니 내 잘못이 큰 것 같소."

그의 말은 언뜻 듣기에는 대접이 소홀한 것에 대한 사과 같았으나, 그 속에는 강호의 명숙인 두 사람이 신분을 속이고 이곳에 숨어 들어온 것에 대한 비판이 담겨 있었다.

고성진은 살짝 눈살을 찌푸린 채 아무 말이 없는 반면에, 연일환은 담담한 음성으로 입을 열었다.

"우리 같은 늙은이들의 허명(虛名)이야 무어 그리 중요하겠나? 보다 큰 뜻을 위해서라면 이깟 허명쯤은 언제든지 집어던질 수 있지."

장태는 처음으로 연일환을 똑바로 응시했다.

"연 대협이 말씀하신 큰 뜻이란 게 무엇인지 알 수 있겠소?"

연일환의 대답은 망설임이 없었다.

"본 파가 바로 서는 것일세."

"그걸 위해서라면 어떤 일도 용납할 수 있다고 생각하시는 거요?"

장태의 음성에는 준엄한 추궁이 담겨 있었으나, 연일환은 전혀 표정의 변화가 없었다.

"나에게는 그게 곧 대의(大義)일세. 자네가 돈 버는 걸 대의로 생각하듯 말일세."

장태는 치졸한 변명이라고 말하고 싶었으나, 감히 연일환의 앞에서 그런 말을 내뱉을 수는 없었다. 연일환과 고성진은 화산파에서 단 열 명뿐인 장로 중에서도 다섯 손가락 안에 드는 뛰어난 고수들이었다. 그들은 지위나 명성이 높을 뿐 아니라 좀처럼 화산파 바깥으로 모습을 드러내지 않아서 평상시라면 장태도 그들과 이렇게 대화를 나눌 수 있게 된 걸 영광으로 생각했을 것이다.

장태는 다시 머리를 쓸어 넘기며 씁쓸한 표정으로 입을 열었다.

"두 분이 본 장까지 어려운 걸음을 한 건 본 장에 다른 목적이 있어서겠지요?"

"바로 보았네."

연일환이 망설이거나 말을 돌리지 않고 직접적으로 수긍을 하자 장태의 표정이 더욱 어두워졌다.

"그 목적이 무엇인지 알 수 있겠소?"

"자네가 예상하고 있는 그것이라고 해 두지."

연일환의 한 치의 망설임도 없는 모습에 장태는 더 이상 물을 수가 없었다. 입을 열기만 해도 자신이 상상할 수 있는 최악의 상황이 그대로 닥칠 것만 같아 불안했던 것이다. 어느 문파보다도 당당하기로 이름 높은 화산파에서 고고하고 자존심 강하기로 유명한 장로들까지 동원하여 이토록 노골적으로 손을 써 오리라고는 전혀 예상치 못한 일이었다.

장태의 시선이 자신도 모르게 슬쩍 입구 쪽을 향했다. 하나 아무도 들어서는 사람은 없었다.

그때 연일환이 조용한 음성으로 물었다.

"기다리는 사람이라도 있나?"

장태는 무심결에 고개를 저었다.

"자네가 기다리는 자들은 오지 않을 걸세."

장태의 낯빛이 약간 창백하게 굳어졌다.

그때 문이 소리도 없이 열리며 짙은 남의와 청의를 입은 두 사람이 안으로 들어왔다.

남의인은 체구가 건장하고 유난히 짙은 눈썹에 우뚝한 코를 지닌 호쾌하게 생긴 청년이었고, 반면에 청의인은 다소 호리호리한 몸매에 여인처럼 피부가 곱고 입술이 붉은 준수한 미남자였다. 두 사람 모두 나이는 이십 대 후반에서 삼십 대 초반으로 보였는데, 눈빛이 서늘하고 차가운 인상이어서 쉽게 접근하기 어려운 인물들 같았다.

그들은 연일환의 앞으로 다가와서 살짝 머리를 숙였다.

"정리되었습니다."

연일환은 가볍게 고개를 끄덕였다.

"수고했네."

장태는 그들의 대화를 가만히 듣고 있다가 무거운 한숨을 내쉬었다.

"흠. 이들도 화산파에서 내려온 분들이시오?"

"그러네."

"밖에 있는 사람들은 어찌 되었소?"

남의인이 연일환 대신 입을 열었다.

"손가전장의 식솔들이라면 걱정하지 마시오. 그들이 자신의 방에서 조용히만 있는다면 아무런 해도 입지 않을 거요."

장태는 다시 물었다.

"회의인 몇 사람이 있을 텐데……."

이번에는 청의인이 빙긋 웃으며 말했다.

"아쉽게도 그들은 손가전장의 식솔들이 아니더군. 강호의 예에 따라서 대접해 주었소."

장태의 눈썹이 살짝 찡그려졌다.

장태가 말한 회의인들은 가일과 그의 의형제들이었다. 장태가 머리를 쓸어 넘기는 동작은 가일과 사전에 약속한 것으로, 방문자가 좋지 않은 뜻을 품고 왔으니 안으로 들어와서 그들을 제압하라는 은밀한 신호였다.

가일을 비롯한 여섯 명은 손가장의 청명숙에서 기거하던 빈객들로, 하나같이 상당한 실력을 지닌 강호의 고수들이었다. 장태는 청명숙의 빈객들 중에서 뜻이 맞고 실력이 검증된 가일과 그의 형제들을 손 노태야에게 특별히 부탁하여 자신의 곁에 두었는데, 지금까지 그들은 단 한 번도 장태의 기대를 실망시킨 적이 없었다.

그런데 몇 번이나 머리를 쓸어 넘겼음에도 그들이 모습을 드러내지 않아 불안했는데, 이제 보니 이미 남의인과 청의인에 의해 제압당한 모양이었다. 그들이 모두 쓰러졌는데도 밖에서 큰 소리한번 나지 않은 것은 이들 두 사람의 무공이 그들을 압도했음을 나타내는 것이었다.

장태는 가일의 실력이 결코 호락호락한 것이 아님을 잘 알고 있기에 이들 두 사람의 정체가 궁금하지 않을 수 없었다.

"자네들의 명호를 알 수 있겠나?"

청의인이 준수한 얼굴에 엷은 미소를 지어 보였다.

"나는 조평보(曹平寶)라 하고, 내 사제는 국익경(鞠益慶)이오."

그들의 이름을 듣는 순간, 장태의 입에서 자신도 모르게 나직한 탄성이 흘러나왔다.

"매풍(梅風)과 매영(梅影)! 자네들은 매화사절이었군."

청의인, 조평보는 하얀 이를 드러내며 활짝 웃었다.

"그렇소."

그제야 장태는 가일 형제가 제대로 된 대항도 해 보지 못하고 기척도 없이 그들의 손에 당한 이유를 알 수 있었다.

화산파의 일 대 제자들은 적지 않은 수를 자랑했지만, 그들 중 특히 네 사람이 세인들의 입에 제일 많이 오르내렸다.

그들은 하나같이 당대에 보기 드문 미남자들이었고, 무공에 관한 천부적인 재질을 지니고 있어 화산파에서도 가장 촉망받는 인재들이었다. 그들은 개개인의 성격과 기질에 따라 각기 매풍, 매영, 매향(梅香), 매절(梅節)이라는 외호가 붙었는데, 많은 사람들은 그들 네 사람을 일컬어 매화사절이라 불렀다. 조평보가 바로 매화사절 중의 매풍이었고, 국익경이 매영이었다.

두 명의 장로에 이어 매화사절 중의 두 사람이 나타나자 장태도 더 이상 냉정을 유지하기가 힘들었다. 더구나 조평보와 국익경의 말투와 행동으로 보아 이미 전장의 대부분이 그들의 손에 장악된 것이 분명해 보였다.

'이들 두 사람만은 아닐 테고, 오늘 이곳에 화산파의 고수들이 몇 명이나 왔단 말인가?'

손가전장의 전체 인원은 백 명이 넘었다. 아무리 조평보와 국익경이 뛰어난 고수들이라고 해도 그들만으로 손가전장을 단시간 내에 장악할 수는 없었다. 이들 외에 적게 잡아도 이십 명에 가까운 인원이 투입되었을 것이다.

최근 몇 년간 이토록 많은 화산파 고수들이 내려 왔다는 말은 들은 적이 없기에 장태는 화산파가 이번 일에 얼마나 관심을 기울였는지를 새삼 절감할 수 있었다.

장태는 무거운 표정으로 연일환을 바라보았다.

"당당한 화산파에서 이토록 무도(無道)한 일을 벌일 줄은 미처 몰랐소."

장태의 비난 섞인 말에도 연일환은 별반 표정의 변화가 없었다.

"말했지 않나? 대의를 위해서라면 무슨 일이든 할 수 있다고 말일세."

"나를 사로잡고 건물을 장악했다고 해서 본 전장을 수중에 넣었다고 생각한다면 큰 오산이오."

"물론 알고 있네. 거래장부와 손 노태야가 없으면 손가전장은 껍데기에 불과할 뿐이지."

장태의 눈초리가 꿈틀거렸다.

"그런데도 이런 일을 벌였단 말이오?"

"조금만 기다리면 끝날 일이네."

장태가 무어라고 입을 열려는 순간, 누군가가 다시 안으로 들어왔다.

하얀 무복을 걸친 젊은이였다.

그 젊은이는 연일환의 앞으로 다가와 나직한 음성으로 말했다.

"그가 왔습니다."

그 말을 듣자 장태의 가슴은 덜컥 내려앉았다. 오늘은 바로 손 노태야가 결산 보고를 받으러 손가전장으로 오는 날이었다.

그리고 이들도 그것을 알고 있음이 분명해 보였다. 아니, 어쩌면 그것을 알고 오늘 이런 일을 벌인 건지도 몰랐다. 일부러라도 떠올리지 않으려고 했던 가장 우려할 만한 최악의 상황이 마침내 도래한 것이다.

손 노태야는 살짝 눈썹을 찌푸린 채 입술을 굳게 다물었다. 무언가 못마땅한 일이 있을 때 습관적으로 짓는 표정이었다.

맹효(孟曉)가 그의 그런 신색을 알아차렸는지 조심스런 음성으로 물었다.

"마음에 안 드는 일이라도 있으십니까?"

맹효는 손 노태야의 오래된 측근이면서 또한 회계 업무를 관장하고 있기에 전장에 올 때면 늘 지근거리에서 손 노태야를 수행하는 인물이었다.

"아직 일과가 끝날 시간도 되지 않았는데 점원들 모습이 보이지 않는군."

손 노태야의 퉁명스런 말에 맹효는 주위를 둘러보더니 안색이 조금 변했다. 손 노태야의 말마따나 손님을 맞고 안내해야 할 점원들이 모두 어디로 갔는지 전장 안이 썰렁한 느낌이 들었다. 오직 몇몇 손님들만이 주위를 서성이고 있을 뿐이었다.

맹효가 슬쩍 고갯짓을 하자 뒤에 있던 네 명의 호위 무사들 중 두 사람이 재빨리 앞으로 나섰고, 다른 두 사람은 뒤쪽의 퇴로를 확보하려 했다.

하나 어느새 그들의 사방은 봉쇄되어 있었다. 방금 전까지만 해도 손님처럼 보였던 자들이 교묘하게 그들이 움직일 수 있는 모든 방위를 철저하게 막아서고 있는 것이다. 삽시간에 조용했던 실내가 팽팽한 긴장감에 휩싸여 버렸다.

"웬 놈들이냐?"

맹효가 버럭 소리를 질렀으나 그들을 에워싸고 있는 자들은 아무 말이 없었다.

"이분이 누구인 줄 알고 앞길을 막는 것이냐? 냉큼 비키지 못하겠느냐?"

맹효가 고함을 치듯 말하자 그들 중 한 사람이 조용한 음성으로 입을 열었다.

"큰 소리를 내 봤자 이곳에 올 사람은 아무도 없소. 그러니 공연히 심력을 낭비하지 마시오."

그는 용모가 제법 단정하고 눈빛이 맑은 삼십 대 초반의 장한이었다.

맹효의 시선이 그를 향했다.

"이곳에 올 사람이 없다는 게 무슨 뜻이냐?"

"말 그대로요. 일부러 고함을 질러 봤자 당신의 목만 아프고 힘만 빠질 뿐이오. 그보다 나는 손 노태야를 뵈어야 할 일이 있으니 비켜 주시겠소?"

맹효의 얼굴이 잔뜩 찌푸려졌다. 사실 맹효가 목청껏 소리를 지른 것은 손가전장 안의 무사들을 부르려는 의도가 담겨 있었다. 하나 상대는 이미 그의 속마음을 훤히 꿰뚫어 보고 있었다.

그의 말이 사실이라면 손가전장의 무사들은 이미 그들에게 제압당해 있는 것이 분명했다. 설마 손가전장 안에서 손 노태야를 위태롭게 하는 일이 벌어지리라고는 상상도 못했기에 맹효는 당혹스러울 수밖에 없었다.

그때 손 노태야가 맹효를 물러서게 한 후 앞으로 나섰다.

"나를 보고 싶다고?"

장한은 손 노태야를 향해 살짝 웃어 보였다.

"그렇습니다."

손 노태야의 주름진 시선이 장한의 얼굴을 빤히 응시했다. 아무런 빛도 담겨 있지 않은 탁한 시선이었으나, 그래서 더욱 사람들의 마음을 무겁게 짓누르는 눈이었다. 손 노태야가 이런 시선으로 바라볼 때면 대개의 사람들은 안절부절못하거나 시선을 피하고는 했다.

하나 장한은 오히려 빙긋 웃으며 그의 눈을 가만히 들여다보는 것이었다. 장한의 눈빛은 손 노태야의 눈과는 달리 티 없이 맑고 담백했다.

손 노태야는 한동안 물끄러미 장한을 보고 있다가 느릿느릿 입을 열었다.

"눈빛이 정명(精明)한 젊은이로군. 내게 용무가 있다면 먼저 자신이 누구인지 밝히는 게 순리 아니겠나?"

장한은 그를 향해 정중하게 포권을 했다.

"인사가 늦었습니다. 저는 송인혁(宋仁赫)이라 합니다."

손 노태야는 그의 이름을 가만히 곰씹어 보다가 천천히 고개를 끄덕였다.

"자네는 화산에서 내려왔군."

"그렇습니다."

송인혁은 화산파가 자랑하는 매화사절 중의 매향(梅香)이었다.

알려지기로 그는 어려서부터 일대기재로 이름이 높았고, 화산파에 입문한 지 얼마 되지도 않아 수석장로인 십지매화검객(十枝梅花劍客) 선우정(鮮于庭)의 눈에 띄어 그의 고제가 되었다고 한다. 적지 않은 사람들은 그와 매절 북문도(北門都)중 한 사람이 매화사절 중의 최고수일 거라고 말하곤 했다. 나이도 다른 매화사절보다 몇 살 많은 편인 데다 성격도 침착해서 은연중에 매화사절의 우두머리 역할을 하고 있었다.

"무슨 용무이기에 화산파의 제자들이 연락도 없이 내 전장을 쳐들어왔나?"

송인혁은 담담한 웃음을 지어 보였다.

"쳐들어오다니, 당치 않습니다. 우리는 그저 다른 누구의 방해도 받지 않고 손 노태야와 조용한 대화를 나누고 싶었을 뿐입니다."

"이게 화산파가 대화하는 방식이란 말인가?"

손 노태야는 주위를 둘러싼 고수들을 슬쩍 돌아보며 비꼬는 말을 던졌으나 송인혁은 전혀 동요하지 않았다.

"상황에 따라 대처하는 방식은 얼마든지 달라질 수 있지 않겠습니까?"

"그래, 그 용무란 게 대체 뭔가?"

"이곳은 긴 대화를 나누기에 적합하지 않은 것 같군요. 안으로 드시지요. 조용한 자리를 마련해 두었습니다."

송인혁은 안쪽을 가리키며 몸을 돌렸다. 이곳이 마치 자신들의 거처라도 되는 양 한 치의 망설임이나 주저함도 없이 손 노태야를 안내하는 모습에 맹효가 어이가 없는 표정으로 그의 뒤통수를 노려보았으나, 손 노태야는 무심한 얼굴로 묵묵히 그의 뒤를 따라 걸음을 움직였다.

맹효와 네 명의 호위 무사가 그 뒤를 따르려 하자 화산파의 고수들이 그들을 막아섰다.

"다른 사람들은 이곳에 가만히 계시면 되오."

맹효와 호위 무사들이 반발하려 했으나, 손 노태야가 그들을 제지했다.

"자네들은 이곳에서 기다리고 있게."

"하지만……."

맹효는 무어라고 말을 하려다 손 노태야의 시선을 받고는 입을 다물었다.

송인혁은 손 노태야가 그러리라는 것을 짐작이라도 했다는 양 빙긋 웃으며 손 노태야를 내실로 안내했다.

내실은 손가전장의 깊숙한 곳에 위치해 있었다. 이 내실은 원래 손 노태야가 손가전장에 왔을 때 머무르는 곳으로, 평상시에는 장태를 제외한 전장의 누구도 함부로 출입할 수 없도록 철저하게 통제되어 있었다. 그런데 지금은 내실에 도착할 때까지 그들을 막아서거나 제지하는 사람이 아무도 없었다. 그것은 이미 손가전장의 모든 곳이 화산파 고수들의 손에 완전히 장악당했음을 나타내는 것이었다.

손가전장에서 일하는 점원들을 제외한 호위 무사들의 수는 삼십 명이 훨씬 넘었다. 개중에는 손 노태야가 특별히 선발해서 보낸 손가장의 빈객들도 상당수 있었다. 그런데 그들 모두가 손가장에 공격을 받고 있다는 연락도 보내지 못하고 모조리 제압당해 버린 모양이었다.

손 노태야가 송인혁의 뒤를 따라 내실로 들어서자 화산파 고수들에 둘러싸여 있던 장태가 자리에서 벌떡 일어났다.

"태야……."

손 노태야는 그에게는 시선도 주지 않고 성큼성큼 걸어가 중앙의 의자에 가서 앉았다. 너무도 태연하고 자연스러운 동작이어서 장태에게 보고를 받기 위해 이 방에 들어왔던 평상시의 모습과 조금도 다르지 않았다.

손 노태야는 자리에 앉은 다음에야 비로소 주위의 인물들을 차례로 둘러보았다. 젊은 조평보와 국익경을 가볍게 훑고 지나가던 손 노태야의 시선이 연일환과 고성진의 얼굴에 머물렀다.

손 노태야는 비록 연일환과 고성진을 직접 만난 적은 없었지만 그들의 연배와 주위의 분위기를 파악하고는 이내 그들의 신분을 짐작할 수 있었다.

"화산파의 장로들께서 귀한 걸음을 하셨구려."

고성진은 여전히 입을 굳게 다문 채 딱딱한 표정인 반면에 연일환은 입가에 부드러운 미소를 매달았다.

"이런 자리에서 보게 되어 아쉽구려. 나는 연일환이라 하고, 이쪽은 고성진이라 하오."

손 노태야는 고개를 끄덕였다.

"두 분의 고매한 명성은 익히 들었소."

아무리 손 노태야라고 해도 강호 최고의 명문 정파 중 하나인 화산파의 장로를 무시할 수는 없었다. 이런 자리만 아니었다면 손 노태야도 보다 기꺼운 마음으로 그들을 대할 수 있었을 것이다.

"손 노태야께서는 말을 돌려 하는 걸 별로 좋아하지 않는다고 들었소."

"그런 편이오."

"그래서 단도직입적으로 말하겠소. 우리가 이곳에 온 건 손 노태야와 한 가지 거래를 하기 위해서요."

손 노태야는 물끄러미 그를 보다가 주위를 한 차례 둘러보았다. 이런 분위기에서 거래라는 말이 어울리느냐는 의미를 담은 무언의 행동이었다.

"일단 들어 봅시다. 무슨 거래를 하려는 거요?"

"본 파는 이번에 전장에 대규모 투자를 하려 하오. 그 일에 손 노태야의 힘을 빌리고 싶소."

"어떻게 힘을 빌려 달라는 거요?"

"거래처를 소개받고 싶소."

아주 단순한 말이었으나, 듣고 있던 장태의 얼굴이 흙빛으로 변했다.

전장의 가장 중요한 일이 바로 거래처 관리였다. 자기가 거래하고 있는 거래처를 남에게 소개한다는 것은 곧 거래처를 넘겨준다는 것과 마찬가지의 의미였다. 그러니 거래처를 소개해 달라는 것은 곧 전장을 넘겨 달라는 것과 별반 차이 없는 말인 셈이었다.

너무도 노골적이고 어처구니없는 말을 들어서인지 손 노태야는 한동안 아무런 대답 없이 묵묵히 앉아 있었다. 연일환도 그를 윽박지르거나 대답을 재촉하지 않고 조용히 그를 지켜보기만 했다.

한참 후에야 손 노태야는 느릿느릿 입을 열었다.

"나는 거래란 공정해야 한다고 생각하오."

"공정한 거래가 될 거요."

"어떻게 말이오?"

"손 노태야가 우리에게 거래처를 소개해 준다면, 첫째로 손 노태야는 가장 든든한 보호자를 얻게 될 거요."

"나는 지금도 충분히 보호받고 있소."

연일환은 희미하게 웃었다.

"그랬다면 이런 자리도 마련되지 않았을 거요."

그 말에 손 노태야는 입을 다물었다.

연일환은 나직한 음성으로 말을 계속했다.

"안전하다는 건 상대적인 거요. 지금까지는 충분히 자신을 보호할 수 있었겠지만, 앞으로의 상황은 많이 달라질 거요. 그래서 손 노태야에게는 우리의 도움이 필요하오."

단정적인 듯한 말이었으나 손 노태야는 굳이 부인하지 않았다.

확실히 지금까지 손 노태야가 상대했던 자들과 화산파는 비교조차 할 수 없었다. 화산파가 일단 손을 써 온 이상, 그들의 적이 되든지 손을 잡든지 둘 중 한 가지 길밖에는 남아 있지 않았다. 그리고 이미 화산파에 손가전장이 장악 당하고 자신의 몸이 억류되었으니 어느 길을 선택해야 할지는 너무도 자명한 일이었다. 손 노태야로서는 그저 화산파가 이토록 과감하고 신속하게 손을 써올 것이라고 미처 예상치 못했던 자신의 실책을 탓할 수밖에 없는 상황이었다.

"그것이 첫째라면 둘째도 있겠구려."

연일환은 고개를 끄덕였다.

"물론이오. 둘째로 손 노태야는 업종을 다양화할 수 있소."

손 노태야의 눈썹이 슬쩍 치켜 올라갔다.

"그게 무슨 뜻이오?"

"우리는 손 노태야가 포목점을 차리도록 도와줄 수 있소."

포목점이란 말에 손 노태야의 뇌리에 노해광의 만화원이 떠올랐다.

"포목점 하나와 전장을 바꾸자는 말이오?"

"하나가 아니오. 우리는 장안 일대의 포목과 비단 판매에 손 노태야가 쉽게 뿌리를 내릴 수 있도록 돕겠소."

포목과 비단은 유화상단의 가장 큰 주 업종이었다. 그리고 최근에는 만화원이 제법 큰 성세를 누리고 있었다. 연일환의 말은 손가전장을 순순히 넘긴다면 유화상단 대신에 손 노태야를 지원할 수도 있으며, 때에 따라서는 만화원을 통째로 넘겨줄 수도 있다는 의미를 담고 있었다.

손 노태야는 머리가 복잡한 듯 잠시 관자놀이를 양손으로 어루만졌다.

전장을 주고 포목과 비단을 얻는 것에 대한 손익을 계산하는 것 같았다. 하나 사실은 계산하고 자시고 할 것도 없었다. 자신이 평생을 몸 담아왔고 확고한 뿌리를 내린 전장업이었다. 아무리 화산파가 지원한다고 해도 새로운 업종에 뛰어드는 것이 달가울 리 없었다.

문제는 손 노태야가 그들의 제안을 거절할 수 없다는 것이었다.

화산파가 실질적으로 손가전장을 장악한 상태에서 이런 제의를 하는 것은 외부의 시선을 의식하기 때문이었다. 손 노태야에게 형식적으로나마 사업체를 인수받는 것과 그렇지 않은 것은 대외적으로 큰 차이가 있었다.

지금 연일환이 제시한 것은 승낙 여부를 결정할 수 있는 제안이 아니라 무조건 들어야만 하는 강압이나 마찬가지였다.

"셋째도 있소?"

한참 후에 손 노태야가 묻자 연일환은 빙긋 미소 지었다. 손 노태야가 마음을 결정했음을 알아차린 것이다.

"그렇소. 손 노태야가 우리의 뜻에 따라 준다면 본 파가 새롭게 투자할 전장의 일정 지분을 약속하겠소."

"지분이라……."

손 노태야의 주름진 눈이 한동안 허공을 가만히 응시했다. 화산파에서 전장의 지분을 그에게 주겠다는 것은 손가전장을 넘겨받는 대신에 그에 상응하는 보상을 하겠다는 의미였다. 손 노태야의 반발을 최소화하고, 주위의 따가운 시선도 피하려는 의도가 담겨 있는 발상이라고 할 수 있었다.

"새로운 전장의 지분 사 할을 보장하겠소. 본 파가 투자하는 금액이 적지 않은 만큼 손 노태야가 이번 일로 금전적인 손해를 입는 일은 별로 없을 거요."

참으로 묘한 의미를 담은 말이었다. 자신이 평생을 바쳐 온 사업을 송두리째 남에게 넘겨주게 생겼는데 금전적인 손익이 무슨 상관이 있겠는가? 그리고 아무리 손가전장에 화산파의 대규모 투자가 가세하여 자본이 늘어난다고 해도 사 할의 지분만으로 손실이 보존될 리도 없었다.

이것은 말 그대로 화산파가 결코 강제적으로 이득을 취하거나 남의 것을 빼앗지 않았음을 보여 주기 위한 형식적인 행동일 뿐이었다. 육 할의 지분을 가진 화산파에게 손 노태야의 사 할 지분은 그저 대외적인 방패막이에 불과할 수밖에 없었다. 그리고 연일환 자신도 이를 누구보다도 잘 알고 있을 것이다.

그래서인지 손 노태야가 아무런 대답도 하지 않고 묵묵히 앉아 있는데도 연일환은 더 이상 그에게 이런저런 재촉을 하지 않았다.

어차피 손 노태야가 어떤 선택을 할지는 정해져 있었다. 다만 손 노태야로서도 스스로의 마음을 가다듬을 수 있는 시간이 필요

할 것이다. 연일환은 기꺼이 그 시간을 기다려 줄 수 있는 아량이 있었다. 그 시간이 너무 길지만 않다면 말이다.

그때 다시 문이 열리며 하얀 무복의 젊은이가 급히 안으로 들어왔다. 젊은이는 화산파의 일 대 제자로, 동개(童開)라는 인물이었다. 눈치가 빠르고 행동이 민첩해서 연일환이 외부의 일에 대한 연락책으로 삼고 있었다.

"잠깐 나와 보셔야 할 것 같습니다."

"무슨 일이냐?"

동개의 얼굴에는 한 줄기 당혹감이 떠올라 있었다.

"철면호가 찾아왔습니다."

철면호 노해광이 뒤늦게 손가전장 내에 무언가 심상치 않은 일이 벌어지고 있음을 알고 황급히 찾아온 모양이었다. 충분히 예상 가능한 일이었으며 그에 대한 대책도 사전에 지시해 둔 상태였다.

"그를 돌려보내면 되지 않느냐?"

아무리 노해광이 서안 일대에서 대단한 위세를 떨치고 있다고 해도 강제로 손가전장을 침입할 수는 없을 것이다.

"그는 상관이 없는데, 동행한 자들이 문제입니다."

"그게 누구냐?"

"장안부(長安府)의 관원(官員)들입니다."

연일환은 살짝 눈살을 찌푸렸다.

"철면호가 관원들을 데리고 왔다고?"

"급히 손 노태야를 만나야 할 일이 있다며 돌아가지 않고 있습니다. 힘으로 그를 막았다가는 관원들 때문에 문제가 발생할 것 같아 장로님의 지시를 받고자 합니다."

연일환은 슬쩍 손 노태야를 살펴보았다. 손 노태야는 여전히 허공을 응시한 채 깊은 생각에 빠져 있는 모습이었다.

연일환은 송인혁을 불러 무어라고 지시를 했다.

송인혁이 동개의 뒤를 따라 밖으로 나오자 과연 화산파 제자들이 일단의 무리들과 팽팽하게 대치해 있었다. 송인혁은 일견하는 것만으로도 그 무리들의 실력이 만만치 않음을 짐작할 수 있었다.

철면호 노해광이 누구인지는 쉽게 알아볼 수 있었다. 검은 수염을 기르고 당당한 체구를 자랑하는 중년인이 중앙에 우뚝 서 있었는데, 무언가 복잡한 상념에 잠겨 있는 듯한 얼굴 표정이 이채로웠다.

그의 양옆에는 다소 뚱뚱한 체구의 중년인과 관복을 입은 젊은 관인(官人)이 나란히 서 있었다. 송인혁의 시선이 노해광으로 짐작되는 중앙의 중년인을 거쳐 빠르게 그들 두 사람을 훑고 지나갔다. 뚱뚱한 체구의 중년인은 얼마 전부터 소문이 퍼지기 시작한 노해광의 사제가 분명해 보였다.

문제는 젊은 관인이었다. 유난히 하얀 얼굴에 칼날처럼 호리호리한 체구를 한 그 관인은 무언가 못마땅한 일을 본 사람처럼 날카로운 눈으로 자신들의 앞을 막아선 화산파 고수들을 쏘아보고 있었다.

그 젊은 관인의 뒤에는 네 명의 관인들이 호위하듯 그를 에워싸고 있었는데, 그것만 보아도 그 젊은 관인이 상당히 높은 고위직 관리임을 알 수 있었다.

송인혁이 나타나자 중앙의 중년인이 그를 보더니 빙긋 웃었다. 의미를 알 수 없는 야릇한 웃음이었다.

"반갑네. 나는 노해광이라는 사람일세."

짐작대로 그 중년인이 바로 서안 일대에서 최고의 실력자 중 한 사람으로 부각되고 있는 철면호 노해광이었다. 송인혁은 비록 노해광을 직접 만난 적은 없었지만 최근 들어 여러 가지 소문을 들어왔기 때문에 그에 대한 흥미가 생기지 않을 수 없었다.

"나는 송가입니다."

송인혁은 정확한 이름을 밝히지 않았다. 그것은 공개적으로 자신들이 화산파의 고수들임을 알리지 않으려는 의도에서였다. 물론 노해광이야 충분히 짐작하고 있겠으나, 단순히 짐작하는 것과 사실로 밝혀지는 것에는 커다란 차이가 있었다. 그래서 일부러 손가전장에 온 화산파 제자들은 모두 화산파 특유의 매화 문양이 수놓아진 무복이 아닌 평상복을 입고 있었던 것이다.

노해광도 굳이 그의 정체를 추궁하지 않았다.

"손 노태야께서 조금 전에 이곳으로 오셨다는 말을 들었네. 그분을 뵈려 하는데, 안내해 줄 수 있겠나?"

노해광이 점잖게 말하자 송인혁의 입가에 살짝 쓴웃음이 스치고 지나갔다.

단순히 손 노태야를 만나러 왔다고 하면 핑계를 대어 거절하려 했는데, 이미 이곳에 손 노태야가 있음을 단정하고 말을 꺼내니 부인할 수가 없었던 것이다. 더구나 자신들의 신분을 뻔히 짐작하고 있으면서도 손가전장의 점원을 대하듯 하는 그의 뻔뻔한 모습에 내심 혀를 내두를 수밖에 없었다.

"태야께서는 지금 전장의 중요한 업무를 보는지라 외인을 만나기 힘든 상황이십니다. 나중에 손가장으로 찾아가시는 게 좋을 듯합니다."

송인혁이 짐짓 완곡하게 거절 의사를 밝혔으나, 노해광은 오히려 너털웃음을 터뜨렸다.

"허허, 태야께서 하시려는 중요한 업무가 바로 이 사람과의 일일세. 태야께서 기다리고 계실 테니 어서 들어가세."

송인혁은 그의 넉살 좋은 말에 어이가 없었다. 그렇다고 순순히 노해광을 손 노태야에게 데리고 갈 수는 없어서 막 앞으로 걸어 나오려는 그의 앞을 슬쩍 막아섰다.

"태야의 허락 없이 내실로 들어갈 수는 없습니다."

그와 함께 화산파의 제자들이 일제히 노해광 일행의 앞을 가로막았다.

그때 지금까지 말없이 그들의 대화를 듣고만 있던 젊은 관인이 냉랭한 음성을 내뱉었다.

"손 노태야를 만나는 일은 장안부의 공무(公務)이니 누구도 방해할 수 없네."

그의 음성에는 추상과 같은 기운이 어려 있었고, 태도는 위엄이 넘쳐서 단순한 관리 같지가 않았다.

송인혁도 그를 소홀히 대할 수는 없어 정중하게 물었다.

"장안부의 어느 귀인이신지요?"

"나는 장안부의 동지(同知)인 강엽일세."

송인혁은 낭패스런 심정을 간신히 억눌러야만 했다.

강염은 장안 지부의 이인자로, 정오품의 고위 관리였다. 게다가 그는 옥안빙심이라고 불릴 정도로 냉정하고 일처리가 분명한 위인이어서 결코 쉽게 상대할 수 있는 사람이 아니었다.

가뜩이나 다수의 관인이 노해광과 동행하여 불편했는데, 그들 중 한 사람이 장안부의 최고 관리였으니 송인혁으로서는 뒤통수를 세게 얻어맞은 느낌이었다.

'과연 철면호의 재주가 놀랍구나. 이렇게 빠른 시간 내에 강염까지 불러내다니……'

아무리 화산파의 위세가 대단하다고 해도 동지인 강염 같은 고위 관리를 무시할 수는 없었다.

"이제 보니 강 대인이셨군요. 그런데 공무라 함은 무얼 말씀하시는 건지요?"

강염은 유난히 하얀 얼굴에 차가운 빛을 가득 띠었다.

"지부의 일을 일반인에게 밝힐 수는 없네. 그보다 아직도 내 앞을 막아설 셈인가?"

강염이 단호하게 말을 하면서도 송인혁에게 무조건 하대를 하지 않는 것으로 보아 이미 그의 신분을 어느 정도 짐작하고 있는 것이 분명했다. 강염으로서도 무조건 화산파와 척을 지는 것은 부담스러울 수밖에 없어서 최대한 양보를 하고 있는 것이다.

눈 가리고 아옹 하는 격이었으나, 관과 무림 사이에서는 흔하게 벌어지는 일이기도 했다. 서로가 일정한 선을 넘지 않는다면 모른 척하고 묵인해 주는 것이 통상적인 관례였다.

상황이 이렇게 된 이상 송인혁도 더 이상은 그를 제지할 수가 없었다. 결국 송인혁은 내실로 밀고 들어오는 그들을 안내하는 모양새가 되고 말았다.

내실로 들어선 노해광은 빠른 눈으로 주위를 둘러보고는 이내 안도하는 표정이 되었다.

손 노태야는 여전히 중앙의 의자에 앉아 있었고, 그 앞에 두 명의 노인과 두 명의 청년들이 있었다. 노해광이 안도한 것은 그들 사이의 탁자에 어떠한 서류도 놓여 있지 않다는 것이었다.

아직 서류에 서명을 하지 않았다면 화산파는 손가전장을 접수하지 못한 것이다. 뿐만 아니라 한쪽에 엉거주춤하게 서 있던 장태의 얼굴이 자신을 발견하고 활짝 펴진 것이 그런 심증을 더욱 확실하게 만들었다.

노해광은 먼저 손 노태야의 앞으로 가서 그의 얼굴 표정을 찬찬히 살폈다.

"요즘 통 뵙기가 힘들군요. 강녕하셨습니까?"

노해광이 며칠 전에 봐 놓고도 천연덕스럽게 인사를 하자 손 노태야가 힐끔 그를 쳐다보더니 퉁명스런 음성을 내뱉었다.

"나야 항상 잘 있지. 무슨 바람이 불어서 여기까지 왔나?"

노해광의 귀에는 왜 좀 더 빨리 오지 않았느냐는 꾸중으로 들렸다.

노해광은 습관적으로 턱에 난 수염을 쓰다듬었다.

"강 대인께서 일전에 말씀하신 투자 건이 어떻게 진행되었는지 알고 싶다고 하시는군요."

강염이 때맞춰 앞으로 나섰다.

"오랜만에 뵙습니다, 태야."

"강 대인께서 오신 줄도 모르고 이곳에 미적거리고 있었구려. 어서 이쪽에 앉으시오."

강염은 손 노태야의 앞에 있는 의자에 가서 점잖게 앉은 후 손 노태야의 앞에 있는 두 명의 노인들을 바라보았다.

"그런데 이쪽 분들은……."

손 노태야가 무어라고 하기도 전에 연일환이 먼저 입을 열었다.

"말씀만 듣던 장안부의 동지 대인을 뵙게 되어 반갑소. 나는 화산파의 연일환이라 하오."

"나는 고성진이오."

두 사람이 스스럼없이 자신들의 이름을 밝히자 강염이 짐짓 놀란 표정을 숨기지 않았다.

"이제 보니 화산파의 고인들이시구려. 이곳에는 무슨 일이시오?"

연일환은 아무것도 아니라는 듯 주저하지 않고 말했다.

"본 파에서 이번에 대규모 투자를 계획하고 있어서 그에 대한 조언을 구하고자 손 노태야를 찾아오게 되었소이다."

"그러셨구려. 상담은 잘하셨소?"

"결정된 사항은 없지만, 앞으로의 일에 대한 많은 도움을 받았소."

연일환과 고성진은 자리에서 일어났다.

"우리 용무는 끝났으니 강 대인께서 일을 보실 수 있도록 이만 가야겠소."

강염은 형식적으로라도 그들을 제지하지 않았다.

"고맙소. 다음에 시간이 나시면 장안부에 들러 주시오. 두 분과 제대로 된 인사를 나누고 싶구려."

연일환은 빙긋 웃었다.

"기회가 닿는다면 꼭 들르도록 하겠소."

이어 연일환과 고성진을 비롯한 화산파의 제자들은 조용히 내실을 벗어났다.

노해광이 자신을 따라온 최동에게 슬쩍 눈짓을 하자 최동이 부하들을 데리고 손가전장 안의 여기저기로 빠르게 움직이기 시작했다. 혹시라도 화산파에서 무슨 수작을 부리거나 사람을 남겨 놓았을지 몰라 그에 대한 확인 작업을 하려는 것이다.

화산파 고수들이 생각 외로 순순히 물러나자 강염은 노해광을 돌아보았다.

"내 일은 여기까지인 것 같소."

노해광은 그를 향해 정중하게 포권을 했다.

"강 대인의 도움은 잊지 않겠습니다."

"나야말로 큰 싸움을 막을 수 있어서 다행이오. 장안에서 가장 큰 세력들이 다투기라도 한다면 자칫 장안부로서도 감당하기 어려운 일이 벌어질지 모르니 말이오."

노해광은 그런 일은 없을 거라고 말하고 싶었으나, 자신도 장담할 수 없는 일이라 그저 웃고 말았다.

곧이어 강염마저 자리를 뜨자 손 노태야가 불쑥 물었다.

"강 대인에게 무엇을 주기로 했나?"

강염이 별 친분도 없는 손 노태야를 위해서 일부러 이곳까지 왔을 리는 없었다. 그렇다고 노해광과 강염 사이에 특별한 교분이 있다는 말도 들은 적이 없었다. 그렇다면 노해광이 무언가 대가를 주기로 하고 강염에게 부탁을 한 것이 분명했다.

노해광은 대수롭지 않게 말했다.

"앞으로 삼 년 동안 장안부에서 사용하는 모든 물품을 절반 가격에 제공해 주기로 했소."

손 노태야가 눈살을 찌푸렸다.

"손해가 막심하겠군."

"어쩔 수 없었소. 화산파가 장악하고 있는 이곳으로 들어오려면 관(官)의 힘을 빌리는 수밖에 없었으니 말이오. 그리고 그 정도 손해쯤은 충분히 감당할 수 있소."

"그 손해는 내가 충당해 주겠네."

"절반만 받겠소."

손 노태야를 구하기 위해서 발생한 손해였지만, 이번 일에 관한한 공동 대응을 하기로 했기 때문에 그에 대한 피해도 절반씩 부담하는 것이 당연하다는 것이 노해광의 생각이었다.

그런데 의외로 손 노태야는 고개를 저었다.

"아니, 내가 모두 낼 걸세."

노해광은 슬쩍 손 노태야의 눈치를 살폈다.

"반은 내가 부담하는 게 맞는 일 같소만."

계산이 정확하기로 유명한 손 노태야답지 않게 그는 자신의 주장을 굽히지 않았다.

"자네는 그저 물품에 대한 목록만 내게 보내 주게."

노해광은 손 노태야를 빤히 쳐다보았다.

"전장에 피해는 없었소?"

"가씨 형제들이 조금 다친 것을 제외하고는 없었네."

"그렇다면……."

노해광의 시선은 집요하게 손 노태야의 두 눈을 응시했다. 손 노태야는 계속 그와 시선을 마주치지 않았다. 노해광은 표정이 굳어지더니 낮게 가라앉은 음성으로 물었다.

"그들과 무엇을 약속했소?"

손 노태야는 그제야 천천히 그에게로 시선을 돌렸다. 평상시와 다름없는 탁 하고 흐릿한 시선이었다.

"종남파와 화산파 사이의 일에 중립을 지켜 주기로 했네."

노해광은 자신의 예상이 맞았음을 깨닫고 표정이 무거워졌다.

손가전장은 이번 일로 인명 손실이나 금전적인 피해를 전혀 입지 않았다. 노해광이 때맞춰 강염을 대동하고 나타났기 때문이었다. 그렇다면 손 노태야와 화산파 사이에 깊은 원한도 없으니 그들이 손을 잡지 말라는 법도 없었다.

연일환이 순순히 물러난 것도 손가전장을 장악하려는 애초의 목적은 실패했지만 종남파와 손가전장 사이를 떼어 놓았으니 차선의 목적은 달성한 셈이기 때문이었다.

손 노태야는 딱딱하게 굳어진 노해광의 얼굴을 가만히 바라보며 입을 열었다.

"청명숙의 빈객 열두 명이 오늘 청명숙을 떠난다고 하더군. 오늘 이후 화산파와의 일이 마무리될 때까지 자네를 비롯한 종남파의 누구도 본 장에 오지 않았으면 하네."

그것은 손 노태야의 마지막 배려였다. 청명숙의 빈객 열두 명을 지원해 주겠다는 의미였다. 그래도 노해광의 얼굴은 여전히 풀어지지 않았다.

손 노태야는 묻지 않을 수 없었다.

"대체 무슨 생각을 그렇게 하고 있나?"

"연일환은 너무 순순히 물러났소."

"그들로서도 관과 맞설 수는 없었겠지."

"그리고 이번 일의 주재자인 신산 곡수는 모습을 보이지도 않았소."

"그가 왔다면 이번 일을 화산파가 저질렀음을 공개적으로 드러낸 격이 되고 말았겠지. 그래서 일부러 화산파에서 잘 나오지도 않던 장로들을 보낸 것이 아니겠나?"

"매화사절은 항상 함께 다닌다는데, 이곳에는 단지 세 사람만이 왔소."

"한 사람은 급한 사정이 생겼겠지."

노해광이 넋두리처럼 중얼거리고 손 노태야가 그에 대한 대답을 하는 상황이 한동안 벌어졌다.

"내가 손가전장에 일이 발생한 것을 알게 된 것은 입구를 지키고 있던 전장의 무사들이 모두 사라지고 처음 보는 낯선 인물들이 그곳을 서성이고 있다는 부하들의 보고를 받았기 때문이오."

"전장의 모든 점원과 무사들을 화산파 고수들이 제압했다고 하더군."

"화산파에서 정녕 비밀리에 이곳을 장악하려 했다면 입구에 있는 무사들을 건드리지 않거나 아예 포섭하여 밖에서 눈치채지 못하게 했을 거요."

"본 전장의 무사들을 쉽게 회유할 수는 없었을 걸세."

"부하들의 보고를 받은 나는 동원할 수 있는 모든 고수들을 데리고 이곳으로 올 수밖에 없었소."

"그거야 당연한 일 아닌가? 자네가 조금만 늦었어도 나로서는 커다란 결단을 내릴 수밖에 없는 상황이었네."

"아무리 화산파라고 해도 이렇게 강압적인 방법으로 손가전장을 통째로 집어삼킬 수는 없다는 걸 알고 있을 거요. 아마 잘해야 손 노태야에게 어느 정도의 양보를 받는 것에 불과하겠지. 오히려 그에 대한 거부감이 장안 전체에 퍼지게 되었을 거요. 그럼에도 불구하고 그들은 과감하게 일을 저질렀고, 상황이 여의치 않자 너무도 맥없이 물러나고 말았소."

그제야 손 노태야의 얼굴 표정이 조금 바뀌었다.

"자네는 그들의 진정한 목적이 본 전장이 아니라고 말하고 싶은 건가?"

노해광은 이를 부드득 갈았다.

"바로 그렇소. 그들의 목표는 이곳이 아니었소."

노해광은 자리에서 벌떡 일어나더니 때마침 보고를 위해 안으로 들어오던 최동을 향해 소리쳤다.

"방보당으로 가자!"

손 노태야에게 인사도 하지 않고 달려 나가는 노해광의 얼굴은 흉신악살처럼 일그러져 있었다. 이미 때가 늦었음을 절감하는 표정이었다.

황급히 손가전장을 벗어나 방보당으로 달려온 노해광이 본 것은 대문이 박살 난 방보당의 처참한 모습이었다. 군데군데 피가 뿌려져 있고, 몇 구의 시신이 누워 있는 모습이 얼핏 보이기도 했다.

그들은 만약의 사태에 대비해 끝까지 방보당을 지키고 있던 흑선방의 수하들이었다.

"방태동은……."

노해광은 이를 악물며 방보당 안으로 뛰어 들어갔다. 그 뒤를 하동원과 정해, 최동이 황급히 따라갔다.

쾅!

내실의 문을 박살 내다시피 하며 안으로 들어간 노해광이 무엇을 보았는지 신형을 우뚝 멈추었다. 뒤따라 들어오던 정해가 재빨리 몸을 멈추지 않으면 노해광의 뒷등에 얼굴을 처박고 말았을 것이다.

내실의 중앙에는 방태동이 누군가와 담소를 나누고 있다가 눈을 동그랗게 뜨고 부서진 방문과 노해광을 번갈아 가며 바라보고 있었다.

"자네…… 무사했군."

노해광은 간신히 그 말만을 내뱉을 수 있었다.

방태동은 이내 표정을 풀고 피식 웃으며 고개를 끄덕였다.

"그래, 자네만 믿고 있다가 이번에 아주 호되게 당할 뻔했지."

노해광은 방태동이 무사한 것이 믿어지지 않는 모습이었다.

"화산파에서 누가 왔었나?"

"신산 곡수가 매화사절 중의 한 사람을 이끌고 직접 왔더군."

"그런데도 어떻게……."

"어떻게 무사할 수 있었느냐고? 때마침 이 사람이 나타나 나를 구해 주었네. 북문도가 이 사람에게 패하자 곡수는 꼬리를 말고 도망치고 말았지."

노해광의 시선이 방태동의 앞에 앉아 있는 사람에게로 향했다.

담담한 얼굴로 그의 시선을 마주한 그 사람을 보자 노해광의 입에서 도저히 억누를 수 없는 신음성이 흘러나왔다.

"으음……."

뜻밖에도 그 사람은 일전에 하선루의 이 층에서 보았던 금조명이었던 것이다.

제 277 장
세가풍운(世家風雲)

제277 장 세가풍운(世家風雲)

단계계수자동류(檀溪溪水自東流)

용구영주금하처(龍駒英主今何處)

임류삼탄심욕산(臨流三嘆心欲酸)

사양적막조공산(斜陽寂寞照空山)

삼분정족혼여몽(三分鼎足渾如夢)

종적공류세재간(蹤迹空留世在間)……

단계는 여전히 동쪽으로 흐르는데

용마와 영웅은 지금 어디에 있는가?

물가에서 세 번 탄식하니 마음만 슬퍼지고

지는 해는 쓸쓸히 빈 산을 비추는구나

천하삼분지계의 꿈은 아득하기만 했으니

그 자취만 공연히 세상에 남아 있구나……

계마구에서 장강십팔채의 습격을 물리친 진산월 일행은 형문(荊門)과 의성(宜城)을 지나 양양(襄陽) 방향으로 길을 재촉했다.

그날 이후 더 이상의 습격은 없었으나, 누구도 마음을 놓거나 방심하지 않았다. 언제 어느 때 어떤 식으로 방산동이 수작을 부려 올지 모르는 일이었기 때문이다.

날은 오월 하순인지라 바람에 조금씩 더운 기운이 담기기 시작했고, 신록은 우거질 대로 우거져서 산천이 온통 푸른색으로 물들어 있었다.

원래 양양은 촉(蜀)의 명재상인 제갈량(諸葛亮)이 은거했던 곳이어서 곳곳에 제갈량에 대한 우화나 전설이 많이 전해지고 있었다. 그들이 지금 지나고 있는 단계(檀溪)도 작은 개울에 불과하지만, 제갈량과 그가 모시던 유비에 대한 전설로 세상에 널리 알려져 있었다.

유비에게는 적로(的盧)라는 애마(愛馬)가 있었는데, 이 적로는 주인을 해롭게 하는 말이라고 하여 많은 사람들이 다른 말로 바꿔 타기를 권했다. 하나 유비는 "사람이 죽고 사는 것은 천명(天命)이거늘 어찌 말이 사람의 운명을 좌우한단 말인가?"라며 적로를 계속 타고 다녔다.

어느 날, 유비가 유표(劉表)의 부하들에게 쫓겨 달아나다 단계에 이르게 되었다. 유비는 적로를 몰아 단계의 계곡물을 헤치고 가려 했으나 적로가 계곡물을 두려워해 들어가려 하지 않았다. 그러자 유비는 "적로야! 네가 과연 주인을 해치려 하느냐?"며 버럭 소리쳤고, 그 순간 적로가 단숨에 계곡물을 헤치고 반대쪽 언덕에 내려섰다고 한다.

그러한 전설을 생생하게 기억하고 있던 낙일방은 작은 개울에 불과한 단계를 둘러보고는 실망 어린 표정을 감추지 못했다.

"이 정도 개울이라면 굳이 명마가 아니더라도 어떤 말이든 건널 수 있겠군."

옆에서 그의 투덜거림을 들었는지 동중산이 빙긋 웃으며 대꾸했다.

"당시에는 제법 큰 여울이었을지도 모르지요. 까마득히 오래전 일이었으니 말입니다."

"그렇겠지요? 아무려면 이런 얕은 개울을 가지고 그런 전설이 생길 리가 있겠어요?"

낙일방이 따라 웃자 옆에 있던 전흠이 퉁명스런 음성으로 쏘아붙였다.

"전설이란 게 다 허황된 거지, 그걸 그대로 믿다니. 한심한 녀석 같으니."

"그래도 무언가 비슷한 사실이 있었으니 그런 전설이 생긴 게 아니겠습니까?

전흠은 단계를 한 차례 휘둘러보았다.

"말 타고 건너가긴 했겠군. 조랑말이라도 이런 개울 정도는 건널 수 있을 테니 말이야."

낙일방은 그저 웃고 말았다.

전흠은 계마구에서 장강십팔채 고수들의 합공에 고생한 후로 그것을 설욕할 기회를 벼르고 있었다. 특히 은근히 경쟁심을 가지고 있던 낙일방은 혼자의 힘으로 상대를 모두 쓰러뜨렸는데 자신은 그러지 못한 것이 두고두고 아쉬운 모양이었다.

그런데 그 뒤로 어찌 된 일인지 장강십팔채 고수들이 꼬리조차 보이지 않고 있으니 그의 심사가 편할 리 없었다. 그래서인지 신경이 잔뜩 곤두서서 사소한 일에도 성질을 부렸기에 모두들 은근히 그를 피하고 있는 형편이었다. 손풍은 아예 그의 곁에 접근조차 하지 않으려 했다.

성락중은 전흠의 심통 사나운 얼굴을 잠시 한심한 눈으로 보고 있다가 진산월에게 시선을 돌렸다.

"무당산으로 가려면 곡성(谷城)까지 관도를 계속 이용하는 게 더 나을 텐데, 특별히 이쪽 길로 돌아가는 이유라도 있나?"

진산월은 담담한 표정으로 대답했다.

"융중(隆中)에 잠시 들르려 합니다."

성락중이 고개를 갸웃거렸다.

"융중이라면…… 제갈세가(諸葛世家)가 있는 곳이 아닌가?"

"그렇습니다."

"일행 중에 몸이 불편한 사람도 없는데, 제갈세가에 다른 용무라도 있나?"

"본 파에 제갈세가의 전대 가주이셨던 신수무정 제갈 신의께서 머물러 계십니다. 그분의 신세를 적지 않게 졌던지라, 마침 제갈세가 근처를 지나게 되었으니 찾아가서 그분의 소식이라도 전해 주는 게 도리일 것 같습니다."

성락중도 신수무정 제갈외의 이름을 익히 들었는지라 나직한 감탄을 발했다.

"허, 그런 일이 있었군. 듣자 하니 그분은 한곳에 머무르지 않고 여기저기를 떠도는 신룡(神龍) 같은 기인이라고 하던데 본 파에 계셨다니, 본 파로서는 정말 홍복(洪福)인 셈이로군."

제갈외의 기행과 괴벽을 누구보다도 잘 알고 있던 종남파의 고수들은 제갈외를 흠모하는 듯한 성락중의 말에 웃을 수도 울을 수도 없는 야릇한 얼굴이 되었다. 성락중은 그들의 표정에 조금 의아하기는 했으나, 크고 작은 싸움을 수없이 벌여야 했던 종남파의 사정을 볼 때 강호에서 가장 의술이 뛰어난 두 사람 중 한 명인 제갈외가 종남파에 머물러 있게 된 것이 정말 다행이라며 안도하는 모습이었다.

진산월도 그의 생각에는 절대적으로 공감을 했다.

"제갈 노인 덕에 본 파의 많은 사람들이 부상의 후유증에서 벗어날 수 있었습니다. 본 파로서는 그분께 큰 은혜를 입은 셈이니 제갈세가를 그냥 지나칠 수 없지요."

"옳은 말일세. 그런 사정이 있다면 당연히 들려서 인사를 해야겠지. 그렇지 않아도 강호제일의가(江湖第一醫家)가 어떤 곳인지 궁금하기도 했네. 어서 가 보세."

그들은 조금 더 속도를 내어 길을 재촉했다.

제갈세가는 융중산의 중턱에 자리하고 있었다.

그들은 예로부터 진법(陣法)과 병법(兵法), 그리고 각종 의술에 능했는데, 특히 백여 년 전부터는 신묘한 의술로 천하에 그 명성을 떨치고 있었다. 그래서 그들을 제갈의가(諸葛醫家)라고 부르는 자들도 적지 않았다.

당대의 가주는 채약군주(採藥君子) 제갈도(諸葛島)였는데, 그는 특히 각종 영약(靈藥)을 제조하는 데 천부적인 재질이 있어서 약에 관한한 자신의 아버지인 신수무정 제갈외를 능가한다고 알려져 있었다. 그래서 그에게 영약을 얻으려는 고수들의 발길이 끊이지 않았으나, 몇 년 전부터 영약 제조를 중지하고 외부로 출입을 하지 않아 많은 사람들의 궁금증을 불러일으키기도 했다.

진산월 일행이 제갈세가의 입구에 당도한 것은 저녁 해가 뉘엿뉘엿 서산으로 기울 무렵이었다.

제갈세가는 죽림(竹林)으로 둘러싸여 있어 멀리서 보기에는 한 채의 아담한 장원 같았다. 온 하늘을 붉게 물들이는 석양을 배경으로 한없이 푸른 대나무 숲이 인생의 무게만큼이나 무거운 그림자를 땅바닥에 드리우고 있는 모습은 왠지 보는 이를 숙연하게 만들었다.

동중산이 그 대나무 숲을 손으로 가리켰다.

"저 죽림들에는 모두 기이한 절진(絶陣)들이 설치되어 있어서 함부로 들어갔다가는 그 안에서 길을 잃고 몇 날 며칠이나 헤맨다고 합니다. 다행히 사로(死路)를 만들어 놓지 않아 죽거나 다치는 사람은 없지만, 억지로 죽림을 훼손하거나 제갈세가에 무리하게 침입하려 했다가는 커다란 봉변을 당한다고 하더군요."

그 말에 중인들은 호기심 어린 눈으로 죽림을 한동안 살펴보았으나, 여타의 죽림과 특별하게 다른 모습을 찾아낼 수가 없었다.

낙일방이 도저히 이상한 점을 못 찾겠다는 듯 고개를 절레절레 흔들었다.

"아무리 봐도 한적하고 평온한 죽림 같군요."

"제갈세가는 사실 의술로 유명하지만, 기관진식과 무공도 상당한 수준입니다. 특히 그중에서도 진법을 이용한 기관 설치는 능히 강호일절(江湖一絶)이라고 할 만하지요."

"진법이 뛰어나다는 말은 들었지만, 무공도 대단한가 보군요?"

"의술이 뛰어나니 내공이나 기공(氣功)에도 조예가 탁월할 수밖에 없지요. 게다가 각종 병기술도 무시하지 못할 실력이라고 들었습니다."

낙일방이 고개를 갸웃거렸다.

"그런데 왜 강호에는 그런 사실이 별로 알려져 있지 않지요?"

"제갈세가 사람들이 워낙 돌아다니기보다는 조용히 지내는 것을 좋아해서 무림에서 거의 활동을 하지 않았기 때문입니다. 제갈세가에 찾아오는 사람들이야 그들의 의술이 필요하니 그들과 싸울 일이 없고, 또 특별히 제갈세가에 원한을 가질 만한 자들도 없어서 그들이 실력을 드러낼 기회도 거의 없지요."

"그렇군요. 그럼 제갈 노인도 상당한 고수이겠군요?"

낙일방이 문득 생각난 듯 묻자 그들의 대화를 듣고 있던 전흠이 끼어들었다.

"제갈 노인의 실력은 할아버님 아래가 아니다."

낙일방의 눈이 크게 뜨여졌다.

"그게 정말입니까?"

"할아버님이 직접 하신 말씀이니 거짓일 리가 없지. 그러니 그분 앞에서 함부로 재주 부리지 마라."

"사형도 참, 제가 그분 앞에서 재주 부릴 일이 뭐가 있겠습니까?"

"주먹 자랑 하지 말란 말이다."

전흠이 짐짓 눈을 부라리며 쏘아붙였으나 낙일방은 조용히 웃었다.

"조심하겠습니다."

"쳇, 싱거운 녀석."

전흠은 툴툴거리면서도 더 이상은 낙일방에게 무어라고 하지 않았다. 얄미운 녀석이기는 해도 지금처럼 웃고 있는 모습을 보면 같은 남자라도 반할 정도로 멋있어 보이기도 했다. 그런데 또 그런 모습에 더 약이 오르고 있으니 자신이 생각해도 한심스러운 일이 아닐 수 없었다.

동중산은 제갈세가의 정문에 유일하게 나 있는 작은 길을 따라 말을 달려 일행보다 먼저 제갈세가에 가서 배첩을 내밀었다. 종남파에서 장문인이 직접 왔다는 말을 듣자 조용하던 제갈세가 안이 약간 소란스러워지더니 곧 일단의 무리들이 정문 앞으로 모습을 드러냈다.

그들의 선두에 있는 자는 머리에 작은 관(冠)을 쓴 청수한 인상의 중년인이었다. 중년인은 동중산의 안내를 받아 진산월의 앞으로 다가왔다.

"어서 오시오, 제갈세가의 총관을 맡고 있는 제갈선(諸葛鮮)이라 하오."

중년인이 정중하게 포권을 하자 진산월도 그에 답례를 했다.

"종남의 진산월이오. 연락도 없이 불쑥 찾아오게 된 점을 사과드리겠소."

"별말씀을. 강호에 명망이 높은 진 장문인께서 본 가를 찾아 주신 것을 진심으로 환영하오."

제갈선은 가주인 제갈도의 막내 동생으로, 인물됨이 준수하고 성정이 충후해서 절대적인 신임을 얻고 있었다. 진산월은 제갈선을 따라 나온 자들과 간단히 인사를 나눈 후 자신들의 일행을 제갈선에게 소개했다.

제갈선의 안내로 세가 안으로 들어서니 크고 작은 화원들이 그들을 맞이했다. 한눈에 보기에도 아름답고 마음이 평화로워지는 훌륭한 화원이었다.

객당에 자리를 잡은 진산월은 가주인 제갈도를 만나기를 청했다.

"가주를 뵐 수 있었으면 하오."

제갈선의 얼굴에 난처한 기색이 떠올랐다.

"허헛. 미안한 말씀이나, 형님께서는 지금 폐관(閉關)에 들어가신지라 접견하실 수가 없소. 실례가 되지 않는다면 장문인께서 형님을 뵈려는 이유를 알 수 있겠소?"

진산월은 커다란 비밀도 아니기에 순순히 자신의 용건을 밝혔다.

"제갈세가의 전대 가주이신 제갈 신의께서 본 파에 머물러 계시오. 그래서 그분의 안부를 전해 드리려 했던 거요."

그 말에 제갈선의 눈이 크게 뜨여졌다.

"아…… 아버님께서 지금 종남파에 계시다는 말씀이오?"

"그렇소."

제갈선의 몸이 한 차례 휘청거렸다. 침착하고 차분해 보이던 지금까지와는 달리 격동에 찬 모습이었다.

제갈선은 몇 차례 숨을 몰아쉰 다음에야 비로소 안정을 되찾았다.

"아버님께서 언제부터 종남파에 계셨는지 알 수 있겠소?"

"사 개월쯤 되셨소."

"그전에는 어디에 계셨는지 혹시 아시오?"

"본 파 근처의 서십왕촌이라는 마을에 기거하셨던 걸로 기억하고 있소. 하나 그분이 언제부터 그곳에 계셨는지는 나도 알지 못하오."

제갈선은 무거운 탄식을 토해 냈다.

"후우. 아버님은 오 년 전에 세가를 떠나신 후 전혀 연락이 없으셨소. 그래서 우리는 혹시라도 아버님 신상에 무슨 변(變)이 생긴 게 아닌가 하여 노심초사하고 있었소. 오늘 진 장문인 덕분에 그분이 무사하시다는 걸 알게 되니 얼마나 다행인지 모르오. 일부러 먼 걸음을 해 아버님의 소식을 알려 주신 진 장문인의 노고에 진심으로 감사드리오."

제갈선은 더할 나위 없이 정중하게 진산월에게 포권을 했다.

"오히려 나야말로 고맙다는 말을 하고 싶소. 제갈 신의 덕분에 본 파의 많은 제자들이 위급한 상황을 넘길 수 있었소. 본 파를 대표해 제갈세가의 의술에 경의를 표하며, 아울러 제갈 신의께서 본 파를 도와주신 것에 감사드리겠소."

진산월이 답례하자 제갈선은 씁쓸하게 웃었다.

"아버님께서 하신 일로 당대 제일 검객의 인사를 받게 되니 못난 아들로서 참으로 민망하고 부끄럽구려. 아버님은 잘 지내고 계신지 궁금하오."

진산월은 제갈외가 종남파로 오기까지의 과정과 종남파에서 어떻게 지내고 있는지를 자신이 아는 한도 내에서 자세히 설명해 주었다.

제갈선은 눈도 깜박이지 않고 그의 말을 열심히 듣고 있다가 때로는 탄성을 발하기도 했고 때로는 안타까운 표정을 숨기지 않기도 했다. 특히 제갈외가 진산월의 제자인 유소응에게 각별한 관심을 가지고 있다는 말을 하자 표정이 눈에 띄게 어두워졌다.

"오 년 전에 본 가에 불의의 사고가 있었소. 가주이신 큰 형님의 아들이 낙마하여 목숨을 잃고 말았던 거요. 워낙 갑작스레 벌어진 일이라 본 가의 의술로도 그 아이를 살릴 수 없었소. 그때 아버님께서는 마침 환자를 돌보러 외부로 나가셨었는데, 당신께서 가장 아끼는 손자가 죽을 때 자리에 계시지 않았다는 것에 몹시 자책을 하셨소."

진산월은 그에 대한 사정을 제갈외에게서 얼핏 들은 적이 있기에 묵묵히 제갈선의 말에 귀를 기울이고 있었다.

"결국 아버님께서는 몇 달간이나 방황하시다 집을 나가셨는데, 그 뒤로 그분의 행방을 찾기 위해 많은 노력을 기울였으나 아무도 알지 못했소. 이번에 진 장문인께서 알려 주지 않으셨다면 우리는 언제까지고 그분의 안위를 걱정하며 밤을 지새웠을 거요."

제갈선은 무거운 탄식을 토해 냈다.

"아버님께서는 아마도 진 장문인의 제자분을 보고 사고로 죽은 손자를 떠올리신 것 같소. 그분이 그렇게라도 마음의 위안을 찾게 된다면 아들로서 더 바랄 일이 없겠으나…… 자칫 진 장문인의 제자분께 해가 되지 않을까 염려되는구려."

"그런 일은 없을 테니 안심하셔도 좋소."

제갈선은 진산월을 가만히 바라보다 이내 고개를 끄덕였다.

"진 장문인께서 그렇게 말씀하시니 믿고 있겠소."

제갈선이 진산월과 담소를 나누고 있을 때였다.

밖에서 제갈세가의 식솔 한 사람이 다급한 모습으로 안으로 들어오더니 제갈선에게 다가가 나직하게 무어라고 소곤거렸다. 제갈선은 조금 당혹스런 표정이었으나 이내 차분해진 얼굴로 진산월을 돌아보았다.

"외부에서 누가 찾아온 모양이오. 잠시 실례하겠소."

제갈선이 나간 후 얼마 되지 않아 동중산이 안으로 들어왔다.

"제갈가의 가주는 만나 보셨습니까?"

진산월은 고개를 저었다.

"만날 수 없었다. 폐관 중이라고 하는구나."

동중산은 고개를 갸웃거렸다.

"공교로운 일이군요. 소문으로 듣기로는 제갈 가주가 바깥 출입을 하지는 않아도 자신을 찾아온 사람은 빠짐없이 만나 준다고 하던데……."

"사정이 생긴 모양이지."

동중산은 잠시 생각에 잠기더니 이내 정색을 했다.

"언제쯤 출발하실 생각이십니까?"

이곳에서 무당산까지는 이삼 일이면 도착할 수 있는 거리였다. 시간상으로는 충분했으나, 장강십팔채와의 일 때문에 가급적이면 하루라도 빨리 무당산에 도착했으면 하는 것이 동중산의 바람이었다.

진산월도 제갈세가에 오래 머무를 생각은 없었다. 특별히 아는 사람도 없고, 그렇다고 제갈세가의 도움이 필요한 것도 아니었다. 제갈외와의 인연이 아니었다면 굳이 이곳에 들르지도 않았을 것이다.

진산월이 막 무어라고 말하려는 순간, 갑자기 밖에서 요란한 굉음이 울려 퍼졌다.

콰앙!

그들이 앉아 있는 건물이 뒤흔들릴 정도로 커다란 소리였다.

두 사람은 깜짝 놀라 서로를 마주 보다가 일제히 밖으로 뛰어나갔다.

객당 밖으로 나오니 종남파의 제자들도 굉음을 들었는지 하나둘씩 놀란 표정으로 모습을 드러냈다.

"이게 무슨 소리인가?"

성락중의 물음에 동중산은 고개를 저었다.

"저희도 지금 막 밖으로 나와서 자세한 사정을 모르고 있습니다."

"정문 쪽에서 난 소리 같더군."

"제가 가서 알아보고 오겠습니다."

동중산이 황급히 정문 쪽으로 몸을 날리려 했으나 성락중이 그를 제지했다.

"함부로 움직이지 말게."

"예? 무슨 말씀이십니까?"

성락중은 객당 앞에 펼쳐진 화원을 가리켰다.

"아무래도 저 화원에 절진이 펼쳐져 있는 것 같네. 자칫 잘못 움직였다가는 낭패를 당할지 모르네."

동중산은 유심히 화원을 살펴보다가 표정이 무겁게 굳어졌다.

"확실히 그런 것 같습니다. 꽃밭의 배치가 범상치 않아 보이는 군요. 하지만 팔문(八門)이 뒤섞여 있어서 미흡한 제 실력으로는 자세한 것을 알아볼 수가 없을 것 같습니다. 죄송합니다."

"제갈세가의 진식이 강호 일절이라고 자네 입으로 말했지 않나? 너무 걱정 말게. 정 다급한 일이면 제갈세가에서 사람을 보내 도움을 청해 오겠지."

그때 이번에는 멀리서 처절한 비명 소리가 들려왔다.

"으악!"

그 소리를 듣자 평정을 유지하고 있던 성락중의 얼굴빛도 살짝 바뀌었다.

"아무래도 제갈세가에 무언가 심상치 않은 일이 벌어지고 있는 것 같군."

옆에 서 있던 낙일방이 약간은 걱정스런 표정으로 물었다.

"혹시 장강십팔채의 무리들이 쳐들어온 것은 아닐까요?"

그 말에 성락중의 얼굴이 더욱 찌푸려졌다.

"만일 그렇다면 정말 큰일 아닌가? 우리 때문에 애꿎은 제갈세가가 피해를 보는 셈이니 말일세."

동중산은 낙일방의 말에 반대의견을 내놓았다.

"장강십팔채는 아닐 겁니다."

"왜 그렇게 생각하나?"

"방산동은 이미 우리에게 한번 호되게 당했기 때문에 아직까지 모습을 드러내지 않은 채 꽁꽁 숨어 있었습니다. 그런데 굳이 우리가 제갈세가에 머물러 있을 때 공개적으로 습격을 해 올 리가 없지 않겠습니까?"

성락중은 그래도 표정이 풀어지지 않았다.

"그렇다면 그나마 다행인데, 워낙 무도한 자들이라 상식적으로는 이해할 수 없는 짓들을 벌이기 일쑤이니 그들이 아니라고 단정할 수도 없겠군."

이제는 확연히 병장기 부딪치는 소리와 비명 소리가 거푸 들려오고 있었다. 그렇게 되니 더 이상 계속 이곳에서 무작정 기다리고 있을 수만은 없었다. 그렇다고 무작정 절진이 펼쳐져 있는 화원을 뚫고 갈 수만도 없어서 종남파 고수들은 모두 당혹해 하고 있었다.

때마침 화원 저편에서 한 사람이 모습을 드러냈다.

동중산은 그가 제갈선과 함께 정문으로 마중을 나왔던 제갈세가의 고수들 중 한 사람임을 알아보고 반색을 했다. 그는 능숙한 동작으로 화원을 지나 진산월 앞에 와서 머리를 조아렸다.

"진 장문인, 총관께서 급히 도움을 청하십니다."

"그렇지 않아도 궁금하던 참이었소. 무슨 일이 있었던 거요?"

다급한 상황일 텐데도 그는 최대한 평정을 잃지 않으려고 애쓰는 모습이었다.

"외부에서 일단의 무리들이 습격을 해 왔습니다. 처음에는 어렵지 않게 막을 수 있었으나, 그들이 화탄(火彈)을 써서 정문 쪽의 기관을 부수는 바람에 피해가 발생했습니다."

화탄을 썼다는 말에 진산월은 물론이고 성락중과 동중산의 안색도 모두 딱딱하게 굳어졌다. 화약은 관(官)에서 철저히 관리하고 있는 중요한 물품이어서 일반인들은 도저히 구할 수가 없었다. 그래서 화약 성분을 이용한 화탄은 강호 무림에서도 아주 극소수 방파들이 비밀리에 만들 수 있을 뿐이었다.

강호에서 화탄으로 제일 유명한 곳은 강서의 진천벽력문과 산서의 벽력당이었는데, 그들은 모두 명문 정파일 뿐 아니라 화탄의 관리에 엄격해서 결코 함부로 사용하거나 외부로 유출시키지 않았다.

"대체 어떤 자들이 화탄까지 써 가며 제갈세가를 습격했단 말이오?"

"복면을 하고 있어 정체를 알 수 없습니다. 단지 습격자들이 하나같이 뛰어난 실력을 지니고 있어서 세력이 강대한 사파(邪派)의 무리들이 아닐까 생각하고 있습니다.”

“알겠소. 우리도 힘을 보태겠소.”

진산월은 주위를 둘러보더니 이내 성락중에게 시선을 고정시켰다.

“죄송하지만 사숙께 손풍과 소응을 부탁드려야겠습니다.”

성락중은 다른 사람들을 훑어보다 어쩔 수 없다는 듯 한숨을 내쉬며 고개를 끄덕였다.

“아무래도 그래야 할 것 같군. 조심하게.”

“다녀오겠습니다.”

진산월은 낙일방과 전흠, 동중산만을 대동하고 제갈세가의 고수 뒤를 따랐다. 그의 안내로 화원을 지나간 종남파 고수들이 정문 쪽으로 가고 있을 때, 다시 폭음이 터졌다.

콰앙!

이번 폭음은 어찌나 강력했던지 땅이 뒤흔들리고 주위의 공기가 급격히 뜨거워지는 것 같았다.

동중산이 안색이 변해 자신도 모르게 중얼거렸다.

“이 정도 위력을 지닌 화탄은 산서 벽력당의 벽력천자황(霹靂天子荒) 정도밖에 없을 텐데…….”

그 말을 듣자 중인들은 더욱 속력을 높여 정문을 향해 몸을 날렸다.

조금 전만 해도 고아한 아름다움을 뽐내던 제갈세가의 정문 일대는 폐허처럼 변해 있었다. 두터운 송목으로 된 대문은 산산이

박살 나서 잔해만이 여기저기 뿌려져 있었고, 붉은색 기와에 하얀
색으로 칠해져 보는 이의 눈을 사로잡았던 담벼락도 오 장 넘게
부서져 흉물스러워 보이기조차 했다. 게다가 여기저기에 시신들
이 널브러져 있어 그야말로 아수라장을 방불케 했다.

습격자들이 어떤 자들인지는 쉽게 구분할 수 있었다. 청삼을
입은 제갈세가의 고수들에 비해 전신에 흑의를 입고 얼굴에도 흑
색 복면을 한 일단의 무리들은 확연히 대비가 되었던 것이다.

두 무리는 파편 조각만 간신히 남아 있는 대문을 사이에 두고
서로 대치해 있었는데, 움푹 파여진 구덩이 안에 한 구의 시신이
처참한 형상으로 누워 있는 모습이 유난히 시선을 끌었다. 아직도
매캐한 화약 내음이 장내를 진동하는 것으로 보아 방금 전의 폭발
이 만들어 낸 참상이 분명해 보였다. 제갈세가의 고수들은 모두
그 시신을 보고 분노와 슬픔에 찬 표정들이었다.

그 시신은 제갈선의 조카인 제갈영기(諸葛英麒)의 것으로, 제
갈영기는 정문의 수비를 담당하는 책임자였다. 흑의 복면인들이
화탄을 이용해 입구 쪽에 있는 진식을 뚫고 들어오자 정문에 설치
된 기관들로 그들을 막으려다 또 하나의 화탄에 정문이 박살 나면
서 처참한 죽음을 맞이한 것이다.

제갈세가는 높은 의술만큼이나 많은 강호인들의 존경을 받고
있는 가문이었다. 그들은 여타의 무림 세가들처럼 무리하게 세력
을 확장하기 위해서 남들과 원한을 맺지도 않았고, 그들의 의술에
신세를 진 고수들도 적지 않아서 세가의 규모는 그리 크지 않았어
도 강호의 어느 누구도 그들을 무시하거나 적대시 하지 않았다.

그런데 지금은 정체불명의 복면인들이 화탄까지 사용해 가며 정문을 폐허로 만들고 그 와중에 세가의 중요 인물마저 비명횡사하고 말았으니 제갈세가의 고수들이 분노하는 것은 너무도 당연한 일이었다. 특히 창졸지간에 화탄에 조카를 잃은 제갈선의 비통함은 누구보다도 큰 것이었다.

흑의 복면인들 중 가장 앞에 서 있는 건장한 체구의 흑의인이 낮게 가라앉은 음성으로 입을 열었다.

"제갈선, 제갈가의 기관진식으로는 우리를 막을 수 없다. 그러니 더 늦기 전에 순순히 그들을 내놓아라."

제갈선은 성난 눈으로 흑의인을 노려보았다.

"본 가의 식솔들이 살해된 이상 너희들과 더 이상 할 말은 없다. 피로 얻은 빚은 피로 갚을 수 있을 뿐이다."

흑의인은 혀를 찼다.

"쯧. 권주(勸酒)를 마다하고 굳이 벌주(罰酒)를 자청하는군. 고작 애송이 하나의 복수를 위해 제갈가를 나락으로 떨어뜨릴 셈이냐?"

분노한 제갈선이 버럭 소리를 질렀다.

"좌동천(左東川)! 함부로 본 가를 쳐들어온 것도 모자라 이제는 협박까지 하는구나. 네가 복면을 하고 있다고 네 정체를 모르는 줄 아느냐?"

흑의인은 한동안 삼엄한 눈으로 제갈선을 응시하더니 혼잣말처럼 나직하게 중얼거렸다.

"내 정체를 공개적으로 밝히는 게 어떤 의미를 가지고 있는지 모르는가? 제갈가는 병법에 능하고 두뇌가 영민하다고 하더니 그렇지도 않은 모양이군.”

별로 크지 않은 목소리였으나 그 말을 들었는지 제갈선의 표정이 더욱 딱딱하게 굳어졌다.

흑의인도 자신이 복면을 했다고 해서 자신의 정체를 끝까지 숨길 수 있으리라고는 생각하지 않았다. 그가 사용한 화탄은 강호상에서 무척이나 유명한 것이고, 그의 외모나 성격 또한 널리 알려져 있었다. 그러니 제갈선이 자신을 알아볼 가능성은 다분했다.

그럼에도 불구하고 그가 복면을 하여 모습을 가린 것은 제갈가를 무조건 말살하지 않겠다는 나름대로의 의중을 나타낸 것이었다. 그런데 제갈선이 중인환시에 그의 정체를 밝혀 버렸으니 이제 자신은 정체를 숨기기 위해서라도 이곳에 모인 모든 사람들을 제거할 수밖에 없는 상황이었다. 실제로 정체가 드러나는 것과 단순히 짐작을 하는 것은 너무도 현격한 차이가 있었다.

제갈선은 누구보다 명석한 인물이었으나, 조카의 처참한 죽음을 직접 목격한 탓에 순간적으로 평정심을 잃어버린 상태였다. 그는 흑의인의 말에 내심 아차 싶었으나, 그때 흑의인이 복면을 벗고 스스로의 얼굴을 드러내고 말았다.

유난히 텁수룩한 수염을 기르고 부리부리한 눈을 지닌 사십 대 후반의 장한이었다. 그는 산서 벽력당 출신의 고수들 중 가장 뛰어난 실력을 지닌 것으로 알려진 일수벽력(一手霹靂) 좌동천이라는 인물이었다.

원래 좌동천은 산서 벽력당의 당주인 벽력추혼(霹靂追魂) 탕일

후(蕩一吼)의 사제로, 실질적인 산서 벽력당의 이인자였다. 하나 산서 벽력당의 노선을 두고 탕일후와 사이가 벌어져 결국 십여 년 전에 자신을 따르는 몇몇 수하들을 데리고 산서 벽력당을 뛰쳐나오고 말았다.

많은 무림인들은 화탄 제조에 있어서는 탕일후가 조금 앞섰지만 무공 수위는 좌동천이 더 낫다고 평가하고 있었다. 그래서인지 좌동천이 나온 후 산서 벽력당의 위세는 예전보다 많이 약해진 상태였다.

막상 좌동천이 스스로 자신의 얼굴을 드러내자 제갈선의 표정은 한층 더 무거워질 수밖에 없었다. 자신의 얼굴을 본 모든 사람을 반드시 죽이겠다는 좌동천의 단호한 의지를 알아차릴 수 있었던 것이다.

아니나 다를까? 좌동천이 슬쩍 손짓을 하자 주위에 있던 흑의 복면인들이 일제히 병장기를 휘두르며 제갈세가의 고수들을 향해 달려들었다.

삽시간에 장내가 치열한 싸움터로 변해 버렸다. 흑의 복면인들의 수는 십여 명 남짓으로, 수적으로는 제갈세가 고수들보다 적었으나 개개인의 무공이 뛰어나서 오히려 제갈세가 고수들을 압도하고 있었다.

제갈세가에서 눈에 확 들어오는 사람들은 제갈선과 두 명의 중년인들이었는데, 그들은 제갈선의 사촌형제들로 제갈승(諸葛承)과 제갈명(諸葛明)이었다. 그들 중에서도 특히 한 자루 섭선을 휘두르는 제갈승의 무공이 가장 탁월해 보였다.

그들 세 사람은 흑의 복면인들을 하나씩 맡아서 싸우고 있었는데, 그나마 장내에서 팽팽하게 맞서고 있는 것은 그들뿐이었다. 그들 외에 제갈세가의 고수들은 두세 명이 하나의 복면인을 상대하면서 쩔쩔매고 있었고, 개중에는 당장 쓰러져도 이상하지 않을 정도로 현격하게 밀리는 자들도 적지 않았다.

좌동천과 그의 좌우에 있는 네 명의 흑의인들은 아예 장내의 싸움에는 끼어들지도 않은 상태였음에도 불구하고 상황은 일방적으로 제갈세가에 불리한 쪽으로 흘러가고 있었다.

그때 갑자기 몇 명의 인영이 전권(戰圈)에 뛰어들었다.

그와 함께 장내의 상황이 판이하게 바뀌어 버렸다. 새롭게 나타난 사람은 모두 네 명인데, 그중 세 명은 싸움에 뛰어들어 흑의 복면인들을 거세게 몰아붙이고 있었고, 다른 한 명은 좌동천을 향해 곧장 다가오고 있었다.

좌동천은 살짝 눈살을 찌푸린 채 싸움에 가세한 세 사람을 보고 있다가 고개를 갸웃거렸다. 그들은 주먹을 휘두르는 준수한 청년과 날카로운 인상만큼이나 사나운 검법을 사용하는 청년, 그리고 한쪽 눈에 안대를 한 몸이 빠른 중년인이었는데, 하나같이 기도가 범상치 않은 인물들임을 알 수 있었다.

그중에서도 반쯤 말아 쥔 주먹을 휘두르는 백의 청년의 권법은 언뜻 보기에도 강력하기 그지없어서 그의 공격을 받는 흑의 복면인들이 쩔쩔매고 있었다.

'저런 인상의 고수들에 대해 들은 것 같은데……'

그때 좌동천의 시선이 자신을 향해 다가오는 또 다른 인물에게 옮겨졌다.

훤칠한 키에 다소 마른 듯한 체구를 지닌 이십 대 중반의 젊은 이였다. 유난히 차분하게 가라앉은 눈빛과 한쪽 뺨에 나 있는 깊은 흉터가 시선을 끌었다.

그와 시선이 마주치자 좌동천은 가슴이 덜컥 내려앉음을 느꼈다.

'절정 검객이로구나!'

좌동천의 눈이 젊은이의 얼굴에 있는 흉터와 그의 허리춤에 매달린 검을 빠르게 스치고 지나갔다. 그러다 무언가를 느낀 듯 좌동천의 눈빛이 격하게 흔들렸다.

"혹시 당신은……."

좌동천이 막 무어라고 입을 열려는 순간, 그 젊은이는 아무 말 없이 그를 향해 몸을 날렸다. 별다른 동작을 취한 것 같지도 않았는데 우윳빛 검광이 어른거리더니 좌동천의 주위 공기가 삽시간에 빙굴에 빠진 듯 싸늘해졌다. 그것은 그야말로 눈으로 보고도 믿을 수 없는 놀라운 검기였다.

강호가 아무리 넓고 고수가 구름처럼 많다고 해도 이토록 젊은 나이에 이와 같은 엄청난 검술을 지닌 자는 결코 많지 않았다. 좌동천의 뇌리로 최근에 모든 무림인들의 이목을 온통 사로잡고 있는 한 명의 절세 검객이 떠올랐다.

"이, 이런…… 신검무적이구나!"

좌동천의 놀란 외침이 터져 나오며 장내의 분위기가 마구 뒤흔들렸다. 치열한 싸움을 벌이고 있던 흑의 복면인들은 흔들리는 모습이 역력했고, 반면에 제갈세가의 고수들은 모두 용기백배하는 표정들이었다.

좌동천의 좌우에 있던 네 명의 흑의인들이 일제히 진산월을 향해 달려들었다. 그들 중 두 명은 검(劍)을, 두 명은 도(刀)를 사용했는데, 달려드는 기세와 병기를 뽑아드는 속도가 그야말로 눈부시게 빠르고 맹렬했다.

좌동천도 황급히 뒤로 물러나며 맹렬하게 쌍장(雙掌)을 휘둘렀다.

파파팡!

격렬한 파공음과 함께 십여 개의 장력이 마치 폭포수가 쏟아지듯 연거푸 뿜어 나와 그에게 다가오던 검기에 맞서 갔다. 좌동천의 절학중 하나인 분뢰십팔장(奔雷十八掌) 중의 분뢰경변(奔雷驚變)이었다.

그와 함께 네 명의 흑의인들이 발출한 네 개의 검과 도에서 폭풍 같은 검기와 도풍이 우박처럼 퍼부어졌다. 하나 진산월의 용영검은 너무도 유연하게 검기와 도풍, 그리고 장영 속을 뚫고 들어갔다.

파핏!

빗발치는 듯한 검기의 한 부분이 무너지며 흑의인 한 명이 허리를 붙잡고 휘청거리며 뒤로 물러났다.

"크윽!"

어느새 진산월의 용영검이 그의 허리를 베고 지나간 것이다.

하나 그것은 시작에 불과했다. 용영검이 한 번 차가운 검광을 번뜩일 때마다 흑의인들의 공세가 무뎌지더니, 급기야 한 사람씩 피를 뿌리며 전권에서 격퇴되었다. 그들은 사력을 다해 검과 도를 휘둘렀으나, 그들 중 누구도 진산월의 검을 두 번 이상 피한 사람은 없었다.

순식간에 네 명의 흑의인들은 모두 허리와 앞가슴, 팔 등에 심각한 부상을 입은 채 뒤로 물러나고 말았다.

그들은 좌동천이 산서 벽력당을 뛰쳐나올 때부터 그와 동행했던 인물들로, 하나같이 무공이 뛰어나고 좌동천에 대한 충성심이 강해서 좌동천이 가장 믿고 있는 수하들이었다. 그들은 자신들의 무공에 상당한 자신감을 가지고 있었는데, 지금은 너무도 어이없이 패퇴한 것이 믿어지지 않는지 고통스러워하는 와중에도 어안이 벙벙한 모습들이었다.

하나 그들 덕분에 좌동천은 간신히 진산월의 용영검이 뿌리는 삼엄한 검기 속에서 몸을 뺄 수가 있었다.

좌동천은 자신의 수하들이 모두 적지 않은 부상을 입고 휘청거리는 것을 보면서도 계속 뒤로 물러나면서 진산월과 일정한 거리를 벌려 놓았다.

진산월이 다시 그를 향해 몸을 날리려 하자 좌동천이 품속으로 손을 집어넣으며 버럭 소리를 질렀다.

"멈추시오! 더 다가온다면 이것을 사용하겠소!"

품속으로 빠르게 들어갔다 나온 그의 손에 어른의 주먹만 한 크기의 물체 하나가 쥐어져 있었다.

진산월의 물처럼 고요한 시선이 좌동천의 손에 들린 물체에 고정되었다.

물체는 노란색을 띤 둥근 모양의 알처럼 생겼는데, 크기나 색깔이 오리알을 연상케 했다. 그것은 바로 산서 벽력당에서 만든 화탄 중에서도 가장 강력한 위력을 지니고 있다고 알려진 벽력천자황이었다. 좌동천은 산서 벽력당을 나올 때 모두 일곱 개의 벽력천자황을 가지고 있었는데, 그동안 하나둘씩 사용하고 마지막으로 남은 것을 꺼내든 것이다.

"그것이 벽력천자황이오?"

진산월이 조용한 음성으로 묻자 좌동천이 딱딱하게 굳은 얼굴로 고개를 끄덕였다.

"그렇소. 당신이 바로 신검무적이오?"

"내가 진 모요."

막상 진산월이 순순히 시인을 하자 좌동천의 얼굴에 한 줄기 낭패스런 표정이 스치고 지나갔다.

"나는 종남파와 아무런 은원 관계도 없는데, 왜 대뜸 우리 일에 끼어들어 살수를 쓰는 거요?"

"제갈세가의 손님 된 입장에서 주인을 위해 손을 거드는 건 당연한 일 아니겠소? 그리고 본 파와 사소한 원한이라도 있었다면 저들 중 누구도 멀쩡히 살아 있지 못했을 거요."

진산월이 턱으로 네 명의 흑의인을 가리키자 좌동천은 침음할 수밖에 없었다.

진산월의 말마따나 그들은 모두 적지 않은 부상을 입었으나 생명에는 아무런 이상이 없었다. 조금 전에 경험했던 신검무적의 가공할 검술로 보아 그가 살심을 품었다면 그들은 모두 싸늘한 시신이 되어 바닥에 누워 있었을 것이 분명했다.

좌동천으로서는 하필이면 이 시기에 종남파의 장문인이 제갈세가에 손님으로 와 있는 현실이 원망스러울 뿐이었다.

'재수 없는 놈은 뒤로 넘어져도 코가 깨진다더니, 내가 꼭 그 짝이군.'

좌동천은 진산월의 검법을 보고 난 후에는 그와 직접 손을 맞대고 싸울 생각이 전혀 나지 않았다. 이제까지 살아오면서 강호의 어떤 고수도 두려워하지 않았던 좌동천이었지만 막상 겪어 본 신검무적은 자신과는 차원이 다른 고수임을 너무도 분명히 알 수 있었다.

검성 모용단죽 이후 최고의 검객일지도 모른다는 세간의 평가는 절대로 과장된 것이 아니었다. 자신이 펼쳐 낸 분뢰십팔장의 장력 속을 종잇장처럼 유유히 뚫고 들어오던 우윳빛 검광을 좌동천은 절대로 잊지 못할 것이다.

그렇다고 이대로 순순히 물러날 수도 없었다. 목숨처럼 아꼈던 벽력천자황을 두 개나 사용하고도 상대가 두려워 아무 소득도 없이 물러난다면 도저히 얼굴을 들고 돌아갈 수 없을 것이다.

좌동천이 이럴 수도 저럴 수도 없어서 난감한 표정으로 서 있을 때였다.

삐익!

어디선가 사람의 심금을 자극하는 듯한 예리한 호각 소리가 들려왔다.

그 소리를 듣자 좌동천은 마치 구원이라도 받은 사람처럼 잔뜩 굳어졌던 얼굴이 여유를 되찾았다.

그는 먼저 빠르게 주위의 상황부터 살펴보았다.

조금 전까지만 해도 일방적으로 제갈세가의 고수들을 밀어붙이고 있던 흑의 복면인들은 뒤늦게 나타난 종남파 고수들 때문에 오히려 뒤로 밀리고 있었다. 특히 권법을 펼치는 젊은 미남자의 무공은 실로 놀라워서 벌써 세 명째 복면인을 쓰러뜨리고 있었다.

'저자가 바로 젊은 층의 고수들 중 제일권사(第一拳士)라는 옥면신권이로군.'

뿐만 아니라 연신 날카로운 검광을 뿌리고 있는 젊은 검객과 안대를 한 중년인의 실력도 무섭기는 매한가지여서 자신이 끼어든다 해도 판세를 바꿀 수 있을 것 같지 않았다. 게다가 자신의 앞에는 그 무서운 신검무적이 버티고 있지 않은가?

좌동천은 이내 마음을 결정하고는 진산월에게로 시선을 돌렸다.

"오늘 일은 더 이상 진행하기 어려움을 인정하겠소. 우리는 스스로의 부족함을 알고 이만 물러나려 하는데, 진 장문인의 의향은 어떠시오?"

벽력천자황까지 사용하며 제갈세가를 압박할 때와는 전혀 다른 정중하고 부드러운 모습이었다.

진산월 또한 잘 알지도 못하고 아무런 원한도 없는 자들에게 굳이 살수를 쓰고 싶지 않았다. 그렇다고 자기 마음대로 그들을 보낼 수도 없었다. 제갈세가의 생각은 자신과 전혀 다를 수 있기 때문이었다.

"그건 당신들 손에 피해를 입은 제갈세가에서 결정해야 할 일인 것 같소."

흑의 복면인과 싸우는 와중에도 이 음성을 들었는지 제갈선이 맹렬한 공격을 펼쳐 상대하고 있던 흑의 복면인을 뒤로 물러나게 하고는 재빨리 진산월 옆으로 다가왔다. 그는 진산월에게 살짝 고개를 숙여 고마움을 표하고는 이내 싸늘한 눈으로 좌동천을 노려보았다.

"좌동천! 제갈세가가 너희들이 마음대로 들락거릴 수 있는 곳인 줄 아느냐? 본 가의 식솔을 죽였으니 너도 또한 목숨을 내놓아야 할 것이다."

좌동천의 눈살이 살짝 찌푸려졌다. 강호에서의 명성이나 무공 등 모든 면에서 자신보다 현격하게 뒤진 제갈선이 오히려 기세등등하게 나오니 마음이 불편했던 것이다.

사실 제갈세가의 입구에 설치된 기관진식들이 아니었으면 굳이 귀한 벽력천자황을 두 개나 사용할 필요가 없었다. 하나 제갈세가의 기관은 예상보다 훨씬 강력하고 정교해서 벽력천자황을 사용하지 않고는 단기간에 뚫고 들어갈 수가 없었다.

세 개밖에 남지 않은 벽력천자황을 두 개나 사용하여 일방적인 우세를 점하고도 신검무적 때문에 순순히 물러나려 했는데, 오히려 제갈선이 방해를 하고 있으니 좌동천 입장에서는 약도 오르고 화가 날 수밖에 없었다.

"그래서 정말 끝장을 보자는 소리인가?"

좌동천이 으르렁거리듯 싸늘한 음성을 내뱉자 제갈선은 이를 악물었다. 마음 같아서는 그렇게 하고 싶었다. 하나 지금은 그보다 더욱 중요한 것이 있었다.

그는 마음속의 격분을 억누르며 무거운 음성으로 입을 열었다.

"본 가의 인명을 살상하고 정문을 파괴한 대가는 반드시 치러야 할 것이다."

"어떻게 말이냐?"

제갈선의 시선이 좌동천의 손에 들린 벽력천자황을 향했다.

그 시선의 의미를 알아차렸는지 좌동천의 얼굴이 흉악하게 일그러졌다.

"벽력천자황을 달라는 말이냐?"

"그게 네 손에 있는 한 언제라도 오늘 같은 일이 발생할 수 있다. 그러니 우리로서는 재발 방지 차원에서라도 그것을 넘겨받아야 할 필연적인 이유가 있다."

좌동천의 눈자위에 진한 살기가 감돌았다.

벽력천자황은 제조하기가 극히 까다로울 뿐 아니라 재료 또한 구하기가 힘들어서 산서 벽력당을 나온 그로서는 만들고 싶어도 더 이상 만들 수가 없는 물건이었다. 하나 남은 벽력천자황을 주느니 차라리 팔 하나를 잘라 내는 것이 더 나을 것이다.

그때 진산월이 앞으로 한발 나섰다.

"그걸 내주고 물러나면 나도 더 이상 손을 쓰지 않겠소."

좌동천의 얼굴에 순간적으로 갈등 어린 빛이 떠올랐다.

벽력천자황을 이용해 신검무적을 상대할 자신이 있으면 한번 승부를 걸어 보겠는데, 그에 대한 확신이 서지 않았다. 그만큼 조금 전에 그가 보았던 신검무적의 검술은 그에게 커다란 두려움을 주는 것이었다.

그는 잠시 생각에 잠겨 있다가 진산월에게 시선을 고정시켰다.

"진 장문인의 말씀을 믿겠소."

그는 조심스레 벽력천자황을 바닥에 내려놓았다.

휘익!

그가 한 차례 휘파람을 불자 흑의 복면인들이 재빨리 전권에서 물러나기 시작했다. 좌동천은 제갈선에게는 시선도 주지 않은 채 진산월을 향해 포권을 하고는 자신도 몸을 날렸다.

좌동천과 흑의 복면인들이 순식간에 멀어지자 제갈선은 진산월을 향해 정중하게 인사를 했다.

"진 장문인의 도움에 감사드리오."

"별말씀을, 그보다 정말 이 정도로 괜찮겠소?"

진산월은 무슨 일이 있어도 사생결단을 낼 듯하던 제갈선이 너무 쉽게 좌동천을 놓아준 것이 다소 의아했다.

이번 일로 제갈세가가 입은 피해는 적지 않은 것이었다. 오랫동안 정성스레 만들어 놓았던 정문 일대의 기관이 모두 파괴되었을 뿐 아니라 직계 후손인 제갈영기를 비롯한 몇 명의 식솔들이 비명횡사하고 말았다. 여타의 평범한 가문이라도 복수심에 들끓었을 것인데 제갈세가 같은 전통 있는 명문 세가라면 도저히 그냥 지나칠 수 없는 중대한 사안이었다.

그럼에도 불구하고 벽력천자황 한 알만 받고 상대를 순순히 내

보내 주었으니 진산월이 선뜻 이해하지 못하는 것도 당연한 일이었다.

제갈선의 얼굴에 한 줄기 착잡한 빛이 떠올랐다.

"솔직히 생각 같아서는 그자들을 단 한 명도 살려 두지 않고 끝까지 혈채를 받아 내고 싶었소. 하지만 그보다 더 급한 일이 있기에 그들을 막지 않았던 거요."

"무슨 사정이 있는지 알 수 있겠소?"

제갈선은 잠시 머뭇거리다 무거운 한숨을 내쉬었다.

"후우! 이제 와 무엇을 감추겠소? 먼저 진 장문인께 한 가지 사죄를 드릴 일이 있소."

"그게 무엇이오?"

"조금 전에 본 가의 가주께서 폐관에 들었다고 말씀드렸었는데, 그 말은 사실이 아니었소. 진 장문인께 거짓을 말씀드린 것을 진심으로 사과드리겠소."

제갈선이 허리를 굽히며 사죄를 하자 진산월은 담담한 표정으로 고개를 끄덕였다.

"제갈 총관의 사과를 받아들이겠소. 총관께서 그렇게 하신 것에는 필시 곡절이 있을 텐데, 자세한 사정을 말씀해 주실 수 있겠소?"

제갈선은 더 이상 숨기지 않고 사실을 알려 주었다.

"어젯밤에 형님의 오랜 친우 한 분이 커다란 부상을 입은 채로 본 가를 찾아왔소. 그분의 상처가 몹시 위태로워서 형님께서는 크게 놀라 황급히 그분을 치료하셨소. 위급한 상황을 넘기자 그분께서는 자신의 일행이 위기에 처해 있다며 형님께 도움을 요청하셨고, 형님께서는 그분과 함께 급히 본 가를 떠나시게 되었소."

진산월은 제갈선의 말 외에 다른 내막이 있을 거라고 짐작했다. 단순히 그런 사정뿐이라면 굳이 진산월에게 가주의 행방을 숨길 이유가 없었던 것이다.

"그 친우분의 성함을 알 수 있겠소?"

"여뢰관이 동천표라는 분이오."

진산월의 눈이 번쩍 빛났다.

"신법이 뇌전과 같고 이목이 누구보다 뛰어나서 호북제일섬(湖北第一閃)이라고 알려진 분이 아니시오?"

"그렇소."

"그의 일행이 누구인지 아시오?"

"환상제일창 유중악, 유 대협이시오."

진산월의 눈빛이 한층 강렬해졌다.

동천표가 유중악과 친분이 있다는 소문을 들은 적이 있어서 혹시나 하고 물었는데 자신의 불길한 생각이 그대로 적중한 것이다.

"그렇다면 제갈 가주께서는 유 대협을 돕기 위해 세가를 떠난 것이구려?"

제갈선의 얼굴에는 난처한 기색이 역력했다.

"그렇소. 구궁보에서의 일로 유 대협에 대한 좋지 않은 소문이 횡행하고 있지만, 형님께서는 그 소문을 믿지 않고 계시오. 그래서 다른 사람의 눈을 피하기 위해 비밀리에 본 가에 설치된 암도(暗道)로 본 가를 빠져나가셨소. 워낙 급하고 비밀을 요하는 일이었는지라 진 장문인께 사실을 말씀드리지 못하게 된 것이오.”

유중악의 찬란한 명성은 구궁보 사건 이후 치명타를 입어 빛을 잃고 말았다. 하나 그와 친분을 유지하고 있던 사람들 중 상당수는 아직도 그에 대한 신심(信心)을 잃지 않고 있었다. 제갈세가의 가주인 채약군자 제갈도 또한 그런 사람들 중 하나였다.

진산월은 유중악이 자신을 따르는 친우들과 구궁보를 벗어난 것을 분명하게 기억하고 있었다. 그들 중에는 선사인 임장홍의 몇 안 되는 친구들인 뇌일봉과 곽자령도 포함되어 있었다. 그렇다면 동천표가 말한 유중악 일행이란 바로 그들을 말하는 것이 아니겠는가?

유중악 본인은 물론이지만 곽자령을 비롯한 그와 동행한 자들은 하나같이 당금 무림에서 내로라하는 고수들이었다. 그런 그들이 위기에 처해 있고, 동천표만이 간신히 빠져나와 제갈세가에 도움을 청했다는 사실이 선뜻 믿어지지 않았다.

제갈선의 얼굴에는 시름의 빛이 가득했다.

“그런데 좌동천이 어떻게 알았는지 수하들을 데리고 와서 동대협과 그 일행들을 내놓으라며 공격을 해 왔던 거요. 조금 전에 호각 소리를 듣고 좌동천이 물러나려 하는 것을 보니 형님과 동대협의 행방이 그들에게 발각 당한 것이 아닐까 하는 불안한 생각이 들어 더 이상 그를 붙잡고 시간을 지체할 수 없었소.”

진산월의 생각도 크게 다르지 않았다. 벽력천자황까지 사용하여 제갈세가를 압박했던 좌동천이 호각 소리를 듣자 일방적으로 기세를 꺾고 물러난 것은 그것 외에는 달리 설명이 되지 않는 일이었다.

"제갈 가주께서 어디로 가셨는지 알 수 있겠소?"

생각에 잠겨 있던 진산월이 침착한 음성으로 묻자 제갈선은 반색을 했다.

"그분들을 도와주시겠소?"

사실 그는 몇 번이나 진산월에게 도움을 청하려 했으나, 구궁보 사건 이후 명성에 치명적인 손상을 입은 유중악을 위해 신검무적이 선뜻 나서리라고 확신할 수 없었기에 계속 망설이고 있었던 것이다.

그런데 진산월이 먼저 가주의 행방을 물으니 큰 짐을 덜은 듯 기꺼울 수밖에 없었다.

"당연한 말씀이오. 유 대협과는 직접적인 친분이 없지만, 그분의 친우들 중에는 선사의 오래된 벗들도 계시오."

"아! 그런 인연이 있었구려. 형님께서는 석문(石門)의 낭하곡(浪下谷) 쪽으로 가셨소. 유 대협 일행은 아마도 그 부근에 계실 거요."

석문은 제갈세가에서 서남쪽 방향에 위치해 있었다.

유중악의 행방을 알게 되자 진산월도 마음이 급해졌다. 유중악이 위기에 처해 있다면 그와 동행한 뇌일봉과 곽자령의 안위도 무사할 수 없을 것이다.

"알겠소. 우리는 그쪽으로 갈 테니 본 파의 제자들에게 자세한 사정을 설명해 주시기를 부탁드리겠소."

"걱정 마시오. 길 안내를 위해 본 가의 제자를 보내 드리겠소."

이어 제갈선은 멀지 않은 곳에 있는 청년 무사 한 명을 불렀다.

"이분들을 낭하곡으로 모시고 가도록 해라."

"알겠습니다."

곧 진산월과 종남파의 고수들은 청년 무사의 뒤를 따라 몸을 날렸다.

제갈선은 그들의 뒷모습을 보고 있다가 그들이 완전히 시야에서 사라졌을 때 발걸음을 옮겼다. 그는 천천히 앞으로 걸어가 좌동천이 바닥에 내려놓고 간 벽력천자황을 집어 들더니 이리저리 살펴보았다.

"이 작은 물체에 그토록 무서운 위력이 담겨 있다니…… 다음에 기관을 다시 만들 때는 이러한 화탄에 대한 대비도 철저히 해야겠구나."

문득 주위를 둘러본 제갈선은 산산이 박살 난 정문과 그 앞에 놓인 제갈영기의 처참한 시신을 보고는 표정이 침통하게 굳어졌다.

"후우, 그나저나 영기의 가족에게 이 소식을 어떻게 전해야 할지 모르겠군."

제 278 장
매영위궤(魅影危机)

제 278 장 매영위궤 (魅影危机)

낭하곡은 한수(漢水)의 지류가 굽이치는 커다란 강 옆에 위치한 협곡이었다. 가파른 계곡을 따라 흘러내리는 물살이 한수의 지류에 합류하기에 늘 세찬 격랑이 일어나서 낭하곡이란 이름이 붙게 된 것이다.

죽음처럼 깊은 밤이었다.

작은 조각달이 내걸린 하늘은 짙은 남색을 띠고 있었고, 그 아래 내비치는 검은 물살은 크고 작은 바위에 부딪치며 하얀 포말을 끝없이 만들어 내고 있었다. 물결이 흘러가는 소리는 세차고 컸지만, 그래서 주위는 더욱 고요했다.

삐익!

갑자기 깊은 적막을 깨고 날카로운 호각 소리가 밤하늘을 갈가리 찢어 놓으며 멀리까지 울려 퍼졌다. 그와 함께 십여 개의 검은 그림자가 산등성이에 어른거렸다.

그 그림자들은 야조(夜鳥)처럼 빠른 동작으로 낭하곡의 좁은 협곡 안을 뒤지고 다녔다. 그들 중 하나의 인영이 낭하곡에서도 유난히 짙은 어둠이 드리워진 계곡의 한 부분을 지나다가 갑자기 한 차례 신형을 휘청거렸다.

"저기다!"

짤막한 외침과 함께 다른 인영들이 벌떼처럼 그쪽으로 날아들었다.

파파팡!

어둠 속에서 날카로운 파공음과 격렬한 마찰음이 거푸 터지고 누군가의 답답한 신음성이 들려왔다.

"으윽!"

한 치 앞도 보이지 않는 어둠 속에서 한동안 살벌한 싸움이 계속되었다. 피아를 구분하기도 어려운 상태에서도 그들은 서로를 향해 무서운 살수를 거푸 펼쳐 냈다. 다시 하나의 검은 인영이 피를 뿌리며 쓰러졌으나 누구도 그에게는 시선조차 주지 않은 채 서로에게 맹렬한 공격을 퍼부었다.

손바닥보다 작은 일점편월(一點片月) 아래 내비치는 낭하곡의 모습은 아름답기 그지없었으나, 달빛조차 들어오지 않는 계곡의 그늘 속에서는 피와 죽음이 난무하는 처참한 광경이 펼쳐지고 있었다.

그때였다.

다시 계곡의 한편에서 몇 개의 인영이 나타나 전장으로 뛰어들었다. 그들의 수는 그리 많지 않았으나 하나같이 놀라운 실력을 지니고 있어서 순식간에 장내의 판도가 판이하게 바뀌어 갔다.

특히 그중에서도 우윳빛 검광을 뿌리는 사나이의 검법은 가히 가공스러워서 수십 가닥의 검광이 허공을 자욱하게 수놓자 무서운 기세로 달려들던 검은 인영들이 베어진 짚단처럼 허무하게 바닥에 쓰러져 버렸다. 그 압도적인 광경에 나머지 인영들이 모두 질색을 하고 황급히 뒤로 물러났다.

하나 뒤이어 닥친 권풍과 검영에 그들 또한 무사할 수는 없었다.

콰앙!

"크아악!"

마침내 무시무시한 권풍에 가슴을 정면으로 가격당한 검은 인영이 폭포수 같은 피를 내뿜으며 허공을 날아 한쪽 구석에 처박히는 것으로 어둠 속의 싸움은 끝이 나 버렸다.

"어…… 어느 고인들이시오?"

검은 인영들의 습격을 받고 악전고투를 벌이다 구사일생한 자들 중 한 명이 떨리는 음성으로 물었다.

우윳빛 검광을 뿌리던 자가 능숙하게 검을 거두며 별빛 같은 눈으로 그들을 둘러보았다.

"종남의 진산월이라 하오. 제갈세가의 분들이시오?"

검은 인영들과 싸우던 무리들은 모두 다섯 명이었는데, 제갈세가 특유의 청삼을 입고 있었다. 그들 중 네 명은 사십 대의 장한들이었고, 한 명만이 육십 대의 지긋한 노인이었다.

그들은 하나같이 조금 전의 싸움에서 크고 작은 부상을 입어 몹시 낭패스런 모습이었다. 아마도 진산월이 조금만 더 늦게 왔었어도 그들은 모두 참변을 면치 못했을 것이다.

진산월이라는 이름을 듣자 그들 입에서 경호성이 터져 나왔다.

"오, 이제 보니 신검무적 진 장문인이셨구려! 진 장문인의 높은 명성은 익히 들었소. 도움을 주신 것에 진정으로 감사드리오. 나는 제갈가의 둘째 장로를 맡고 있는 제갈풍(諸葛風)이라 하오."

그들 중 가장 나이가 많은 노인이 황급히 포권을 하며 머리를 조아리자 진산월은 짤막하게 답례했다.

"약수옹(藥手翁)이셨구려. 뵙게 되어 반갑소. 그보다 이곳에 혹시……."

그에게 무언가 물으려던 진산월이 표정이 변하며 급히 그들의 뒤쪽으로 신형을 날렸다.

그곳은 커다란 두 개의 바위가 맞닿은 곳으로, 바위들의 틈바구니에 사람 서너 명이 들어갈 만한 공간이 나 있었다. 제갈세가의 고수들은 그 공간 앞을 필사적으로 지키고 있었던 것이다.

그 공간에 두 개의 인영이 누워 있었다. 진산월의 시선은 그 인영들 중 하나에 못 박힌 듯 고정되어 있었다.

"뇌 대협……."

전신이 피투성이가 된 채 의식을 잃고 있는 그 인영은 다름 아닌 진산수 뇌일봉이었다. 구궁보를 떠날 때만 해도 밝은 표정을 잃지 않았던 뇌일봉이 불과 며칠 만에 빈사지경에 처해 있는 모습을 보니 진산월은 순간적으로 가슴이 먹먹해지지 않을 수 없었다.

뇌일봉의 가슴은 강력한 장공에 격중 당한 듯 움푹 꺼져 있었고, 오른팔은 완전히 부러져 그 형체만 간신히 몸통에 매달려 있었다. 게다가 입과 코에서는 연신 시커먼 핏물이 흘러내리고 있어 당장 숨이 끊어져도 이상하지 않을 정도로 위급해 보였다.

황급히 진산월을 따라 달려온 낙일방과 동중산도 뇌일봉의 너무도 처참한 모습에 말문을 열지 못하는 모습이었다. 특히 누구보다도 뇌일봉과 가까운 사이였던 낙일방의 표정은 침울하기 그지없었다.

제갈풍의 옆에 있던 제갈세가의 중년 고수가 조심스런 표정으로 입을 열었다.

"간단히 응급조치를 하기는 했으나 이곳에 오기 전부터 상세가 워낙 위중했습니다. 본 가로 모셔서 제대로 된 치료를 해도 생사(生死)를 장담할 수 없는 판국인데, 저들의 추적이 너무 집요해서 이곳에서 꼼짝도 못하고 있었습니다."

그의 이름은 제갈명렬(諸葛明烈)로, 가주를 지척에서 호위하는 수신호위의 우두머리였다. 그는 다른 세 명의 호위들과 이 장로인 제갈풍과 함께 제갈도를 따라 이곳에 온 것이다.

진산월의 시선이 바닥에 널려진 흑의 인영들을 향했다.

"저들의 정체를 아시오?"

"정확히는 모르겠습니다. 다만 그들이 사용하는 호각성이 강북녹림맹(江北綠林盟)의 비호각(飛呼角)인 듯하여 강북녹림맹의 무리들이 아닐까 생각하고 있습니다."

"강북녹림맹?"

뜻밖의 대답에 진산월의 눈빛이 날카롭게 번뜩였다.

동중산이 재빨리 흑의인 중 하나의 시신으로 다가가서 그의 소매를 팔뚝까지 걷어 보았다.

팔뚝에 기이한 문신(紋身)이 새겨져 있었다. 그것은 나무들이 울창한 숲을 그린 그림이었다. 아주 정교한 그림이었는데, 온통 초록색의 숲에 하나의 나무만 검은색으로 칠해져 있었다.

동중산이 그 문신을 살펴보고는 무거운 음성으로 말했다.

"녹림문(綠林紋)이 있는 걸 보니 강북녹림맹의 인물들이 맞는 것 같습니다. 더구나 검은색 나무가 새겨진 문양은 강북녹림맹의 대표적인 살수 조직인 흑림(黑林)의 소속임을 나타내는 것입니다."

강에 수적(水賊)이 있다면, 산에는 산적(山賊)이 있다.

수적들의 집합체가 장강십팔채라면, 산적들의 집합체가 바로 강북녹림맹이었다. 하나 수상(水上)에서만 위력을 발휘하는 장강십팔채에 비해 육지의 어느 곳에서든 맹위를 떨치는 강북녹림맹의 세력이 훨씬 더 크고 강력했다.

더구나 그들의 전통은 상당히 오래되었고 그 체계 또한 확실하게 잡혀 있어서 무림의 어떤 세력도 그들을 무시하거나 함부로 대하지 못했다.

특히 당금 녹림의 총표파자(總票巴子)인 십절산군(十絶山君) 사여명(司如命)은 무림구봉에 못지않은 무서운 고수로 알려져 있었다. 많은 사람들은 그가 백도(白道)의 인물이었다면 무림구봉은 무림십봉이 되었을 거라고 말하곤 했다.

난데없이 강북녹림맹의 고수들이 유중악 일행을 습격했다는 사실에 진산월로서는 당혹스러움을 느낄 수밖에 없었다. 그들과 유중악 일행의 접점을 아무리 생각해도 알 수 없었던 것이다.

진산월의 시선이 뇌일봉의 옆에 누워 있는 인물에게로 옮겨졌다.

갈포를 입은 사십 대 중반의 사나이였다. 하나 갈포는 갈가리 찢겨져 있었고, 사나이의 몸은 이미 싸늘하게 식어 있었다.

동중산이 한눈에 그를 알아보고 딱딱하게 굳어진 음성으로 말했다.

"이 사람은 유 대협의 일행이었던 태행독객 무종휘입니다. 태행산 일대를 주름잡던 일대호걸이 이렇게 허무하게 사라질 줄은 정말 몰랐습니다."

진산월은 무종휘의 시신에 난 상처를 잠시 살펴보다가 다시 주위를 둘러보았다. 유중악과 곽자령은 물론이고 이곳으로 먼저 출발했다는 동천표와 제갈도의 모습도 보이지 않았다.

"다른 분들은 어디에 계시오?"

제갈명렬이 어두운 표정으로 대답했다.

"상처가 워낙 심해서 몸을 움직일 수 없는 분들은 이곳에 남고 다른 분들은 북쪽으로 가셨습니다. 그분들의 상처 또한 가볍지 않아서 가주께서 그분들과 함께 이동했는데, 상황을 보니 그분들의 안위도 걱정되지 않을 수 없군요."

진산월은 잠시 생각에 잠기다가 이내 마음을 굳혔다. 생사지경에 처한 뇌일봉을 위해 지금 당장 자신이 할 수 있는 일은 거의 없었다. 더 늦기 전에 곽자령만이라도 무사히 구하는 것이 지금으로서는 그가 할 수 있는 유일한 일일 것이다.

"우리는 그들을 찾아 북쪽으로 갈 테니, 대신 뇌 대협을 부탁하겠소."

제갈명렬은 반색을 하며 고맙다고 머리를 조아렸으나, 옆에 있던 제갈풍의 표정은 여전히 밝지 않았다. 신검무적이 특별히 부탁까지 했는데 혹시라도 뇌일봉의 숨이 끊어지기라도 한다면 어쩌나 하는 걱정이 들었던 것이다.

"진 장문인께서 도움을 주신다니 고마운 일이오. 하지만 뇌 대협의 상세가 워낙 심해서 본 가로 모시고 간다고 해도 앞일을 장담할 수 없구려."

"진인사대천명(盡人事待天命)이라 했소. 최선을 다해 주시면 결과에 상관없이 만족하겠소."

그제야 제갈풍의 표정이 조금 풀어졌다.

"알겠소. 뇌 대협을 살리는 데 최선을 다하겠소."

진산월은 동중산과 전흠을 돌아보았다.

"너희는 이분들과 함께 뇌 대협을 모시고 제갈세가로 돌아가도록 해라."

전흠이 무어라고 말하려 했으나 진산월이 먼저 엄격한 음성으로 말을 덧붙였다.

"뇌 대협은 본 파에 더없이 귀중한 분이시다. 이분을 별 탈 없이 무사히 모시는 것은 다른 어떤 일보다 중요한 것이다."

전흠은 평소와는 다른 진산월의 냉엄한 모습에 '왜 그런 일은 꼭 나에게만 부탁하는 거요?' 라고 내뱉고 싶은 말을 억지로 집어 삼켰다. 이럴 때의 진산월은 질식할 듯한 위엄이 있어서 아무리 성격이 화급한 전흠이라도 함부로 대하기가 어려웠다.

진산월로서는 만약의 사태를 대비하지 않을 수 없었다. 제갈세 가의 인물들만 보냈다가 혹시라도 강북녹림맹의 고수들에게 다시 공격을 당하면 참으로 낭패스러운 일이 아닐 수 없었다. 전흠이라 면 그런 상황이 닥치더라도 뇌일봉을 무사히 제갈세가로 운반할 수 있을 것이다.

또한 동중산을 전흠과 함께 보내려는 것은 아무래도 무공이 뒤 떨어지는 그를 위험천만한 일이 도사리고 있을 게 뻔한 앞으로의 여정에 동행시키기가 부담스러웠기 때문이다.

동중산도 진산월의 의중을 알고 있기에 아쉬운 마음을 억누르 고 믿음직한 음성으로 말했다.

"걱정 마십시오, 장문인. 뇌 대협을 안전하게 제갈세가까지 모 시도록 하겠습니다."

"만에 하나 우리가 내일까지 돌아가지 않는다면 먼저 무당산으 로 출발하도록 해라. 무슨 일이 있어도 그믐 전까지는 무당산에 도착하도록 하겠다."

"무당산 자락 밑에 청연각(青然閣)이라는 제법 큰 주루가 있습 니다. 그곳에서 장문인과 낙 사숙을 기다리도록 하겠습니다."

"알겠다."

진산월은 가볍게 고개를 끄덕이고는 이내 북쪽으로 몸을 날렸 다. 그 뒤를 결연한 표정의 낙일방이 말없이 뒤따르고 있었다. 중인들이 걱정스레 쳐다보는 가운데 두 사람의 신형은 순식간에 어둠 속으로 사라져 버렸다.

어둠 속에서 흔적을 찾아 누군가를 쫓는 것은 결코 쉬운 일이 아니었다.

흐릿한 편월이 있다고 해도 산속의 짙은 그늘 속에서는 거의 아무런 소용이 없었다. 그래서 진산월과 낙일방은 몸을 날리면서도 수시로 주변을 조사해야만 했다. 그러니 속도가 날 리 없었다.

낭하곡의 북쪽 산등성이를 넘어서 어둠 속을 얼마쯤 달렸을 때, 처음으로 진산월은 제대로 된 흔적을 발견할 수 있었다. 제법 커다란 나뭇가지 한쪽에 찢겨진 옷자락이 매달려 있었던 것이다. 옷자락은 그리 크지 않았으나 다행히 하얀색이어서 어렵지 않게 발견할 수 있었다. 옷자락이 걸린 위치나 옷자락의 상태로 보아 누군가가 일부러 걸어 놓은 것은 아니고, 급히 나무 옆을 지나치다 찢어진 게 분명해 보였다.

옷자락을 발견한 후 두 사람의 속도는 한층 더 빨라져서 어둠 속을 두 마리 야조처럼 치달려 갔다. 간혹 나뭇가지가 부러져 있거나 풀잎이 짓밟힌 흔적을 조사하느라 걸음이 지체된 것 외에는 두 사람은 오직 앞만 보고 달려가다시피 하고 있었다.

두 사람의 걸음이 멈춘 것은 추적을 시작한 지 한 시진쯤 되었을 때였다. 이곳은 얕은 야산의 정상 부근이었는데, 길이 능선을 따라 두 갈래로 나뉘어져 있었다.

그런데 공교롭게도 두 길 모두에 사람이 지나간 흔적이 남아 있었다. 우측은 제갈세가가 있는 융중으로 가는 길이었고, 좌측은 무당산 쪽으로 향하는 길이었다.

두 길의 갈림길에서 두 사람은 잠시 고민에 빠져 들었다.

두 길을 번갈아 보던 낙일방이 자신의 의견을 말했다.

"제갈 가주가 동행했으니 아무래도 제갈세가 쪽으로 이동하지 않았을까요?"

그럴 확률이 높았다. 하나 진산월은 다른 가능성도 생각하지 않을 수 없었다.

"자신들이 쫓기고 있는 것을 알고 있으니 적들의 예상을 벗어나기 위해 반대쪽으로 움직였을 수도 있다."

"그럴 수도 있겠군요. 그럼 어쩌지요?"

진산월은 이내 마음을 결정하고는 낙일방을 돌아보았다.

"우리도 여기서 갈라져야겠다. 너는 우측 길로 가도록 해라. 만일 그들을 찾게 되면 최대한 안전하게 제갈세가로 모시고 가라."

낙일방의 얼굴에는 걱정스런 빛이 가득했다.

"그들을 만나지 못하면 어떻게 합니까?"

"제갈세가로 돌아가서 다른 일행들과 합류한 후 그들과 함께 무당산으로 움직여라."

"장문 사형께선……."

"나는 좌측 길로 해서 무당산으로 직접 가겠다."

낙일방은 진산월과 떨어진다는 것이 마음에 걸렸으나, 그렇다고 다른 방법을 찾을 수도 없어서 어쩔 수 없이 고개를 끄덕였다.

"알겠습니다. 장문 사형께서는 모쪼록 보중(保重)하십시오."

진산월은 낙일방의 어깨를 가볍게 두드린 후 자신이 먼저 좌측의 소로를 향해 몸을 날렸다. 잠시라도 지체할 여유가 없었던 것이다.

낙일방은 멀어지는 진산월의 뒷모습을 우두커니 바라보고 있다가 자신도 몸을 움직여 앞으로 나아갔다.

어느새 조금씩 어둠이 물러가고 동이 터 오고 있었다. 새벽의 여명(黎明)을 받은 산록은 하나둘씩 깊은 잠에서 깨어나 본연의 모습을 되찾아가기 시작했다.

낙일방이 진산월과 헤어져 혼자 움직이기 시작한 지 일각쯤 되었을 때였다. 무심히 전면을 응시한 채 달려가던 낙일방의 눈이 날카롭게 번뜩였다. 멀리 떨어진 산등성이 너머에서 병장기 부딪치는 소리가 희미하게 들려왔던 것이다. 제법 멀리 떨어진 곳이어서 주위가 지금처럼 조용하지 않았다면 들리지 않았을 것이다.

낙일방은 공력을 가득 끌어 올려 전력을 다해 소리가 들려온 곳으로 몸을 날렸다. 단숨에 산등성이를 넘자 울창한 송림이 눈앞에 펼쳐졌다. 그 송림 안에서 한 떼의 인영들이 치열한 결전을 벌이고 있었다.

일단의 흑의인들이 몇 명의 고수들을 둘러싼 채 맹공을 가하고 있었다. 빠르게 신형을 날리면서 그들을 훑던 낙일방의 두 눈에 횃불 같은 신광이 어른거렸다. 피투성이가 된 채로 흑의인들과 싸우고 있는 날카로운 외모의 중년인을 발견한 것이다.

그 중년인은 낙일방이 그토록 찾던 팔비신살 곽자령이었다.

곽자령 외에도 호리호리한 체구에 유난히 큰 눈을 가진 장한과 준수한 용모의 흑삼인, 그리고 제갈세가 특유의 청삼을 입은 사십 대 초반의 중년인의 모습도 보였다. 그들 네 사람은 십여 명의 흑의인들에게 둘러싸인 채 공격을 받고 있었는데, 하나같이 크고 작은 상처를 입고 있는 데다 흑의인들의 공세가 워낙 거칠어서 상당히 위급한 상황에 처해 있었다.

그중에서도 곽자령의 상처가 유독 심해 보였다. 그의 명성을 천하에 떨치게 했던 혈선륜은 어디로 갔는지 보이지 않았고, 오른쪽 옆구리와 어깨, 그리고 앞가슴 등 상반신 전체가 온통 피로 물들어 있었다. 특히 옆구리의 상처는 심각해서 얼핏 내장이 내비칠 정도였다.

곽자령은 한 손으로는 옆구리의 상처가 벌어지지 않도록 부여잡은 채 다른 한 손을 휘둘러 간신히 흑의인들의 공세를 막아 내고 있었는데, 시체처럼 창백한 낯빛에 입가로 시커먼 핏물을 흘리는 모습이 당장 쓰러져도 이상하지 않을 정도로 위태로워 보였다.

지금도 흑의인 중 하나가 송곳같이 예리한 기형검으로 목덜미를 날카롭게 찔러 들어오자, 곽자령은 옆으로 몸을 구르다시피 하여 간신히 그 살인적인 일검을 피해 내고 있었다. 하나 그 바람에 상처가 더욱 벌어졌는지 곽자령의 몸이 가늘게 경련을 일으켰다. 무척이나 고통스러웠을 텐데도 곽자령은 신음을 흘리지 않고 오히려 눈을 부릅뜨며 흑의인을 향해 왼 주먹을 빠르게 내질렀다.

흑의인이 뒤로 슬쩍 물러나며 몸을 피하자 다시 또 다른 흑의인이 곽자령의 옆으로 다가들며 수중의 도를 맹렬하게 휘둘렀다. 곽자령은 내뻗었던 주먹을 미처 회수하지 못하고 어정쩡한 자세로 물러나야만 했다.

그 바람에 그의 앞이 훤하게 노출되었다. 뒤로 물러났던 흑의
인이 기회를 놓칠 새라 벼락같이 달려들며 곽자령의 미간을 그대
로 찔러 왔다.

곽자령의 눈에 한순간 암담한 빛이 떠올랐다. 도저히 그 일검
을 피할 수 없다는 것을 직감적으로 알아차린 것이다.

"멈춰라!"

절체절명의 순간, 갑자기 낭랑한 고함 소리와 함께 사나운 기
운이 노도처럼 날아들었다. 그 기운의 강력함에 대경실색한 흑의
인이 내뻗었던 일검을 급히 거두며 뒤로 정신없이 물러났다.

하나 그때 그의 몸을 스치고 지나갈 듯하던 기운이 급격하게
선회하며 흑의인의 앞가슴을 사정없이 가격해 버렸다.

쾅!

"크악!"

처절한 비명과 함께 흑의인의 몸이 훌훌 날아 삼 장 밖으로 나가
떨어졌다. 가슴뼈가 완전히 박살 난 흑의인은 전신으로 시커먼 피
를 쏟은 채 몇 차례 꿈틀거리다가 그대로 숨이 끊어지고 말았다.

참으로 가공할 공격이 아닐 수 없었다.

곽자령은 이제는 끝났구나 하고 생각하고 있다가 누군가가 나타
나 단숨에 흑의인을 격살하는 모습을 보고는 눈을 크게 부릅떴다.

새하얀 백의를 입은 준수한 미남자가 무서운 속도로 장내를 선
회하며 맹렬하게 두 주먹을 휘두르고 있는 모습을 발견한 곽자령
의 눈자위가 실룩거렸다. 입을 굳게 다문 채 무시무시한 권법을

펼치고 있는 백의 미남자는 다름 아닌 종남파의 제자, 낙일방이었던 것이다.

낙일방은 곽자령이 위기에 처한 것을 보고 단숨에 십여 장을 날아 장내로 뛰어들며 기형검의 흑의인을 일권에 격살하고는 그것도 모자라 다른 흑의인을 향해 폭풍 같은 십이권을 거침없이 내질렀다.

기형검의 흑의인과 함께 곽자령을 공격했던 칼을 든 흑의인이 무시무시한 위세로 날아오는 권영(拳影)에 놀라 사력을 다해 맞섰으나, 그 가공할 기운을 막기에는 역부족이었다.

파팡!

"아아악!"

북을 치는 듯한 소리와 함께 그는 무려 다섯 번이나 주먹에 가격 당하고는 피를 뿌리며 바닥에 쓰러지고 말았다.

난데없이 나타난 백의인이 눈 깜박할 사이에 두 명의 흑의인을 간단하게 격살하자 다른 흑의인들이 모두 놀라 그를 바라보았다. 흑의인들은 강북녹림맹의 살수 조직인 흑림의 고수들로, 하나같이 상당한 무공을 지닌 뛰어난 실력의 살수들이었다. 그들 서너 명이면 어떠한 고수들이라도 감당할 수 있었는데, 지금은 너무도 순식간에 두 명의 동료들이 처참하게 쓰러지고 말았으니 그들이 놀라고 당황해 하는 것도 무리는 아니었다.

"웬 놈이 강북녹림맹의 행사를 방해하는 것이냐?"

흑의인들 중 가장 나이를 먹은 중년인이 전권에서 물러나 낙일방을 바라보며 버럭 노성을 질렀다.

낙일방은 그에게는 시선도 주지 않은 채 비틀거리고 있는 곽자령을 부축했다.

"제가 너무 늦게 온 건 아닌지 모르겠습니다, 곽 대협!"

곽자령은 이곳에서 낙일방을 만난 것이 아직도 믿어지지 않는지 몇 차례나 눈을 깜빡거렸다.

"자, 자네가 어떻게 알고 여기에……."

"제갈세가를 방문했다가 급한 소식을 들었습니다. 몸은 괜찮으십니까?"

곽자령의 눈이 파르르 떨렸다.

"아직은 견딜 만하네. 그보다, 자네 장문인은……."

"곽 대협이 이곳에 계신 줄 알았다면 이쪽으로 오셨을 텐데, 중도에 길이 나눠지는 바람에 장문 사형께서는 다른 쪽 길로 가셨습니다."

낙일방이 아쉽다는 투로 말하자 곽자령은 오히려 정색을 했다.

"아닐세. 그게 어쩌면 다행인지도 모르겠네."

"예? 그게 무슨 말씀이십니까?"

낙일방이 의아해 할 때, 흑림의 중년인이 다시 날카로운 음성으로 소리쳤다.

"내 말이 들리지 않는 거냐? 어느 파의 쥐새끼더냐?"

낙일방의 얼굴에 한 줄기 냉엄한 빛이 떠올랐다. 그는 곽자령을 향해 살짝 고개를 숙여 보였다.

"잠시만 기다리십시오. 먼저 주위부터 정리해야 할 것 같습니다."

낙일방은 천천히 몸을 돌렸다. 그와 함께 구름 같은 기세가 피어올랐다. 낙일방의 기세에 놀랐는지 흑의인의 태도가 눈에 띄게 굳어졌다.

낙일방은 그를 응시한 채 조용한 음성을 내뱉었다.

"종남의 낙일방."

짤막한 말이었는데, 그 말을 듣는 순간 흑의인의 얼굴에 한 줄기 낭패스러운 빛이 떠올랐다.

"옥면신권?"

낙일방은 묵묵히 고개를 끄덕였다.

흑의인은 잠시 생각에 잠겨 있다가 다시 입을 열었다.

"본 맹은 종남파와 아무런 원한이 없는데, 왜 본 맹의 행사를 방해하고 본 맹의 고수들을 살해한 것이오?"

"어째 입을 여는 자들마다 똑같은 말을 하는군. 이분은 본 파의 일족과도 같은 분이시니 이분을 건드리는 건 곧 본 파를 건드린 것과 같소."

흑의인은 입술을 질끈 깨물더니 음산한 음성을 내뱉었다.

"비록 종남파의 위세가 대단하다고 해도 본 맹도 호락호락하지 않소. 이 일로 본 맹과 척을 지어도 좋단 말이오?"

"내가 하고 싶은 말이군. 본 파와 적이 되고 싶지 않다면 이만 물러가도록 하시오."

무슨 생각이 들었는지 흑의인은 주위를 둘러보다가 낙일방 외에 다른 사람의 기척이 느껴지지 않자 그제야 날카로운 눈으로 그를 쏘아 보았다.

"종남파의 이름으로 우리를 억제할 수 있다고 생각하지 마시오. 본 맹의 이름은 결코 가볍지 않소."

낙일방은 그와 더 실랑이를 벌이고 싶은 생각이 없는지 묵령갑을 낀 손을 꼼지락거리더니 이내 그를 향해 손가락을 까닥거렸다.

"계속할 생각이면 덤비고, 아니면 물러가시오."

그 말에 흑의인의 얼굴이 벌겋게 상기되었다. 그는 무서운 눈으로 낙일방을 노려보더니 기이한 휘파람을 불었다.

"휘이익!"

그러자 세 명을 공격하고 있던 흑의인들이 일제히 뒤로 물러났다가 방향을 바꾸어 그를 향해 달려들기 시작했다.

"신검무적이면 몰라도 옥면신권, 너 하나만으로는 우리를 당할 수 없다!"

흑의인의 전신에서 진득한 살기가 흘러나오며 말투 또한 어느새 거칠어져 있었다. 낙일방은 더 대꾸할 가치도 없다는 듯 외려 스스로 흑의인을 향해 먼저 몸을 날렸다.

"쳐라!"

십여 명의 흑의인들이 일제히 그를 향해 달려드는 광경은 마치 검은 해일이 몰려오는 것처럼 압도적인 것이었다. 낙일방은 조금도 망설이지 않고 그들의 한복판으로 뛰어들었다.

파파파팍!

살벌한 검기와 도영이 구름처럼 피어올랐고, 그에 맞서는 낙일방의 주먹이 무서운 기세로 사방을 휩쓸기 시작했다.

흑의인들의 공세에서 간신히 벗어난 세 사람은 그제야 겨우 숨을 돌릴 수 있었다. 그들은 바로 여뢰관이 동천표와 제갈세가의 가주인 제갈도, 그리고 흑삼객 임지홍이었다. 어찌 된 일인지 유중악의 모습만 보이지 않았다.

동천표가 바닥에 털썩 주저앉으며 멀지 않은 곳에 있는 제갈도를 바라보았다.

"휴우! 종남파의 고수들이 자네 집에 와 있었다니 정말 천만다행한 일이군. 자네는 언제부터 종남파와 인연을 맺게 되었나?"

동천표는 큰 부상을 입은 후 제갈세가에서 응급조치를 하기는 했으나 아직도 그 후유증으로 안색이 좋지 못했다. 게다가 조금 전의 싸움에서 상처가 도져 제대로 서 있을 힘도 없는 것 같았다.

제갈도는 시선도 깜박이지 않은 채 눈앞에서 벌어지고 있는 치열한 싸움을 보고 있다가 고개를 흔들었다.

"인연은 무슨…… 본 가와 종남파는 일면식도 없는 사이일세."

"그런데 그들이 무슨 일로 제갈세가를 찾아왔단 말인가?"

"난들 알겠나? 그나저나 정말 무서운 권법이로군. 저자가 바로 젊은 층의 고수들 중 권법의 제일인자라는 옥면신권이란 말이지?"

그들이 보고 있는 와중에 두 명의 흑의인이 낙일방의 주먹을 맞고 바닥에 쓰러져 버렸다. 그들 개개인의 무공이 자신들보다 별로 뒤떨어지지 않음을 잘 알고 있던 제갈도와 동천표는 낙일방의 가공할 솜씨에 혀를 내두르지 않을 수 없었다.

"그렇다네. 나도 이름만 들었지 실력을 직접 보는 건 이번이 처음일세. 저 정도 솜씨라면 젊은 층뿐 아니라 당대의 모든 권법가를 합해도 열 손가락 안에 들 것 같군."

낙일방의 주먹은 워낙 빠르고 변화가 무쌍할 뿐 아니라 주먹 하나하나에 무시무시한 힘이 담겨 있어서 흑의인들 중 누구도 그의 일권을 정면에서 받아 내지 못했다. 게다가 주먹을 휘두르는 와중에 가끔씩 내뻗는 장법(掌法)은 하나같이 현묘(玄妙)하기 그지없어서 보는 사람의 탄성을 자아내게 만들었다.

다시 한 명의 흑의인이 가슴에 정통으로 일권을 맞고 오 장 밖으로 나가 떨어졌다. 이제 남은 흑의인은 열 명 남짓에 불과했고, 그만큼 장내의 싸움은 치열해졌다.

쾅!

"크악!"

벼락이 치는 듯한 음향과 함께 낙일방이 내지른 낙뢰신권에 이번에는 두 명의 흑의인들이 거의 동시에 피분수를 뿌리며 쓰러졌다.

"휘익!"

마침내 우두머리 흑의인이 전권에서 물러나며 긴 휘파람 소리를 내자 나머지 흑의인들이 뿔뿔이 흩어져 도망치기 시작했다.

낙일방은 그들을 뒤쫓지 않고 그 자리에 우뚝 선 채 멀어져 가는 그들을 보고 있다가 곽자령에게로 돌아왔다. 언제 살벌한 싸움을 했느냐는 듯 낙일방은 숨결도 가빠지지 않았고, 표정 또한 담담하기 그지없었다. 흡사 천신(天神)과도 같은 그 모습에 곽자령의 눈에 경탄 어린 빛이 떠올랐다.

정상적인 몸 상태였다면 곽자령도 서너 명의 흑의인들을 감당할 수 있을지 몰랐다. 하나 그렇더라도 지금 낙일방이 보여 주는 것처럼 일방적인 우세를 점할 수는 없었을 것이다.

"정말 놀라운 무공이오. 옥면신권이라는 이름만 익히 들었지 설마 이와 같은 실력을 지니고 있을 줄은 정말 몰랐소. 도움을 주어 고맙소. 나는 제갈도라 하오."

제갈도가 탄성을 연발하며 먼저 인사를 하자 낙일방도 마주 포권을 했다.

"제갈 가주이셨군요. 종남의 낙일방입니다."

낙일방은 다른 사람들과 가볍게 인사를 나눈 후 주위를 둘러보았다.

"그런데 환상제일창 유 대협께서 안 보이시는군요."

그의 말에 중인들의 표정이 모두 굳어졌다. 특히 임지홍의 안색은 다른 사람들보다 훨씬 더 어두워져서 흡사 부모라도 돌아가신 사람 같았다.

곽자령이 한숨을 쉬며 입을 열었다.

"청천은 우리 때문에 스스로 사지(死地)로 걸어 들어갔네."

"예? 그게 무슨 말씀이십니까?"

곽자령의 음성은 어느 때보다 무겁게 가라앉아 있었다.

"추적자들 중 우리로서는 감당할 수 없는 자가 있었네. 청천은 그자의 추적을 뿌리칠 수 없음을 알고 우리를 살리기 위해 그자를 유인해 간 걸세."

제 279 장
발검사고(拔劍四顧)

제 279 장 발검사고(拔劍四顧)

진산월은 하늘을 올려다보았다.

어느새 저 멀리서 아침 해가 떠오르고 있었다. 조금 전까지만
해도 칠흑같이 어두웠던 하늘이 언제 그랬냐는 듯 점차로 밝아져
군데군데 파란색 속살을 드러내고 있었다.

고개를 내려 주위를 둘러보니 여명 사이로 크고 작은 산들이
첩첩이 늘어서 있는 모습이 수십 겹으로 겹쳐진 오래된 산수화를
보는 것 같았다. 그 끝없이 펼쳐진 산들을 보고 있자니 갑자기 가
슴 한구석이 답답해져 왔다. 끊어질 듯 이어진 산봉우리들이 앞으
로 그가 헤쳐 나가야 할 고단한 여정의 험난함을 보여 주는 것 같
았다.

강호(江湖)의 삶이란 어찌 이리도 고된 것인지…… 그 힘든 여
정의 끝에 과연 무엇이 기다리고 있을지 진산월은 한편으로는 기

대가 되면서도 다른 한편으로는 두려운 심정이었다.

"발검사고심망연(拔劍四顧心茫然; 검을 뽑아 사방을 둘러보니 마음만 아득해지는구나)……."

진산월의 입에서 자신도 모르게 이백(李白)의 '행로난(行路難)' 한 구절이 흘러나왔다.

그때 이백은 관직에서 내쫓겨 혈혈단신으로 장안을 등져야 했고, 지금 진산월은 어찌 된 내막인지도 모른 채 한 사내의 행방을 찾아 낯선 산야(山野)를 헤매고 있었다. 비록 처한 상황은 같다고 할 수 없었지만, 험난한 세상의 수많은 갈림길에서 지금 자신이 어디에 서 있는지 막막한 감정이 드는 것은 수백 년 전의 시인이나 지금의 진산월이나 다를 바가 없을 것이다.

당시 이백은 '거센 파도를 헤쳐가다 보면 때가 오리니, 구름 높이 돛을 달고 창해로 나아가리(長風波浪會有時, 直掛雲帆濟滄海).' 라고 노래할 수 있었지만, 과연 진산월에게도 그러한 시기가 오게 될지는 알 수 없는 일이었다.

잠시 막막한 심정으로 주위를 둘러보며 우두커니 서 있던 진산월은 문득 멀리서 무언가가 반짝거리는 섬광을 보았다. 그것은 순식간에 나타났다가 사라졌으나 진산월의 이목을 집중시키기에는 충분한 것이었다. 떠오르는 양광(陽光)에 병장기의 날이 반사된 것이 분명해 보였다.

진산월은 한 번 더 광채가 번뜩였던 곳을 유심히 바라보고는 그곳을 향해 신형을 날리기 시작했다. 작은 야산을 세 개쯤 지나쳤을 때 처음으로 거친 기합 소리와 칼바람 소리를 희미하게 들을 수 있었다.

커다란 봉우리 하나를 넘자 갑자기 시야가 탁 트이며 제법 큰 강이 흐르는 넓은 평야가 나타났다. 그 강은 한수의 남쪽을 지나는 남하(南河)로, 강 넘어 멀리 보이는 푸른 산이 바로 무당산이었다.

그 평야와 야산이 만나는 곳에 하나의 계곡이 자리하고 있었다. 계곡은 그리 크거나 깊지 않았으나, 유난히 큰 바위들이 많아서 상당히 가파르고 험해 보였다. 계곡의 중간쯤에 제법 커다란 동굴이 있었는데, 그 동굴 앞의 공터에서 치열한 싸움이 벌어지고 있었다.

싸우는 사람은 한 명의 면사 여인과 세 명의 흑의인들이었다.

여인은 푸른색 능라의를 입고 있었는데, 몸을 움직일 때마다 살짝 드러나는 몸의 굴곡이 가히 환상적이어서 마치 천상의 선녀를 보는 것 같았다. 영롱하게 반짝이는 두 눈 아래는 짙은 면사에 가려 있어서 얼굴을 볼 수 없다는 것이 아쉽게 느껴질 정도였다.

그녀의 백옥 같은 손에는 하나의 옥대(玉帶)가 들려 있었는데, 그녀의 손이 움직일 때마다 옥대가 기이한 호선을 그리며 허공을 유연히 날아 괴인들에게 날아갔다. 그 솜씨가 어찌나 부드럽고 매끄러웠던지 하늘에서 내려온 선녀가 한바탕 춤사위를 벌이고 있는 것 같았다.

면사 여인을 에워싸고 있는 세 명의 흑의인들은 하나같이 체구가 건장하고 기형도를 든 인물들이었다. 그들의 도법은 상당히 날카로웠으나 워낙 면사 여인의 움직임이 신묘했는지라 별다른 우세를 점하지 못하고 팽팽한 상황을 유지하고 있었다.

그들 외에 초로의 노인 두 사람이 한쪽에 서서 싸움을 지켜보고 있었다. 치열하게 벌어지는 장내의 격전과는 달리 그들은 느긋하고 여유 있는 표정들이었다.

노인들 중 유난히 우람한 체구에 검은 수염을 기른 갈포인이 장내의 격전을 묵묵히 지켜보다가 옆에 서 있는 비쩍 마른 체구의 흑포 노인을 향해 굵직한 음성으로 입을 열었다.

"저 계집의 허리띠 휘두르는 솜씨가 제법이긴 하지만, 더 시간을 끌 것 없이 이쯤에서 해치우는 게 어떻소?"

흑포 노인은 고개를 저었다.

"조금 더 지켜보는 게 좋지 않겠나? 아직 그녀의 모든 수를 보았다고 확신할 수 없으니 말일세."

"하지만 이미 적지 않은 시간이 지체되었소. 밤이 길면 꿈이 사나운 법이니 이쯤에서 마무리를 하는 게 좋다고 생각하오."

흑포 노인은 갈포인을 힐끔 쳐다보더니 무심한 목소리로 말했다.

"자네 뜻이 그렇다면 그렇게 하게."

갈포인은 앞으로 성큼성큼 걸어 나오더니 갑자기 왼손을 앞으로 쭉 내뻗었다. 그때 면사 여인은 막 자신을 공격해 오는 흑의인의 칼을 옥대로 쳐 내고 있었는데, 갈포인의 장력이 그 빈틈을 교묘하게 노리고 날아들었다.

하나 면사 여인은 조금도 놀라거나 당황하지 않고 옥대를 든 손목을 슬쩍 움직였다. 그러자 옥대가 마치 살아 있는 한 마리 뱀처럼 꿈틀거리며 갈포인이 날려 보낸 장력 속을 헤치고 들어가는 것이었다. 그 솜씨가 어찌나 절묘했던지 갈포인은 내뻗었던 손을 재빨리 거두며 뒤로 한 걸음 물러나야만 했다.

파아아…….

장력이 허무하게 사라지며 옥대가 한 차례 허공을 선회하다가 면사 여인의 손으로 되돌아갔다.

갈포인은 크게 고개를 끄덕였다.

"멋진 솜씨로군. 이쯤에서 물러나면 우리도 더 이상 손을 쓰지 않겠다."

동굴을 등지고 선 면사 여인이 슬쩍 자신의 등 뒤를 턱으로 가리켰다.

"저 안에 있는 사람도 같이 가도 되겠지요?"

갈포인은 차갑게 웃었다.

"그렇게는 안 된다는 걸 알고 있지 않느냐?"

냉혹하고 사나운 웃음이었으나, 면사 여인은 담담한 표정이었다.

"그럼 실없는 소리는 하지 않았으면 좋겠군요."

"흐흐. 계집, 뚫린 입이라고 함부로 입을 놀렸다가는 큰 코를 다치게 될 것이다."

"당신 재주로 그게 될까요?"

면사 여인이 계속 자극하자 갈포인의 수염으로 뒤덮인 얼굴에 한 줄기 붉은 홍조가 어른거렸다.

"노부가 누구인 줄 아느냐?"

"당신이 누구든 상관없어요. 오늘 내 앞을 가로막는 자는 누구도 용서하지 않을 거예요."

"흐흐. 과거에도 노부 앞에서 자신의 재주를 믿고 함부로 설치는 자들이 간혹 있었지. 그들이 지금 어떻게 되었는지 궁금하지 않더냐?"

"그런 패배자들은 알고 싶지 않군요."

"알아야 할 것이다. 그들 중에는 하락괴검(河洛怪劍)도 있었고, 낭산쌍흉(狼山雙兇)이나 황산삼웅(黃山三熊)도 있었다. 지금 그들은 모두 백골이 되어 차가운 흙 속에 누워 있을 것이다."

면사 여인이 새삼스런 눈으로 갈포인의 얼굴을 뚫어지게 주시했다.

"그럼 당신이 흑수일독(黑手一毒) 마여상(馬如象)?"

갈포인은 당당한 표정으로 자신의 가슴을 손가락으로 가리켰다.

"노부가 바로 마여상이다."

그러고 보니 그의 손은 유달리 마디가 굵고 거무스름한 빛을 띠고 있었다. 흑수일독 마여상은 한 쌍의 육장(肉掌)만으로 많은 고수들을 살해한 흉인(兇人)이었다. 그의 악명은 특히 호광(湖廣) 일대에 널리 퍼져 있어서 그곳에서는 강호의 어떠한 흉신악살보다 더욱 무서운 존재로 인식되고 있었다.

"마지막 기회를 줄 테니 순순히 물러나도록 해라. 일단 손을 쓰면 노부는 여인이라고 해서 사정을 봐주는 법이 없으니 그때 가서 후회해 봐야 아무 소용이 없다."

악명이 자자한 흑수일독답지 않은 유연한 모습이었다. 조금 전에 잠깐 겪어 보았던 면사 여인의 무공이 만만치 않았기에 마여상으로서는 정말 큰 마음을 먹고 아량을 베푼 셈이었다. 그것은 그만큼 이번 일이 중차대한 것이었기 때문이다. 이번 일을 진행하는데 있어 아주 약간의 사소한 변수라도 제거하고 싶은 것이 그의 솔직한 심정이었다.

하나 면사 여인의 다음 말은 그의 기대를 무참하게 깨어 버리는 것이었다.

"당신이 아니라 십절산군 사여명이 직접 와도 내 앞을 막을 수는 없어요. 그러니 당신이야말로 호된 꼴을 당하기 전에 이만 물러나는 게 좋을 거예요."

마여상의 두 눈에 흉악한 빛이 어른거렸다.

호광 일대가 좁다고 날뛰던 마여상이 강북녹림맹의 총표파자인 십절산군 사여명에게 패해 그의 수하가 된 것은 불과 일 년 전의 일이었다. 그것은 그에게는 돌이키고 싶지 않은 고통스런 기억이었는데, 면사 여인은 짤막한 말 한마디로 그의 상처를 송두리째 헤집어 놓은 것이다.

"어디 네년이 잠시 후에도 그따위 말을 지껄일 수 있는 지 두고 보겠다."

마여상은 이를 부드득 갈더니 그녀를 향해 쏜살같이 몸을 날렸다. 갈고리같이 구부러진 그의 양손이 거무튀튀한 색으로 변해 있는 모습이 왠지 보는 이의 마음을 섬뜩하게 만들었다.

마여상의 무공은 확실히 강호에 알려진 소문만큼이나 무섭고 날카로웠다. 특히 그의 흑갈조(黑蝎爪)는 피부에 스치기만 해도 살을 가르고 뼈를 부수는 무시무시한 위력이 있었다. 검게 변한 손가락이 금시라도 면사 여인의 몸을 갈가리 찢을 듯 무서운 속도로 날아들었다.

면사 여인은 피하지 않고 옥대를 휘둘러 정면으로 그의 공격에 맞서왔다. 삽시간에 장내는 두 사람이 휘두르는 경력에 휩싸여 버렸다. 그들의 공방이 어찌나 치열했던지 면사 여인을 합공하던 세 명의 흑의인들은 싸움에 가세할 엄두도 내지 못하고 멀찌감치 뒤로 물러나고 말았다.

자신의 절기인 흑갈조를 펼치고도 면사 여인에게 별다른 우세를 점하지 못하자 마여상의 눈빛이 흉흉하게 번들거렸다. 마음 같아서는 당장이라도 옥대의 푸른 그림자 속을 종잇장처럼 뚫고 들어가 그녀의 옆구리에 시뻘건 피구멍을 내주고 싶은데, 일 장 길이도 안 되는 옥대가 어찌나 영활하게 움직이는지 당최 쉽게 접근할 수가 없었던 것이다. 게다가 그녀의 공세 범위는 교묘하게 동굴 입구를 포함하고 있어서 누구도 동굴 근처에 다가갈 수 없도록 만들고 있었다.

'당금 무림에 이 정도로 옥대를 잘 사용하는 여고수가 있었던가? 이 망할 계집의 정체가 무언지 궁금하구나.'

그는 자신이 상대의 정체도 파악하지 않은 채 너무 성급하게 덤벼든 것은 아닌가 하는 생각에 가슴이 무거웠으나, 그만큼 마음 깊숙한 곳에서 흉악한 살심이 마구 끓어올랐다.

'종(鍾) 늙은이가 두 눈을 빤히 뜨고 쳐다보고 있는데 이런 계

집 하나 쓰러뜨리지 못한다면, 앞으로 맹(盟)에서 내가 설 자리는 점점 더 좁아질 것이다.'

마여상은 두 눈을 무섭게 번뜩이며 양손을 질풍처럼 휘둘렀다.

파파팍!

그의 공세가 한층 더 거칠어지며 면사 여인의 사방이 온통 시커먼 손가락 그림자에 휩싸이는 듯한 착각이 들었다. 면사 여인은 뒤로 물러나지 않고 비선보(飛仙步)의 보법을 횡(橫)으로 밟으며 마여상의 좌측으로 돌아갔다. 그와 함께 옥대가 완만한 호선을 그리며 마여상의 목덜미를 휘감아 왔다. 그 모습이 어찌나 우아하고 유연했던지 천상의 선녀가 허리띠를 풀어 너울너울 선무(仙舞)를 추는 것 같았다.

하나 그 순간에 마여상은 자신의 목이 금시라도 옥대에 휘감겨 버릴 듯한 위기감을 느껴야만 했다. 옥대가 너무도 수월하게 자신이 펼쳐 낸 흑갈조의 경력 사이를 파고 들어오는 것이다.

마여상은 두 눈을 부릅뜨며 벼락같은 폭갈을 터뜨렸다.

"이따위 요상한 수법에 노부가 눈 하나 깜짝할 것 같으냐?"

마여상의 왼손이 자신의 목을 보호함과 동시에 오른손이 섬전 같은 기세로 앞으로 쭉 내밀어졌다. 그러자 검은빛 경기가 면사 여인의 왼쪽 가슴팍을 향해 일직선으로 폭사되었다. 그가 비장의 절초로 생각하고 있는 흑사장(黑邪掌)이었다.

지금까지 냉정을 유지하고 있던 면사 여인의 얼굴이 딱딱하게 굳어지며 두 눈에서 차가운 한광이 흘러나왔다. 원래 강호에서 여인의 가슴이나 아랫배 부위를 공격하는 것은 금기시되어 있었다.

그런데 지금 마여상은 추호의 망설임도 없이 노골적으로 면사 여인의 앞가슴을 공격해 들어온 것이다.

면사 여인은 옥대를 휘두르던 오른손을 빠르게 거두어들이며 왼손을 살짝 흔들었다. 섬섬옥수라는 말이 어울릴 정도로 고운 그녀의 왼손이 유난히 하얗게 반짝인다 싶은 순간, 굉음이 터져 나오며 마여상의 신형이 뒤로 쭉 밀려났다.

펑!

"크윽!"

마여상은 오른손을 부여잡으며 십여 걸음이나 정신없이 후퇴했다. 손목이 완전히 부러졌는지 힘없이 흔들리고 있었고, 얼굴은 시커멓게 변한 채 흉신악살처럼 잔뜩 일그러져 있었다. 하나 고통보다도 놀라움이 더 컸는지 그의 입술을 뚫고 신음 같은 경호성이 흘러나왔다.

"이건 혹시 명옥공(冥玉功)……?"

그가 채 말을 맺기도 전에 면사 여인의 신형이 그에게 바짝 다가서는가 싶더니 어느새 그녀의 손에 들린 옥대의 끝 부분이 그의 목을 휘어 감고 있었다.

"큭!"

마여상은 낯빛이 푸르뎅뎅하게 변한 채 발버둥을 쳤으나 그럴수록 옥대는 더욱 강력하게 그의 목을 조여 들어왔다. 마여상의 두 눈이 뒤집어지며 입가로 핏물이 흘러나오기 시작했다.

그때 무슨 일이 있어도 마여상의 목을 부러뜨리기 전에는 꿈쩍도 할 것 같지 않던 면사 여인이 갑자기 옥대를 풂과 동시에 옆으로 몸을 날렸다. 그 직후 방금 전까지 그녀가 서 있던 공간이 굉음과 함께 터져 나갔다.

쾅!

흙먼지가 허공을 자욱하게 뒤덮는 가운데, 무언가 희끗한 인영이 흙먼지를 뚫고 무서운 속도로 면사 여인에게 접근했다. 면사 여인은 냉소를 날리며 옥대를 들고 있는 오른손을 세차게 휘둘렀다.

"흥! 날호(辣狐) 종담(鍾淡)! 과연 듣던 대로 비열하기 짝이 없구나."

사나운 기세로 그녀를 몰아치고 있는 인영은 다름 아닌 마여상의 옆에 서 있던 흑포 노인이었다. 그의 비쩍 마른 몸이 움직일 때마다 그녀의 몸을 갈가리 찢어 놓을 듯한 무시무시한 경력이 장내를 황폐하게 만들고 있었다.

흑포 노인은 강북녹림맹의 다섯 호법(護法) 중 하나인 날호 종담이란 인물로, 손속이 잔인하고 심성이 악랄해서 그를 아는 대부분의 사람들이 그를 두려워했다. 특히 지금 그가 펼치고 있는 파황수(破荒手)는 호북성에서 열 손가락 안에 꼽히는 내가수법으로 알려진 무서운 무공이었다.

그래서인지 면사 여인이 휘두르고 있는 옥대는 조금 전과 같은 위력을 보이지 못하고 가공할 경력에 휘말려 금시라도 끊길 듯 세차게 흔들렸다.

종담 또한 한동안 맹렬한 기세로 공세를 계속했으나 약간의 우세를 점하고 있을 뿐 결정적인 승기를 잡지 못했다. 오히려 시간이 흐를수록 그의 손은 점차 느려졌고, 반면 면사 여인의 옥대는 조금씩 활기를 되찾아가고 있었다.

장내의 모든 시선이 온통 두 사람의 격전에 쏠리고 있을 때였다.

일단의 무리들이 소리도 없이 공터 한쪽에 나타났다.

그들은 한 명의 남포인과 네 명의 백의인이었는데, 백의인 네 명은 어깨에 작은 일인용 가마를 메고 있었다. 가마꾼치고는 지나치게 화려하다 싶을 정도로 눈부신 백의를 입고 있는 모습이 무척 인상적이었다. 게다가 하나같이 이목구비가 준수하고 체구가 당당한 청년들이어서 더욱 특이해 보였다. 그들 앞에 있는 남포인은 사십 대 중반쯤 되어 보였는데, 검은 수염을 기르고 제법 청수해 보이는 인상이었다.

그들의 움직임이 어찌나 은밀했던지 장내의 누구도 미처 그들의 등장을 알아차리지 못하고 있었다. 오히려 격렬한 싸움을 벌이고 있던 종담과 면사 여인이 그들의 기척을 알아차렸는지 조금씩 손길을 늦추기 시작했다.

그러다 누가 먼저라고 할 것도 없이 둘은 거의 동시에 공격을 멈추고 뒤로 훌쩍 물러났다. 종담은 살짝 눈살을 찌푸린 채 면사 여인을 쏘아보고는 이내 고개를 돌려 새롭게 나타난 남포인과 백의인들을 날카로운 눈으로 훑어보았다.

그의 시선은 백의인들이 메고 있는 작은 가마에 고정되었다. 가마 자체는 그리 크지 않았으나, 옥구슬로 이루어진 주렴(珠簾)과 사방의 장식들이 한눈에 보기에도 상당히 고급스럽고 비범해 보였던 것이다.

종담은 안력을 최대한 돋우어 보았으나, 주렴 자체가 특이한 것이었는지 전혀 주렴 안을 들여다볼 수 없었다. 종담은 다시 가마 앞에 있는 남포인에게로 시선을 돌렸다.

남포인의 얼굴은 가면을 씌운 듯 무표정해서 전혀 그의 속내를 짐작하기 어려웠다.

종담은 차갑게 가라앉은 그의 눈빛을 보는 것만으로 그가 호락호락한 인물이 아님을 알아차리고 마음 한구석이 무거워졌다. 이들이 이른 새벽에 인적도 찾기 어려운 이런 외진 계곡에 나타난 것이 결코 단순한 행락을 즐기기 위해서가 아님은 너무도 분명해 보였다.

"어느 방면의 고인(高人)들이신가?"

종담이 마음속의 불안감을 추호도 내색하지 않고 점잖게 묻자 남포인이 무심한 표정으로 대답했다.

"우리는 대파산(大巴山)에서 왔소."

종담의 눈살이 살짝 찌푸려졌다. 대파산은 사천성(四川省)의 북쪽을 가로지르는 거대한 산맥으로, 너무나 넓고 큰 지역이라 단순히 그곳에서 왔다는 것만으로 그들의 정체를 파악하기란 불가능한 일이었다. 언뜻 머릿속에 떠오르는 대파산 일대에서 활약하는 고수들이나 문파의 수만 해도 십여 개가 훌쩍 넘었다.

종담은 슬쩍 남포인 일행들을 다시 한 차례 훑어보고는 차분한 음성으로 다시 입을 열었다.

"이런 꼭두새벽부터 유람을 다닐 리는 없을 테고, 이 시간에 이런 궁벽하고 외진 곳에 어인 일로 온 건지 알 수 있겠나?"

남포인은 의외로 고개를 내저었다.

"노인장의 생각은 틀렸소. 우리는 꼭 구경하고 싶은 곳이 있어서 불원천리(不遠千里)하고 찾아온 것이오."

"그곳이 어디인가?"

종담이 부지불식간에 되묻자 남포인의 시선이 면사 여인의 뒤에 자리한 동굴 쪽으로 향했다.

"환선동(環旋洞)은 동굴 자체는 그리 길거나 크지 않으나 그 안의 형태가 기기묘묘하여 이 일대에서 가장 뛰어난 풍광을 자랑한다고 들었소. 우리는 환선동을 보러 온 것이니 이상한 오해는 하지 마시오."

오해하지 말라는 남포인의 음성과는 달리 그의 말을 들을수록 종담의 얼굴이 딱딱하게 굳어졌다. 뿐만 아니라 한쪽에서 그들의 대화를 듣고 있던 마여상을 비롯한 강북녹림맹의 고수들 또한 긴장된 표정을 숨기지 않았다.

다만 면사 여인만은 처음 남포인 일행이 나타났을 때 그들을 힐끔 쳐다보았을 뿐, 이내 그들에게서 시선을 돌려 두 번 다시 쳐다보지도 않았다. 어찌 보면 그들의 등장에 전혀 신경을 쓰지 않는 것도 같았고, 또 어찌 보면 누가 나타나든 자신이 하고자 하는 일은 반드시 해치우고야 말겠다는 결연한 태도 같기도 했다.

장내의 공기가 갑자기 팽팽하게 긴장되었다. 종담은 조금 전과는 달리 냉랭한 기운이 느껴지는 눈으로 남포인과 그의 일행들을 쏘아보았다.

"이 일대에 좋은 경치도 많은데 굳이 이런 외진 동굴까지 찾아온 걸 보니 무척 취향이 독특한 친구로군. 갑자기 자네에게 몹시 흥미가 생겼네. 자네 이름을 알 수 있겠나?"

"그 전에 먼저 노인장이 누구인지부터 밝히는 게 순리 아니겠소?"

"나는 종담이란 별 볼 일 없는 늙은이일세."

종담이 선뜻 자신의 이름을 밝힌 것은 이번 일이 강북녹림맹의 행사이니 함부로 끼어들지 말라는 일종의 경고였다. 강북녹림맹의 호법이며 호북성의 유명한 살성인 날호 종담의 이름을 듣고도 남포인의 표정은 전혀 변하지 않았다.

"이제 보니 종 노인이셨구려. 나는 단가(段家)라 하오."

남포인이 얄밉게도 자신의 이름은 쏙 빼놓고 성만 말하자 종담의 얼굴이 딱딱하게 굳어졌다.

'이놈이 지금 나를 놀리나?'

종담은 고절한 무공만큼이나 강호에서의 명성도 뛰어나고 자존심도 강해서 지금까지 어느 누구에게도 무시를 당해 본 적이 없었다. 심지어는 강북녹림맹의 총표파자이며 당금 강호에서 가장 무서운 인물 중 하나로 알려진 십절산군 사여명도 그를 결코 함부로 대하지 않고 일정 수준의 예우를 해 주는 편이었다.

그런데 지금 정체도 모를 중년인에게서 놀림을 당했다고 생각하자 마음속으로 불같은 노화가 치밀어 올랐다. 자연히 그의 눈빛이나 음성이 차가워질 수밖에 없었다.

"강호의 도리가 무엇인지 아직 잘 모르는 모양이군. 솔직히 자네가 누구인지는 그다지 궁금하지도 않네. 다만 이 일대는 본 맹

(本盟)의 행사가 있으니 자네 일행은 다른 곳을 돌아보는 게 좋을 걸세."

"본 맹이라니? 어디를 말하는 거요?"

중년인이 능청스럽게 되묻자 종담은 그가 정말 몰라서 묻는지 아니면 자신을 놀리려고 수작을 부리는 것인지 순간적으로 판단이 서지 않아 살짝 눈썹을 찌푸렸다. 하나 면사 여인과의 일도 순탄히 풀리지 않고 있는 상태에서 무작정 적을 늘릴 수는 없는 일이어서 치밀어 오르는 짜증을 억누르며 최대한 담담한 음성으로 말했다.

"우리는 강북녹림맹에서 나왔네."

남포인은 짐짓 눈을 크게 뜨고 새삼스러운 눈으로 그를 쳐다보았다.

"오, 그렇다면 노인장께서 바로 강북녹림맹의 유명한 고수인 날호 종 대협 본인이란 말씀이시오? 미처 몰라 뵈어 죄송하오."

남포인이 정중하게 포권을 하자 종담은 슬쩍 손을 내저었다.

"알면 되었네. 그러니 자네는 일행을 데리고 이만 물러가도록 하게."

"이를 말씀이오? 무명소졸이 감히 강북녹림맹의 행사를 방해할 수야 없지."

남포인이 흔쾌히 고개를 끄덕이며 순순히 떠날 뜻을 내보이자 종담은 약간 의외라는 생각이 들면서도 한편으로는 살짝 안도하는 마음도 있었다. 표정의 변화가 전혀 없는 눈앞의 중년인은 물론이고 네 명의 가마꾼들과 그들이 메고 있는 가마 속의 인물에 대해 왠지 껄끄러운 느낌이 없지 않았던 것이다.

남포인은 선뜻 몸을 돌려 떠날 듯하더니 갑자기 환선동 쪽으로 성큼 걸음을 내디뎠다.

종담이 황급히 그의 앞을 가로막았다.

"지금 무얼 하려는 건가?"

남포인은 자신의 앞을 막아선 종담을 향해 모처럼 엷은 미소를 지어 보였다.

"대파산에서 여기까지 먼 길을 왔는데 그냥 돌아가기가 서운하여 동굴에서 뭐라도 기념이 될 만한 것이라도 가져가려 하오. 금세 들어갔다 나올 테니 종 노인은 신경 쓰지 마시오."

종담은 남포인의 얼굴을 뚫어지게 쳐다보았다.

"그게 말이 된다고 생각하나?"

"안 될 건 또 뭐요? 동굴에 들어가 돌멩이라도 하나 집어서 나오면 되는 일인데."

"단지 돌멩이 하나라고? 그 말을 믿으라고 하는 소리인가?"

"돌멩이가 아니라면 아무 거라도 눈에 띄는 걸 집어 나오겠소. 이를테면……."

"이를테면?"

"환선굴은 무척 큰 동굴이라는데 뭐라도 하나 있지 않겠소? 창(槍)이라든가, 아니면 사람이라든가……."

남포인이 빙글거리며 말하자 종담은 한동안 그를 쏘아보고 있다가 이내 한 줄기 웃음을 그려 냈다. 섬뜩할 정도로 차갑고 냉랭한 웃음이었다.

"선자불래(善者不來) 내자불선(來者不善) 이라더니 역시 강호의 말은 틀린 게 없군. 어쩐지 일이 너무 순순히 풀린다 싶었지."

그의 말이 끝나기도 전에 어느 사이에 멀찌감치 떨어져 있던 마여상과 세 명의 흑의인이 남포인의 주위로 바짝 다가오고 있었다. 이를 아는지 모르는지 남포인은 여전히 가면을 씌운 것 같은 무표정한 얼굴에 보일 듯 말 듯 희미한 미소를 짓고 있었다.

"내가 할 소리를 하는구려. 대파산에서 여기까지 헛걸음하게 생겼는데, 겨우 동굴에서 기념품 하나만 가져가겠다고 하는 것까지 말리다니 종 노인은 자신이 너무 야박하다고 생각하지 않소?"

종담이 무어라고 대꾸하기도 전에 슬금슬금 다가오던 마여상이 버럭 노성을 지르며 남포인에게 벼락같이 달려들었다.

"이 풍뎅이 새끼 같은 놈이 감히 본 맹의 앞에서 허튼 수작을 부리려 하고 있구나!"

사실 마여상은 면사 여인과의 격전에서 뜻밖의 낭패를 당해 망신살이 뻗친 상태였다. 아직 강북녹림맹에 가입한 지 그리 오래되지 않은 마여상으로서는 이번 기회에 자신의 입지를 어느 정도라도 다질 계획이었는데, 그러기는커녕 오히려 중인환시에 치욕적인 모습을 보였으니 그야말로 분노와 수치심에 가슴이 타들어 가는 듯한 심정이었다.

그런데 때마침 중년인 일행이 나타나 시비가 일자 호시탐탐 만회할 기회를 노리고 있다가 느닷없이 먼저 손을 쓴 것이다.

마여상이 자신의 동의도 구하지 않고 성급하게 중년인을 공격해 들어갔으나 의외로 종담은 놀라거나 당황하는 기색을 보이지 않았다. 그는 아직도 마음 한구석에 중년인과 그 일행들에 대해 꺼림칙한 생각이 있었기에 자신보다 마여상이 먼저 행동으로 나서는 것이 그리 나쁘지 않다고 순간적으로 판단한 것이다.

마여상은 처음부터 자신의 성명절기인 흑갈조의 절초들을 전력으로 펼쳐 냈다. 거무튀튀한 색을 띤 그의 손이 갈고리처럼 오므라진 채 무서운 속도로 남포인의 목을 노리고 날아드는 광경은 보기만 해도 섬뜩한 것이었다. 누가 보기에도 남포인의 목덜미가 마여상의 우악스런 손가락에 그대로 뜯겨 나갈 것만 같았다.

막 마여상의 강철 같은 손가락이 남포인의 목에 닿으려는 순간 남포인의 신형이 한 차례 크게 흔들렸다. 그러자 마여상의 손가락은 헛되이 허공을 가르고 지나가 버렸다. 놀랍게도 그 간단한 동작만으로 남포인은 마여상의 공세에서 완전히 벗어나 버린 것이다.

마여상은 흠칫 놀라며 재차 다른 손으로 공세를 이어 가려 했다. 바로 그때 무언가 부드러운 바람이 남포인에게서 마여상의 가슴 쪽으로 살며시 불어 왔다.

마여상은 강호의 경험이 풍부한 인물답게 그 가벼운 바람이 심상치 않음을 알아차리고 남포인의 관자놀이를 향해 뻗어 나가던 손을 급히 거두어들이며 자신의 앞가슴을 보호했다.

쾅!

"크윽."

폭음과 함께 마여상의 신형이 술 취한 사람처럼 휘청거리며 뒤로 세 걸음이나 물러났다. 그에 비해 남포인은 옷자락이 세차게 펄럭이기는 했으나 그 자리에 우뚝 서 있었다.

단숨에 두 사람의 우열이 확실히 판가름 나자 마여상은 시뻘겋게 상기된 얼굴로 이를 부드득 갈았다.

"찢어 죽일 놈!"

마여상이 이를 부드득 갈며 남포인을 향해 다시 덤비려 하자 종담이 황급히 그를 제지했다. 그러고는 유심한 눈으로 남포인의 얼굴을 뚫어지게 바라보았다. 조금 전보다는 한결 신중해진 모습이었다.

"방금 자네가 펼친 것은 혹시 표류보(漂柳步)와 청류장(靑柳掌)이 아닌가?"

힐끗 돌아본 남포인의 두 눈에서는 한 줄기 예리한 광채가 번뜩이고 지나갔다.

"어떻게 알았소?"

"장력 속에 깃들은 푸른색 기운이 너무 희미하여 긴가민가했었네. 다행히 '흔들리는 걸음에 산들바람이 불면 가슴이 무너져 내린다'는 강호의 시구 하나가 문득 생각이 나서 확인해 보려 했던 것일세."

남포인은 의미를 알기 힘든 눈으로 물끄러미 그를 쳐다보았다.

"과연 종 노인의 안목은 대단하시구려. 그 짧은 순간에 본 문무공의 특징을 파악하시다니 말이오."

감탄이 담긴 남포인의 말에도 종담의 표정은 조금 전보다 더욱 무겁게 가라앉아 있었다.

"하면 자네는 비류문(比柳門)의 후예란 말이군."

"그렇소."

"비류문의 무공은 비수처럼 날카롭고 버들잎처럼 표홀하지만 워낙 익히기가 힘들어서 당금 무림에서 그 무공을 펼칠 수 있는 자는 몇 사람 되지 않는다고 들었네. 그들 중 단씨 성을 쓰는 자는 오직 한 사람뿐이지. 자네가 혹 색명수사(索命秀士) 단후명(段厚明)인가?"

남포인은 거의 알아차리기 힘들 만큼 살짝 고개를 끄덕거렸다.

"내가 바로 단후명이오."

색명수사 단후명은 비류문의 후예 중 하나로 명성을 날렸지만, 다른 신분으로 더욱 널리 알려진 인물이었다.

종담의 시선이 빠르게 한쪽에 서 있는 네 명의 가마꾼과 그들이 메고 있는 가마로 향했다.

"그렇다면 자네들은 경요궁(瓊瑤宮)에서 온 것이군."

"그렇소."

단후명이 담담한 얼굴로 시인을 하자 마여상을 비롯한 중인들의 안색이 모두 변했다.

경요궁은 대파산의 깊숙한 골짜기에 자리 잡은 그리 크지 않은 문파로, 역사는 백 년 남짓밖에 되지 않았다. 하나 당금 강호에서 경요궁을 무시할 수 있는 자는 아무도 없었다.

그것은 대대로 경요궁의 궁주들이 천하를 오시할 만한 무서운 무공의 실력자들이었기 때문이다. 당대의 경요궁에는 세 명의 궁주들이 있었는데, 그들 중 누구 하나 절정 고수가 아닌 자가 없었다. 특히 대궁주(大宮主)인 화의신수(華衣神手) 육천기(陸天紀)는 수공(手功)에 관한 한 당금 무림에서 다섯 손가락 안에 꼽히는 무시무시한 고수였다.

원래 비류문의 전대 문주였던 비류존자(比柳尊子)는 육천기의 절친한 친우였기에, 비류존자가 죽은 후에 그의 수제자 격인 단후명은 육천기의 밑으로 들어가게 되었다. 현재에 이르러 단후명은 경요궁의 외총관(外總官)으로 대외적인 일을 맡아서 하고 있으며, 경요궁의 얼굴과도 같은 존재가 되었다. 그런 단후명이 가마의 안내인을 맡고 있는 것으로 보아 가마 속의 인물은 경요궁에서도 핵심적인 수뇌 중의 한 사람임이 분명했다.

'설마 육천기 본인이 온 것은 아니겠지?'

종담은 순간적으로 불안한 생각이 들어 시선이 절로 가마를 향했다. 육천기는 수공의 절대 고수답게 체구가 우람한 팔 척의 거한으로 알려져 있었다. 다행히 언뜻 보기에도 가마는 그리 크지 않아서 건장한 남자가 사용하기에는 무리가 있어 보였다.

'육천기는 아닌 것 같은데……'

그때 문득 종담의 뇌리에 경요궁의 세 궁주 중 유일한 여자이며 한때 사천 땅에서 상당한 염명(艶名)과 살명(殺名)을 동시에 떨쳤던 여살성(女煞星)의 이름이 떠올랐다.

종담의 가슴이 덜컥 내려앉았다.

"가마 안에 있는 분은 혹시 경요궁의 삼궁주(三宮主)인 연혼(燃魂)……"

종담이 자신도 모르게 무어라고 물으려 할 때 갑자기 가마 안에서 조용한 여인의 음성이 흘러나왔다.

"내가 누구인지 안다면 다른 사람이 함부로 그 이름을 들먹거리는 것을 내가 그리 좋아하지 않는다는 것도 알 텐데."

그리 크지 않았으나 듣는 순간 정신이 번쩍 들 정도로 차갑고 냉정한 음성이었다.

종담은 나이도 적지 않았고 강호에서의 신분도 낮은 편이 아니었으나 여인의 말을 듣자 입을 굳게 다물었다.

그 바람에 한동안 장내에 어색하리만치 무거운 정적이 감돌았다.

종담은 상대의 정체를 알고 나자 머릿속이 복잡해졌다. 더 늦기 전에 어떤 식으로든 이번 일을 마무리 지어야 하는데, 아무리 보아도 자신과 마여상만으로 경요궁의 고수들과 면사 여인을 물리칠 수 있을 것 같지 않았다.

단후명뿐이라면 어떻게든 상대해 볼 수 있겠으나, 가마 속의 여인이 그가 짐작했던 인물이라면 자신으로서는 절대로 감당할 수가 없었다.

그렇다고 언제까지 이렇게 가만히 대치만 하고 있을 수도 없는 일 아닌가?

단후명은 그런 그의 마음을 훤히 꿰뚫어 본 듯 입가에 엷은 미소를 지으며 한 발 앞으로 나섰다.

"종 노인은 무리할 필요가 없소. 나는 단지 환선동에 들어가 필요한 물건 하나만 가지고 나오면 되오. 굳이 내 손에 종 노인의 피를 묻히고 싶지 않다는 말이오."

조용한 음성이었으나 오히려 종담은 그 안에 은밀하게 담겨 있는 진득한 살기를 생생하게 느낄 수 있었다.

종담은 잠시 고민하는 기색이 역력했으나 이내 마음을 굳힌 듯 입술을 지그시 깨물었다. 강호에 몸을 담고 있는 이상 두려운 상대를 만났다고 무작정 물러설 수는 없었다. 더구나 이번 일은 맹주인 십절산군 사여명이 신신당부한 것이라 어떻게든 반드시 이루어야만 했다.

종담이 막 결연한 표정으로 입을 열려 할 때였다.

휘익!

어디선가 사람의 마음을 뒤흔드는 듯한 예리한 휘파람 소리가 들려왔다. 그 소리를 듣자 굳어 있던 종담과 강북녹림맹 고수들의 얼굴이 일제히 활짝 펴졌다.

제 280 장

선자지절(仙子之絕)

제 280 장 선자지절 (仙子之絶)

휘이익!

휘파람 소리는 계속 이어졌다. 한번 소리가 들릴 때마다 소리가 다가오는 속도가 무시무시하게 느껴질 정도였다. 그러다 마침내 한바탕 회오리가 일며 장내에 하나의 인영이 떨어져 내렸다.

그야말로 폭풍과도 같은 기세로 나타난 사람은 우람한 체구의 홍포인이었다. 대춧빛으로 붉은 얼굴에 검은 수염을 기른 홍포인의 전신에서는 패도무쌍한 기운이 흘러나오고 있어 마음이 약한 사람은 보기만 해도 오금이 저릴 정도였다.

홍포인은 장내에 내려서자마자 한 차례 주위를 둘러보았다. 홍포인의 눈에서 흘러나오는 횃불 같은 신광이 좌중의 분위기를 압도하는 듯했다.

그의 시선은 면사 여인을 지나 단후명을 거쳐 가마꾼들이 메고 있는 가마로 향했다. 잠시 가마 속의 인물을 살펴보려는 듯 주렴을 뚫어지게 응시하던 그는 이내 흥미를 잃었는지 고개를 돌려 종담을 바라보았다.

그는 다른 사람이 듣지 못하게 전음으로 말을 건넸다.

"종 형, 시간이 상당히 경과되었음에도 아직도 일을 마무리 짓지 못했구려. 어찌 된 연유인지 알 수 있겠소?"

말은 부드러웠으나 그 속에는 은근한 질책의 빛이 담겨 있었다. 종담은 평소의 그답지 않게 약간은 상기된 얼굴로 저간의 상황을 설명했다. 묵묵히 그의 전음을 듣던 홍포인이 면사 여인의 뒤쪽에 자리한 동굴을 힐끗 응시하더니 종담을 향해 다시 물었다.

"그가 저 동굴 안에 있는 건 확실한 거요?"

종담은 확신에 찬 표정으로 고개를 끄덕였다.

"우리가 이곳으로 추적해 왔을 때 막 면사 여인이 그를 부축하여 동굴 속으로 들어가는 장면을 직접 보았소. 우리가 나타나자 그녀 혼자 다시 밖으로 나와 우리를 상대했으니, 그자는 지금 동굴 안에 있는 것이 분명하오."

"그가 동굴 속에서 다른 곳으로 이동했을 가능성도 있지 않소?"

"그럴 리 없소. 그는 부상이 심해서 혼자의 힘으로는 거동도 제대로 할 수 없는 상태였소. 게다가 저 동굴이 제법 크기는 하지만 다른 곳으로 통해 있지 않고 끝이 막혀 있으니 달리 도망갈 수도 없소."

"그렇다면 다른 방해자가 더 나타나기 전에 일을 매듭 짓는 게 좋겠군."

홍포인이 조금 서두르는 듯하자 종담은 의아한 표정으로 물었다.

"다른 방해자라니⋯⋯?"

"자세한 건 나중에 말해 주겠소. 우선은 그자를 한시라도 빨리 확보하는 게 급선무요."

홍포인은 종담과의 은밀한 대화를 마치고는 이내 성큼 몸을 움직여 가마 앞으로 다가갔다. 잠시 가마를 응시하던 그의 두툼한 입술이 살짝 열리며 낮게 가라앉으면서도 힘이 느껴지는 음성이 흘러나왔다.

"좌 부인(左夫人)이 이런 외진 곳까지 직접 올 줄은 미처 몰랐소. 예전에 파동(巴東)에서 잠깐 만난 적이 있었는데, 기억하고 계시오?"

가마 안에서 예의 차가운 여인의 음성이 흘러나왔다.

"물론이에요. 경(耿) 대협이 십절산군의 거듭된 초빙을 거절하지 못하고 거처인 적인문(赤印門)을 떠나 강북녹림맹의 총호법(總護法)으로 발탁되었다는 소식은 들었어요."

"이 사람에게 좌 부인의 옥용(玉容)을 다시 볼 수 있는 영광을 주시지 않겠소?"

주렴 안에서 새하얀 손 하나가 살짝 나오더니 주렴을 반쯤 걷었다. 그 안에는 궁장(宮裝)을 한 삼십 대의 미부인이 그림처럼 단정한 자세로 앉아 있었다. 여인의 얼굴은 붓으로 그린 듯 선이 고왔고, 피처럼 붉은 도톰한 입술은 새하얀 피부 때문에 더욱 선명하게 보였다. 다만 두 눈만큼은 수정처럼 맑고 깊게 가라앉아 있어서 왠지 차갑고 냉정해 보였다.

홍포인은 궁장 미부인의 얼굴을 날카로운 눈으로 주시하고는 이내 고개를 끄덕였다.

"좌 부인의 아름다운 모습을 다시 보니 눈이 번쩍 뜨이고 마음까지 개운해지는 것 같소. 다른 두 분의 궁주(宮主)는 모두 평안하시오?"

"모두 잘 계셔요."

"육 대궁주(陸大宮主)께서 좌 부인을 끔찍이 아낀다고 들었소. 육 대궁주는 좌 부인께서 이 자리에 온 것을 알고 계시오?"

궁장 미부인의 서늘한 눈이 홍포인의 얼굴에 고정되었다.

"나는 어린 계집아이도 아닌데 어느 곳에 간다고 한들 다른 사람의 지시를 받거나 일일이 알려야 할 이유가 없어요."

"물론 그렇겠지. 하지만 나중에라도 육 대궁주가 이 사실을 알게 된다면 무척이나 실망할 게 분명하오."

"왜 그렇게 확신하는 거죠?"

홍포인의 신광이 이글거리는 두 눈이 궁장 미부인의 봉목에 고정되었다.

"육 대궁주가 좌 부인을 아낀 것은 좌 부인이 육 대궁주가 가장 사랑했던 의제인 좌일군(左日君)의 부인이기 때문이오. 좌일군이 죽은 지 삼 년도 되지 않았는데 좌 부인께서 외간 남자를 위해 먼 길을 달려왔다는 걸 알게 되면 아무리 좌 부인을 애지중지하는 육 대궁주라도 기분이 그다지 좋지는 않을 거요. 좌 부인도 알다시피 육 대궁주가 그렇게 마음이 넓은 사람은 아니지 않소?"

궁장 미부인의 얼굴은 여전히 무표정했으나 그녀의 눈빛은 어느 때보다도 차갑고 냉랭했다.

"내 앞에서 그런 말을 함부로 하는 것을 보니 나를 어떻게 대할지 이미 마음속으로 결정한 모양이군요."

"지금도 늦지 않았소. 좌 부인이 이대로 순순히 돌아간다면 내가 좌부인의 마음을 상하게 하는 일은 없을 거요."

"그럴 거면 여기까지 오지도 않았겠죠."

홍포인은 이미 짐작한 듯 담담한 음성으로 중얼거리듯 말했다.

"아쉬운 일이로군."

궁장 미부인은 다시 주렴을 내리고 가마의 아랫부분을 살짝 두드렸다. 그러자 가마꾼들이 조심스런 동작으로 메고 있던 가마를 바닥에 내려놓았다.

주렴이 걷히고 그녀가 천천히 가마 밖으로 모습을 드러냈다. 의외로 여인답지 않게 훤칠한 키에 성숙한 몸매를 지니고 있었다. 풍성한 궁장으로도 그녀의 굴곡이 완연한 몸을 가릴 수 없을 정도였다.

가마를 메고 있던 네 명의 가마꾼이 시립하듯 그녀의 뒤에 일렬로 늘어섰다. 그리고 어느새 다가왔는지 단후명이 그녀에게서 한 발짝 떨어진 우측에 서자 한 편의 완벽한 진용이 갖추어졌다.

그들의 도발적이기까지 한 모습을 본 홍포인의 두 눈에서 섬뜩한 광망이 흘러나왔다.

"희인몽(姬因夢). 육 대궁주 본인이라면 모를까, 네 실력으로는 나를 당해 낼 수 없다는 걸 모르지 않을 텐데 굳이 험한 길을 가려 하는구나."

조금 전과는 달리 거칠기 짝이 없는 그의 말에 단후명의 얼굴이 차갑게 일그러졌으나, 궁장 미부인은 전혀 표정의 변화가 없었다.

"경만리(耿萬里). 겉으로는 군자연(君子然)해도 당신이 얼마나 허세 부리기를 좋아하고 남들 위에 서고 싶어 하는 사람인지 나는 이미 알고 있었어요. 오늘 당신의 본모습을 제대로 보여 주는군요."

홍포인의 얼굴에 어린 붉은빛이 조금 더 짙어졌다.

홍포인은 적천존(赤天尊) 경만리라는 인물로, 오랫동안 파동은 물론이고 장강삼협 일대에서 제왕처럼 군림해 온 전설적인 고수였다. 강북녹림맹의 맹주인 십절산군 사여명은 그의 명성을 흠모하여 여러 번이나 사신을 보내 그를 초빙하려 했고, 결국 다섯 번의 고사(固辭) 끝에 사여명 본인이 직접 찾아가서야 그를 포섭할 수 있었다.

사여명은 그에게 총호법의 지위를 맡겼는데, 그 자리는 맹주인 사여명을 제외하고는 그야말로 일인지하(一人之下) 만인지상(萬人之上)의 지고한 위치라고 할 수 있었다.

궁장 미부인은 연혼선자(燃魂仙子) 희인몽이라 했다. 젊었을 적 그녀는 사천의 삼대미인 중 하나로 불릴 정도로 염명이 대단했고, 무공은 사천성 제일의 여고수라고 자타가 공인할 정도로 독보적인 실력을 자랑했다.

육천기의 의제이며 경요궁의 삼궁주(三宮主)였던 천수검(千手劍) 좌일군은 한눈에 그녀에게 반하여 오랫동안 끈질기게 구애를 벌였으나, 희인몽에게는 이미 마음에 둔 사람이 있었다. 그가 바로 당대 제일의 기남아인 환상제일창 유중악이었다. 하나 유중악은 풍류를 즐기는 인물답게 어느 한 여인에게 정을 쏟지 않았고, 오랜 기다림에 지친 그녀는 결국 좌일군의 청혼을 승낙하고 그의 부인이 되고 말았다.

삼 년 전 좌일군은 불의의 사고로 유명을 달리했고, 육천기는 과부가 된 그녀를 위로하려는 뜻에서 공석이 된 경요궁의 삼궁주에 그녀를 앉히게 되었다. 그동안 그녀는 경요궁에 틀어박힌 채 무림에 전혀 모습을 드러내지 않았었는데, 뜻밖에도 오늘 이 자리에 홀연히 나타난 것이다.

경만리는 이미 그녀를 제거하기로 마음먹었는지 눈가에 진득한 살기가 감돌고 있었다. 돌연 그는 주위를 향해 한 차례 휘파람을 토해 냈다.

휘익!

그러자 그의 신호를 기다리고 있기라도 한 듯 서너 개의 인영이 허공을 날아 장내로 떨어져 내렸다.

나타난 자들은 삼십 후반에서 사십 대 초반으로 보이는 네 명의 중년인들이었다. 가장 앞에는 유난히 얼굴이 하얀 문사 차림의 중년인이 있었는데, 입술이 얄팍하고 눈빛이 싸늘해서 냉혹하고 잔인해 보였다.

중년 문사의 뒤에는 체구가 건장하고 얼굴에 수염이 가득한 텁석부리의 사내와 커다란 일월륜(日月輪)을 든 뚱뚱보, 그리고 뾰족한 가시가 잔뜩 박힌 낭아봉(狼牙棒)을 들고 있는 비쩍 마른 인물이 어깨를 나란히 한 채 서 있었다.

경만리는 그들을 향해 묵직한 음성을 내뱉었다.

"둘러보았나?"

문사 차림의 중년인이 얇은 입술을 붉은 혀로 살짝 축이며 입을 열었다.

"그의 흔적을 찾을 수 없었습니다."

"이상하군. 분명 그자가 제갈 세가에서 나온 걸 봤다고 했는데……."

"아마 다른 곳을 헤매고 있지 않겠습니까? 그자는 이 일대의 지리를 전혀 모를 테니 어두운 밤에 엉뚱한 곳을 쑤시고 있을 겁니다."

"그럴 가능성이 있겠군. 하지만 더 지체할 수는 없으니 자네들은 경요궁의 다른 인물들을 상대하게."

"알겠습니다."

경만리의 시선이 한쪽에 있는 종담과 마여상을 향했다.

"종 형과 마 형은 면사녀를 맡아 주시오. 이번에는 확실하게 처리하리라 믿고 있겠소."

종담과 마여상은 굳은 표정으로 고개를 끄덕였다.

"맡겨 주시오."

경만리가 슬쩍 턱짓을 하자 종담과 마여상이 면사 여인의 앞을 막아섰고, 그와 동시에 문사 중년인과 세 명의 장한들도 일제히 단후명과 네 명의 가마꾼들을 향해 몸을 날렸다.

단후명은 그들이 나타날 때부터 인상이 그리 밝지 않았는데, 그것은 그들이 하나같이 만만치 않은 실력의 소유자들임을 직감적으로 알아차렸기 때문이다.

'아무래도 오늘 일은 길(吉)보다 흉(凶)이 많겠군. 오늘 일이 쉽지 않으리라는 건 예상하고 있었지만, 강북녹림맹에서 이렇게 많은 정예들을 투입할 줄은 미처 몰랐구나.'

그의 짐작대로 그들 네 사람의 신분은 범상치 않았다. 문사 중년인은 강북녹림맹에서 순찰사자를 맡고 있는 잔심서생(殘心書生) 냉고성(冷古城)이고, 다른 세 명은 내단(內團) 소속 고수들인 폭렬도(暴烈刀) 강호평(康浩平)과 쌍륜객(雙輪客) 장희동(張喜東), 혈수마효(血手魔梟) 전소충(全小充)라는 인물들이었다.

강북녹림맹에서 순찰사자는 맹주의 지시를 직접 전하는 위치에 있었기에 그 수도 많지 않았고 실력 또한 뛰어나서 오대호법에 못지않았다.

내단은 강북녹림맹에서도 가장 핵심적인 세력으로, 마여상 또한 내단에 소속되어 있었다.

그들 네 사람이 질풍 같은 기세로 달려들자 단후명도 감히 경시할 수 없어서 처음부터 비류문의 절예인 청류장과 명류권(明柳拳)을 펼쳐 그들에 맞서 나갔다.

또한 희인몽의 뒤에 병풍처럼 서 있던 네 명의 가마꾼들도 어느새 사방진(四方陣)을 펼친 채 추호도 물러서지 않았다. 그들 네 명은 단순한 가마꾼들이 아니라 희인몽을 지척에서 호위하는 수신위(守身衛)들이어서 개개인의 무공도 뛰어났지만 특이한 합격술(合擊術)을 연마하여 어떠한 고수라도 능히 감당할 수 있을 정도의 실력을 지니고 있었다.

삽시간에 장내는 여기저기서 고함과 칼바람 소리가 난무하는 격전장이 되어 버렸다. 단후명은 냉고성과 치열한 공방을 주고받고 있었고, 수신사위는 강북녹림맹 내단의 세 고수들과 난전(亂戰)을 벌이고 있었다.

하나 그들 중 가장 치열한 싸움을 벌이는 자들은 다름 아닌 면사 여인과 종담, 마여상의 삼인이었다. 종담과 마여상은 경만리의 추궁을 받은 탓인지 조금 전과는 비교도 할 수 없을 만큼 맹렬한 공세를 펼치고 있었고, 면사 여인 또한 조금도 약세를 보이기 싫은 지 한 치도 물러서지 않고 팽팽하게 맞서고 있었다.

하나 시간이 흐를수록 면사 여인이 조금씩 뒤로 물러서고 있는 모습이 확연해지기 시작했다.

연신 격렬한 파공음이 터져 나오는 가운데 경만리는 천천히 희인몽에게로 다가갔다. 희인몽은 그 자리에 그림처럼 가만히 선 채 묵묵히 그가 다가오는 모습을 지켜보고 있었다. 그러다 어느 한 순간, 누가 먼저라고 할 것도 없이 두 사람의 신형이 동시에 움직이기 시작했다.

파파파팍!

제대로 신형을 알아볼 수도 없는 빠른 움직임 속에서 그들은 질풍 같은 십여 초를 교환했다. 그 후에 두 사람은 일 장쯤 떨어져서 잠시 숨을 골랐다.

경만리는 자신의 오른쪽 소맷자락을 힐끔 내려다보았다. 소맷자락 끝 부분이 완전히 으스러져서 손목 부분이 훤히 드러나 보였다. 경만리의 대춧빛 얼굴에는 미미한 경탄의 빛이 떠올라 있었다.

"희인몽, 확실히 사천 제일의 여고수라 할 만하구나. 여인의 몸으로 내 적멸수(赤滅手)에 정면으로 맞설 수 있다니 경탄하지 않을 수 없다."

희인몽의 얼굴에는 여전히 아무런 표정도 떠올라 있지 않았다. 하나 그녀의 낯빛은 조금 전보다 더욱 창백해져서 마치 하얀 분(粉)을 칠한 것 같았고, 굳게 다물어진 입술 사이로 엷은 혈흔(血痕)이 내비쳤다.

그래도 그녀는 한마디도 입을 열지 않고 묵묵히 허리춤으로 손을 가져갔다.

창!

그녀의 가는 허리에 둘러져 있던 허리띠가 풀리며 섬섬옥수에 새하얀 연검(軟劍)이 쥐어졌다. 때마침 떠오르는 양광을 받은 검날에서 섬뜩하리만치 날카로운 검광이 사방으로 흩뿌려졌다.

경만리는 예리한 광망을 뿌리는 연검을 보면서도 오히려 고개를 끄덕였다.

"그래야지. 처음부터 너는 검을 뽑았어야 했다. 맨손으로 나를 상대하려 한 배포는 인정할 만하지만, 그런 치기는 한 번으로 족하지."

희인몽은 연검을 자신의 앞에 우뚝 세우더니 아무 말 없이 경만리를 향해 달려들었다. 경만리 또한 양손을 활짝 펴며 그녀의 앞으로 바짝 다가들었다.

그녀의 연검이 허공에 수(繡)를 놓듯 섬세하게 움직이며 수십 개의 영롱한 검화(劍花)를 그려 냈다. 그 검화들은 순식간에 경만리의 상반신을 뒤덮어 갔다.

경만리는 조금도 물러서지 않고 두 손을 질풍처럼 휘두르며 오히려 검화 속으로 뛰어들었다.

파아아…….

그가 펼친 수영(手影)과 검화가 정면으로 부딪치며 세찬 경풍이 사방으로 퍼져 나갔다.

그들이 치열하게 싸움을 벌이고 있을 때, 장내가 훤히 내려다보이는 숲의 그늘 속에서 그들의 격전을 은밀히 지켜보고 있는 두 사람이 있었다.

우측의 인물이 나직한 감탄성을 발했다.

"허, 과연 적천존일세. 연혼선자의 수화검기(繡花劍氣)는 예리하기가 강호 일절인데 추호의 망설임도 없이 스스로 수화검기 속으로 뛰어들다니, 대단한 강심장이로군."

좌측의 인물이 고개를 갸웃거렸다.

"수화검기? 재미있는 이름이군. 검을 휘두르기보다는 찌르는 방식으로 사용하고 있는 걸 보니 아미(峨嵋)의 난피풍검법(亂披風劍法)과 유사해 보이는데……."

"잘 보았네. 그녀의 사문은 아미파 속가 출신의 여고수가 세운 것일세. 그러니 그녀의 무공에도 아미파의 흔적이 남아 있겠지."

"연검으로 찌르기를 사용하려면 무척이나 정순한 내공이 필요한 법인데, 여인의 몸으로 저런 검법을 사용하다니 대단하군."

"원래 아미파의 여승들이 익히는 내공은 강호에서도 가장 정순한 일종 중 하나일세."

"나도 이름은 들었지. 대정신공(大靜神功)이라고 하던가?"

우측의 인물은 피식 웃었다.

"그건 아미파 최고의 신공이라 속가 제자는 익힐 수가 없네. 대정신공 말고 수미혜정신공(須彌慧靜神功)이 주로 아미파의 여승들이나 속가 여제자들이 익히는 것일세. 연혼선자의 사문에서는 그걸 더욱 발전시켜 금강선정신공(金剛仙靜神功)이라는 걸 만들어 냈다고 하더군."

"이름만 들어도 고리타분한 여승 냄새가 팍팍 나는군."

"하하. 금강선문(金剛仙門)의 문하들이 자네 말을 들었다면 눈에 불을 켜고 자네에게 덤벼들려 할 걸세."

"금강선문? 그게 연혼선자의 사문인가?"

"그래. 자신들의 시조가 아미파 속가 제자였다는 사실은 금강선문에서 결사적으로 감추려고 드는 그들의 가장 큰 비밀일세. 그래서 강호에서도 아는 사람이 별로 없지."

좌측의 인물이 우측의 인물을 돌아보았다.

"그런데도 자네는 용케도 그런 사실을 알고 있군."

"예전에 말했지 않나? 오랫동안 강호를 떠돌아다니다 보니 이런저런 소문들을 많이 접하게 된단 말일세."

"어떤 소문들은 단순히 떠돌아다니는 것만으로는 알 수 없는 것들도 있지."

"그저 내 귀가 다른 사람들보다 조금 더 밝다고 해 두지."

우측의 인물이 더 할 말이 없다는 듯 잘라 말하자 좌측의 인물도 싱겁게 웃었다.

"어쩐지 그럴 것 같았네. 그러니 별호에 '귀(鬼)' 자가 붙은 것이겠지."

우측의 인물은 얼굴을 구겼다.

"그 말은 하지 않기로 하지 않았나? 자꾸 그러니까 자네 이름 앞에 '교(狡)' 자를 붙인 것일세."

"귀호나 교리나……. 자네 말대로 우리끼리 서로 얼굴에 먹칠은 하지 않기로 하지."

"제발 부탁일세."

"알았다니까."

두 사람은 서로 구시렁거리면서도 장내의 싸움에서 시선을 떼지 않았다. 그만큼 좀처럼 보기 드문 치열한 격전이 펼쳐지고 있는 것이다.

싸움은 모두 네 군데서 벌어지고 있었다. 그들 중 단후명과 냉고성의 싸움은 거의 백중세라 전혀 승부를 예측할 수 없었고, 수신사위와 강북녹림맹 내단의 세 고수들 간의 격전도 상당히 팽팽했다. 그에 비해 면사 여인은 종담과 마여상의 합공에 조금씩 수세에 몰리고 있어서 머지않아 승패가 판가름 날 것 같았다.

장내에서 가장 치열한 싸움이 벌어지고 있는 곳은 희인몽과 경만리가 있는 곳이었다.

맨손의 승부에서는 열세를 보였던 희인몽이 연검을 든 후로는 조금도 밀리지 않고 경만리와 팽팽한 접전을 벌이고 있었다. 그녀의 연검이 허공에 자욱한 검화를 수놓으며 금시라도 경만리를 난도질할 듯 다가서는가 하면, 경만리의 육장(肉掌)에서 뿜어 나오는 가공할 경력이 희인몽의 교구를 단숨에라도 박살 내 버릴 것만 같았다.

귀호는 한동안 두 남녀의 싸움을 유심히 바라보고 있다가 교리에게 물었다.

"나로서는 도저히 승부를 예측할 수 없겠군. 자네가 보기에는 누가 더 유리한 것 같은가?"

교리는 별다른 고민도 하지 않고 즉시 입을 열었다.

"앞으로 십 초 이내에 경만리가 절대적인 승기를 잡을 걸세."

귀호는 흥미진진한 얼굴로 교리를 쳐다보았다.

"왜 그렇게 생각하나?"

"병장기를 든 무인과 수공(手功)의 고수와의 싸움은 결국 한 가지로 귀결되네. 수공의 고수가 상대에게 접근을 할 수 있느냐 못하느냐 하는 것이지."

"너무 극단적인 생각 아닌가?"

교리는 평소의 그답지 않게 분명한 어조로 말했다.

"실력 차가 분명하다면야 그러지 않겠지만, 백중세의 싸움이라면 결국 접근의 허용 여부가 승패를 가름할 걸세."

"그렇다면 자네는 경만리가 희인몽의 공세를 뚫고 그녀에게 접근할 수 있다고 믿는군."

"싸움이 시작된 후 두 사람 사이의 거리는 이미 절반 이상으로 좁혀져 있네."

귀호는 교리의 말에 눈을 번쩍 뜨고 장내를 유심히 바라보았다. 한참을 보고 나서야 비로소 귀호는 고개를 끄덕였다.

"확실히 그런 것 같군. 그런데 왜 나는 단번에 알아보지 못했을까?"

"그건 경만리가 교묘하게도 접근했다 물러섰다 다시 접근하는 식으로 계속 거리를 조절했기 때문일세. 그래서 자네는 물론이고 싸우고 있는 당사자인 희인몽조차도 경만리와의 간격이 처음보다 상당히 좁혀진 상태라는 걸 미처 알아차리지 못한 걸세."

"그렇다면 앞으로 십 초 이내에 경만리가 자신이 절대적인 우세를 점할 수 있는 간격 안으로 들어간단 말인가?"

"경만리의 무공 중 탈포양위(脫袍讓位)라는 신법이 있네."

"탈포양위?"

"이름 그대로 옷을 벗어서 위치를 바꾸는 식으로 허초(虛招)를 이용해 순식간에 상대와의 거리를 좁히는 상당히 뛰어난 신법이지. 결정적인 순간에 경만리는 탈포양위의 식으로 나머지 거리를 좁혀 들어가 희인몽에게 치명적인 공격을 가할 걸세."

귀호는 새삼스런 눈으로 교리를 응시했다.

"그런 무서운 수법을 감추고 있군. 그런데 자네가 경만리에 대해 그토록 자세하게 알고 있을 줄은 몰랐네."

교리는 심드렁하게 대꾸했다.

"예전에 경만리가 싸우는 걸 본 적이 있었지."

"어디서 말인가?"

"구당협(瞿塘峽) 근처에서. 벌써 몇 년 전 일일세."

"그런데 용케도 기억하고 있었군."

"워낙 인상적인 장면이어서 말일세."

귀호는 교리를 한 번 더 각별하게 쳐다보다가 싱거운 웃음을 흘렸다.

"무공은 몰라도 강호의 일에는 내가 자네보다 훨씬 더 해박하다는 걸 유일한 자랑거리로 알고 있었는데, 이제는 그 생각을 버려야겠군."

"실없는 소리 말고 싸움이나 구경하게. 곧 경만리가 탈포양위를 쓸 모양이네."

귀호는 정신이 번쩍 들어 황급히 장내로 시선을 돌렸다.

그때 마침 경만리가 양쪽 어깨를 흔들며 유난히 큰 동작을 취하자, 희인몽은 경만리가 강력한 일격을 퍼부을 줄 알고 그 동작에 반응해 앞으로 살짝 몸을 숙이고 있었다. 그것은 아주 자연스럽고 순간적인 행동이었으나 그것으로 경만리의 노림수는 완벽하게 맞아 들어갔다.

경만리의 신형이 갑자기 그 자리에서 푹 꺼진 것처럼 사라지더니 순식간에 희인몽의 코앞에 불쑥 나타났다. 그것은 마치 땅 속으로 사라졌다가 공간을 건너 뛰어 땅 위로 솟구쳐 오른 것 같았다. 바로 직접 눈앞에서 그 상황을 겪은 희인몽은 더욱 그렇게 느꼈을 것이다.

그들 사이의 거리가 너무 가까워서 그녀로서는 도저히 검을 펼칠 수 있는 상태가 아니었다. 그리고 그 순간을 놓치지 않고 경만리의 반쯤 굽어진 커다란 손이 그녀의 아래턱을 사정없이 강타했다. 아니, 강타하는 듯했다.

절체절명의 순간, 금시라도 그녀의 고운 얼굴을 처참한 꼴로 만들어 버릴 듯했던 경만리가 갑자기 훌쩍 뒤로 삼 장이나 물러나 버렸다. 그러고도 모자라 경만리는 다시 한 걸음 뒤로 물러섰다.

그가 탈포양위의 식으로 다가서는 속도도 놀라웠지만, 그녀에게서 다시 물러서는 속도는 더욱 빠르고 민첩했다.

귀호는 영문을 몰라 어리둥절한 표정을 숨기지 않았다.

"무슨 일이지?"

그는 혹시나 하고 교리를 돌아보았다. 교리는 두 눈에 기이한 빛을 일렁인 채 한동안 가만히 장내를 응시하고 있더니 이윽고 나직하게 고개를 끄덕이는 것이었다.

"그렇군. 확실히 강호란 곳은 놀라워. 이렇게 종종 예상을 벗어나는 일이 벌어지니 말이야."

"어떻게 된 일인지 알고 있나? 왜 경만리가 결정적인 기회를 잡고도 저렇게 놀란 토끼처럼 물러났는지 아느냐 말일세."

교리는 희미하게 웃었다.

"놀란 토끼라, 정확한 표현이군. 확실히 경만리는 무척이나 놀랐을 거야. 지금까지도 멍하니 서 있는 모습을 보면 누구나 알 수 있는 일이지."

"놀리지 말고 말해 주게. 경만리가 왜 물러났나?"

"조금 전에 경만리는 그녀에게 접근하여 완벽한 기회를 잡았지. 그러고는 한 치의 주저도 없이 그녀에게 살수(殺手)를 썼네."

"그거야 나도 눈 뜨고 보아서 잘 알고 있네. 그다음에는?"

"막 그의 손이 그녀의 아래턱을 가격하려 할 때 그녀가 입김을 내뱉었네."

귀호는 누구보다 예리한 두뇌를 가지고 있었지만 지금은 순간적으로 어리둥절한 표정을 숨기지 못했다.

　"입김이라니?"

　교리는 장난스럽게 웃으며 그를 향해 후! 하고 입김을 내뿜었다.

　"이런 식으로 말일세. 너무 갑작스럽고 미약한 행동이어서 나도 처음에는 내가 잘못 본 게 아닐까 생각할 정도였지. 하나 그 입김을 본 순간 경만리는 놀란 토끼처럼 뒤로 훌쩍 물러나고 말았네."

　"경만리가 대체 왜 한낮 여인의 입김에 놀라서 물러난단 말인가?"

　"여자의 입김에 얽힌 아픈 추억이라도 있지 않는 한, 이유는 한 가지뿐일세."

　"그게 무언가?"

　"그녀의 입김 자체가 강력한 무공이라는 것이지. 경만리 같은 고수가 기절초풍을 할 정도의 위력을 가진……."

　그 말을 듣자 귀호는 멍한 얼굴이 되었으나, 이내 두 눈에 기광을 번뜩였다.

　"입김을 이용한 무공이란 말이지?"

　이번에는 교리가 그를 빤히 쳐다보았다.

　"그래. 내 짧은 강호의 상식으로는 도무지 그런 무공을 모르겠는데, 자네는 떠오르는 생각이 있나 보군."

　"입으로 경력을 내뱉는 무공은 소림사의 옥금강(玉金剛)이 유명하지.”

“소림사에 그런 무공이 있단 말이지?”

“하지만 옥금강은 엄밀히 말하면 불문(佛門)에서 내려오는 사자후(獅子吼)의 일종이라 음공(音功)에 더 가깝다고 할 수 있지. 다시 말해서 옥금강을 펼치면 반드시 예리한 호곡성 같은 소리가 뒤를 잇는단 말일세. 그러니 그녀가 펼친 것은 옥금강이 아닐세.”

“그렇다면 대체 무엇이란 말인가?”

“천절뢰(天絶賴)라는 것이 있네.”

무공에 관한 한은 나름대로 확고한 자신을 가지고 있는 교리도 처음 듣는지 고개를 갸웃거렸다.

“천절뢰? 그건 어떤 무공인가?”

“나도 정확히는 모르네. 다만 입 속에 진기를 머금고 있다가 단순히 불어 내는 것만으로도 바위를 박살 낼 정도의 가공할 위력을 낼 수 있는 희대의 절학이라고 알고 있네.”

“입속에 진기를 머금었다가 내뱉는 것만으로 그런 위력을 발휘한다고? 정말 그런 무공이 존재한단 말인가?”

“틀림없이 존재하네. 왜냐하면 나는 무림에서 천절뢰를 익힌 자가 분명 한 명은 있다는 걸 알고 있기 때문이지.”

교리는 신통하다는 표정으로 그를 쳐다보았다.

“누군가? 그 대단한 작자가?”

귀호는 조용한 음성을 내뱉었다.

“천절신사(天絶神士) 조현(趙玄).”

“조현?”

"이미 오래전에 세상을 떠난 분이지만, 사십 년 전만 해도 아는 사람들은 그를 강호제일기사(江湖第一奇士)라고 불렀지."

교리는 고개를 설레설레 저었다.

"사십 년 전이라면 그야말로 까마득한 옛날 일이니 내가 모르는 게 당연하겠군. 하지만 그렇다면 당금에는 아무도 천절뢰를 익힌 사람이 없다는 말이 아닌가?"

"조현에게 제자가 한 사람 있었네."

"그가 누구인가?"

"화의신수 육천기."

"육천기라면 경요궁의 대궁주 말인가?"

"그렇지."

"그럼 처음부터 육천기가 천절뢰를 익힌 사람이라고 말하면 되는데 왜 그렇게 사람 헷갈리게 말을 빙 돌리는 건가?"

교리가 쏘아보자 귀호의 입가에 장난스런 미소가 내걸렸다.

"조현이 천절뢰를 익힌 건 분명하게 알고 있는 사실이었지만, 육천기가 익혔다는 건 단순히 짐작일 뿐 아직 확인해 보지 않은 일이라서 말일세."

교리는 한숨을 내쉬었다.

"이따금은 자네 뒤통수를 한 대 후려치고 싶을 때가 있네. 아무튼 육천기가 천절뢰를 익히고 있다면 희인몽도 그것을 알고 있을 가능성은 충분히 있다는 말이로군."

"아마 그럴 걸세. 들리는 소문으로는 육천기가 희인몽을 의동생의 부인이 아닌 수양딸처럼 애지중지한다고 하니 그녀에게 가르쳐 주었겠지. 만약의 사태에 대비하기에는 아주 적절한 무공이니 말일세."

"아무튼 새삼 강호란 곳이 얼마나 넓고 깊은지 다시 한 번 깨달았네. 입김을 불어 상대를 물리치는 무공이라…… 직접 눈으로 보기 전에는 상상도 못했던 일일세."

"우리가 아무리 놀랐다고 한들 경만리만 하겠나? 아마 경만리는 이제 이겼다 싶은 순간 천철뢰 공격을 받고 심장이 튀어나올 정도로 놀랐을 걸세. 그때 그의 새파랗게 질린 얼굴을 제대로 봐두었야 했는데, 아쉽게도 너무 순간적으로 흘러간 일이라 영문을 몰라 어리둥절하다가 그 장면을 놓치고 말았네."

귀호가 아쉬운 듯 입을 쩝쩝 다시자 교리는 피식 웃고 말았다.

"아무튼 상황이 이렇게 된 이상 앞으로 두 사람 사이의 승부가 어떻게 될지 정말 귀추가 주목되는군. 그녀도 더 이상은 조금 전 같은 실수를 하지 않을 테니 말일세."

아닌 게 아니라 그 후로 희인몽과 경만리는 다시 싸움을 시작했으나 조금 전과 같은 치열함은 보이지 않았다. 희인몽은 경만리의 접근을 허용하지 않으려고 잔뜩 주의를 기울이는 모습이었고, 경만리는 경만리대로 그녀에게서 어떤 또 다른 기이한 무공이 나올지 몰라 신중을 기울이고 있었다.

귀호는 잠시 그들의 싸움을 지켜보다가 흥미가 떨어졌는지 잠시 주위를 두리번거렸다. 교리가 그 모습을 보았는지 그를 힐끔거렸다.

"무얼 찾고 있나?"

"아니, 이 좁은 곳에 오늘 따라 고수들이 참 많이도 모여 있는 것 같아서 말일세."

귀호는 턱으로 장내를 가리키며 말을 이었다.

"저곳에서 싸우고 있는 자들만 해도 이십 명에 가까운데, 그들 외에도 두 무리의 고수들이 더 숨어 있으니 신기한 일이 아닌가?"

의외로 교리는 고개를 저었다.

"두 무리가 아니라 세 무리일세."

귀호는 눈을 살짝 치켜떴다.

"세 무리라고? 내 눈에는 두 무리밖에 보이지 않는데? 좌측 숲의 커다란 나무 사이에 숨어 있는 무리들과 지금 남들의 시선을 피해 동굴 쪽으로 몰래 접근하는 두 명 말일세."

교리는 유난히 낮게 가라앉은 음성으로 말했다.

"그들 외에 한 사람이 더 있네."

"어디에 있나?"

"이곳에서는 안 보이네."

귀호는 어처구니없다는 표정을 지었다.

"보이지도 않는데 사람이 있다는 걸 알아차렸단 말인가?"

의외로 교리의 표정은 신중해 보였다.

"나도 몰랐네. 그런데 조금 전에 경만리가 희인몽에게 살수를 쓰려 할 때 순간적으로 강렬한 기세 하나를 느꼈네."

귀호의 눈이 번쩍거렸다.

"기세라고? 나는 전혀 느끼지 못했는데."

"너무 순식간에 나타났다 사라져서 나도 간신히 느낄 정도였네."

귀호는 투덜거렸다.

"그래. 자네가 나보다 훨씬 더 뛰어난 고수란 말이지?"

교리의 눈은 어느 때보다 깊게 가라앉아 있었다.

"단순히 운이 좋았던 것뿐일세. 내가 늘 관심을 가지고 있던 자의 기세와 비슷하지 않았다면 나도 무심히 지나쳤을 것일세."

"그렇다면 자네는 단순히 기세만으로도 상대가 누구인지 알아차렸단 말이지? 그가 누구인가?"

"확실치는 않네. 단순히 짐작일 뿐이니까. 그보다 저자들은 용케도 저기까지 들키지도 않고 접근했군."

교리의 말에 귀호는 퍼뜩 고개를 돌려보았다.

제 281 장

신마대면(神魔對面)

제281장 신마대면(神魔對面)

동굴에서 오 장쯤 떨어진 그늘 속에서 두 인영이 은밀히 움직
이고 있었다.

원래 동굴 입구는 면사 여인이 틀어막고 있어서 누구도 그녀의
눈을 피해 동굴로 접근할 수가 없었다. 그런데 그녀가 종담과 마
여상의 합공에 수세에 몰리면서 조금씩 옆으로 밀려나는 바람에
동굴 입구가 환하게 트여 버린 것이다.

하나 장내의 고수들은 치열한 격전을 벌이고 있어서 아무도 그
사실을 인지하지 못했다.

바로 그 틈을 노려 숲 속에 숨어 있던 자들이 동굴로 접근하고
있었다. 그들의 움직임이 어찌나 조심스럽고 신묘했는지 귀호와
교리조차도 직접 눈으로 보고 있지 않았다면 그늘 속에서 두 사람
이 동굴로 접근하고 있다는 걸 알아차리지 못했을지 모른다.

그들은 유령처럼 재빠른 동작으로 그늘을 벗어나 동굴 속으로 들어갔다.

그 광경을 보고 있던 귀호가 헛웃음을 터뜨렸다.

"허허. 재주는 곰이 넘고 이득은 사람이 본다고 하더니. 남들은 이토록 치열하게 싸우고 있는데 엉뚱한 자들이 대어를 낚게 생겼군. 명색이 강호의 내로라하는 고수들이라는 자들이 어찌 단 한 명도 저걸 눈치채지 못했을까?"

"그게 아닐걸."

"무슨 말인가?"

"동굴 속으로 두 사람이 들어가는 걸 아무도 몰랐던 건 아닐걸. 최소한 몇 사람은 알고 있을 걸세."

"그게 누군가?"

교리는 턱으로 면사 여인을 가리켰다.

"첫째로 저 여인. 지금까지 동굴 앞을 철저히 지키고 있던 여인이 합공에 못 이겨 동굴 앞을 벗어났다고 해도 그쪽에 관심을 두지 않았을 리가 없네. 오히려 더욱 그쪽에 신경을 기울이고 있다고 봐야겠지."

귀호는 한동안 종담과 마여상의 공세에 쩔쩔매고 있는 면사 여인을 바라보더니 고개를 끄덕였다.

"확실히 가끔 한 번씩 고개를 돌리는 것을 보니 동굴 속으로 누가 들어간 것을 알고 있는 모양이군."

"더구나 나는 그녀가 두 사람의 합공에 밀리고 있다는 것도 의심스럽네. 그녀의 움직임으로 보아 아직도 충분한 여력이 있음을 느낄 수 있거든."

귀호의 눈이 번쩍거렸다.

"그게 정말인가?"

교리는 그를 돌아보며 희미한 웃음을 흘렸다.

"능청스러운 친구로군. 자네도 이미 알고 있지 않나? 그녀가 아직 자신의 전력을 다하지 않았음을 말일세. 아마 자네는 그녀가 누구인지도 알고 있을 걸세. 그렇지 않나?"

귀호는 멋쩍게 웃었다.

"그게 그렇게 티가 났나?"

"조금 전 그녀가 명옥공을 사용했을 때 자네의 눈빛이 유난히 예리하게 반짝이고 있었네. 그걸 보고 자네가 그녀의 정체를 파악했음을 직감했지."

귀호의 얼굴이 살짝 구겨졌다.

"그러면서도 지금까지 시치미를 뚝 떼고 있었단 말이지?"

"피차일반 아닌가? 그런데 궁금하긴 하군. 명옥공이 비록 강호의 절학이기는 하지만 익힌 사람이 아주 없는 것도 아닌데 어찌 단순히 그걸 보고 그녀가 누구인지 알 수 있단 말인가?"

"명옥공 하나만이라면 나도 장담할 수 없지. 하지만 명옥공에 이어 그녀가 옥대를 휘두르는 수법에서 누군가의 흔적을 발견해 냈네."

"옥대? 단순한 편법(鞭法) 같지는 않고 무언가 손으로 쓰는 무공을 변형시킨 것 같던데? 아마 자신의 정체를 드러내지 않기 위해 원래의 무공이 아니라 일부러 옥대를 사용했던 것이겠지?"

귀호는 감탄 어린 눈으로 교리를 바라보았다.

"맞았네. 정확히는 필법(筆法)이지. 구상필법(具象筆法)이라는 것인데, 내가 알기로는 천하에 산재한 수많은 필법 중 가장 완성도가 높은 무공일 것이네."

"그런데 왜 나는 그런 이름의 필법이 있다는 말을 들어 본 적이 없지?"

교리가 고개를 갸웃거리며 고민스런 표정을 짓자 귀호가 피식 웃었다.

"당연한 일일세. 구상필법은 이십 년 전에 어느 여기인(女奇人)이 창안한 것일세. 그러니 강호에서도 극히 일부분의 사람들 외에는 아무도 아는 자들이 없지."

"어쩐지. 그런데 이번에도 역시 그 극히 일부분의 사람 중에 자네도 끼어 있군."

교리가 약간은 미심쩍은 눈으로 쳐다보자 귀호는 한 차례 어깨를 들썩이고는 말을 계속했다.

"운이 좋았을 뿐이네. 아무튼 그 여기인의 구상필법은 오직 그녀와 그녀의 제자들 몇 사람이 익히고 있을 뿐이니 나로서는 어렵지 않게 면사 여인의 정체를 알 수가 있게 된 것일세. 그 여기인의 제자들 중 저 나이대의 제자는 오직 한 사람뿐이거든."

"대체 그 대단한 여기인이 누구인가?"

교리의 물음에 귀호는 잠시 망설였으나 순순히 말해 주었다.

"천수관음."

교리는 짤막한 감탄성을 발했다.

"오, 그 백 년 내 여중제일고수라는 천수관음 말인가?"

"그래. 구상필법은 천수관음께서 자신의 제자들에게 암기술을 가르치기 위해 만든 보조 무공일세. 구상필법을 익히면서 자연스레 손가락과 손목을 사용하는 법을 깨우치게 한 것이지."

"정말 대단하군. 보조 무공이 저 정도라면 그런 무공을 익혀야만 제대로 배울 수 있다는 그녀의 암기술은 과연 얼마나 놀라운 것일까?"

"그녀의 암기술이 달리 천하일절(天下一絶)인 것이 아니지."

"그렇게 대단한 여기인의 제자이니 종담과 마여상 같은 고수들의 합공에서도 여유를 잃지 않은 것이겠지. 그런데 그녀는 왜 그들의 공세에서 밀려 지키고 있던 동굴 입구를 스스로 포기한 것일까?"

귀호는 마침 동굴 속에서 한 명의 백의인을 업고 나오는 두 인영을 슬쩍 가리켰다.

"그건 아마도 저들 두 사람에게 중인들의 눈을 피해 동굴 속으로 들어갈 수 있는 기회를 마련해 주기 위해서가 아닐까?"

"그렇다면 저 두 사람과 면사 여인은 같은 편이란 말이로군?"

"적어도 사전에 의견 교환 정도는 해 두었겠지."

교리는 귀호의 얼굴을 빤히 쳐다보았다.

"자네 말을 듣고 보니 저 두 사람이 누구인지도 알고 있는 모양이군?"

귀호는 슬쩍 웃었다.

"저 두 사람의 행색과 인상은 무척 특이하여 일견 하는 것만으로도 그들의 정체를 알 수 있었네."

교리는 안광을 빛내며 동굴을 빠져나오는 두 인영을 바라보았다. 그들은 일남일녀였는데, 남자는 사십 대 중반의 듬직한 체구를 지닌 중년인이었고 여인 또한 비슷한 나이의 오동통한 중년 여인이었다.

교리는 아무리 보아도 너무나 평범한 용모의 두 남녀를 보고 고개를 갸웃거리지 않을 수 없었다. 외모만 보아서는 도저히 귀호가 말한 특색을 알아차리기 힘들었던 것이다.

"아무리 봐도 난 잘 모르겠는데. 두 사람 모두 인상이 좋기는 한데 너무 평범해 보여서 말일세."

"그게 바로 그들 부부의 특징이지. 강호에서 저렇게 소박하고 다정한 인상의 중년 부부는 그리 많지 않네. 그들 중 유중악을 위해서 위험을 무릅쓸 정도로 유중악과 친분이 두터운 부부는 더욱 흔치 않지."

"자네 말을 듣고 보니 떠오르는 부부가 있기는 한데……."

"한번 말해 보게."

"유중악과 친분이 두터운 강호인들 중 곽산쌍려라는 특이한 부부가 있다는 말을 들은 기억이 나는군."

귀호는 나직하게 웃었다.

"하하. 자네의 식견도 아주 엉터리는 아니로군. 저들이 바로 금슬 좋기로 유명한 곽산쌍려 여씨 부부일세."

그런데 교리는 의외로 혀를 차는 것이었다.

"쯧. 그 좋은 금슬도 오래가지는 못하겠군."

귀호는 어리둥절하여 물었다.

"그게 무슨 말인가?"

"내가 조금 전에 한 말을 잊었나? 그들이 동굴 속으로 들어가는 것을 알고 있는 자는 면사 여인만이 아닐세."

그제야 무언가를 깨달은 듯 귀호의 안색이 살짝 변했다.

"좌측 숲에 있던 무리들!"

"그래. 곽산쌍려는 자신들의 명성이 실추되는 것을 마다하지 않고 어떻게든 유중악을 구하기 위해 남들의 눈을 속이기까지 했지만, 좋은 결과를 얻지는 못할 것 같네. 그 무리들은 그들이 감당하기에는 너무 강할 뿐 아니라 손속에 사정을 두지 않는 무지막지한 자들이거든."

그의 말이 채 끝나기도 전에 장내의 상황이 급변했다.

곽산쌍려가 중인들의 눈을 피해 동굴에서 백의인을 업고 나와 막 그늘 속으로 몸을 숨기려는 순간, 그들이 들어서려던 그늘에서 오히려 몇 개의 인영이 튀어나오며 그들을 향해 가공할 경력을 뿌려 댔다.

"앗?"

파팡!

다급한 경호성과 격렬한 굉음이 거푸 터져 나오며 그늘 속으로 들어가려던 곽산쌍려 두 사람이 주춤거리며 뒤로 물러났다. 그중에서도 백의인을 업고 있던 여불회는 금시라도 쓰러질 듯 연신 휘청거렸으나, 부인인 기아향이 때맞춰 손을 내미는 덕분에 바닥에 나뒹구는 꼴은 당하지 않게 되었다.

하나 그들 부부의 안색은 누가 보기에도 참혹할 정도로 심하게 일그러져 있었다.

치열하게 전개되었던 장내의 싸움은 어느새 멈춰 있었다. 모두의 시선이 곽산쌍려와 그들의 앞을 막아선 일단의 흑의인들에게 고정되었다.

모든 사람들은 뜻밖의 사태에 처음에는 어리둥절하다가 이내 사태의 추이를 짐작하고는 분노에 찬 표정을 숨기지 않았다. 그중에서도 경만리의 분노는 누구보다도 큰 것이었다.

만만하게 보았던 희인몽에게서 뜻밖의 반격을 당하고 그녀에게 집중해 있는 사이 누군가가 동굴 속으로 들어가 유중악을 데리고 나오는 것을 전혀 알아차리지 못했으니, 그로서는 창피하기 이를 데 없는 일이었다. 장내의 상황을 압도할 자신이 있었기에 방해자들을 제거할 생각만 했지, 설마 자신들의 눈을 피해 술수를 꾸미는 자가 있으리라고는 추호도 예상치 못했던 것이다.

경만리는 한눈에 곽산쌍려를 알아보고는 이를 부득 갈았다.

'여불회, 기아향! 이 두 연놈들이 감히 나를 우롱하려 하다니……'

하나 그보다는 누가 그들을 막아 세웠는지 호기심이 치밀어 오른 경만리는 시선을 돌려 흑의인들을 살펴보고는 표정이 무겁게 굳어졌다.

곽산쌍려의 앞에 나란히 서 있는 사람들은 두 명의 흑포인들이었다. 검은 흑립을 쓰고 검은색 피풍의를 두른 그들은 머리끝부터 발끝까지 온통 칠흑같이 검은색 일색이었다. 그들의 특이한 복장과 전신에서 흐르는 은은한 살기에 경만리는 이내 그들의 정체를 짐작할 수 있었다.

"흑상문신……."

그의 입술을 뚫고 나직한 침음성이 흘러나오자 중인들의 얼굴에 경악 어린 빛이 떠올랐다.

그리고 그 말이 나오기를 기다리기라도 했다는 듯이 다시 몇 개의 인영이 장내에 나타났다. 마치 장내를 포위하듯 눈부신 신법으로 중인들을 에워싸고 있는 그들은 두 명의 흑포인과 네 명의 백포인들이었다. 곽산쌍려의 앞을 막아섰던 흑포인들을 합치면 그들의 숫자는 정확히 여덟 명이었다.

단순히 여덟 명이 팔방(八方)에 서 있을 뿐인데도 장내의 고수들은 모두 무거운 중압감을 느껴야 했다. 그것은 단순한 기세 이전에 보다 근본적인 심리상의 문제였다. 심지어는 오랫동안 한 지역의 패자(覇者)로 군림해 오며 거칠 것이 없었던 경만리도 마찬가지였다.

자신들을 둘러싼 여덟 명의 흑포인과 백포인들을 빠르게 훑던 경만리의 눈초리가 가느다란 경련을 일으켰다.

'흑백상문신이 모두 나타났구나. 그렇다면 혹시 그도 와 있는 것이 아닐까?'

뇌리에 한 사람이 떠오르자 두려움을 몰랐던 경만리의 몸이 자신도 모르게 부르르 떨렸다.

그리고 그의 그런 마음을 비웃기라도 하듯 수풀을 가르고 한 사람이 천천히 모습을 드러냈다. 음양포를 입고 머리가 눈처럼 새하얀 백발의 노인이었다.

그를 보자 경만리는 오히려 담담한 심정이 되었다. 두렵고 놀라던 가슴이 가라앉고 뜨겁게 끓어올랐던 머리가 차갑게 식어 버린 것이다.

백발 노인은 마치 산책이라도 하듯 뒷짐을 진 채 느긋한 자세로 걸어오고 있었다. 간혹 다른 사람과 시선이 마주치면 싱긋 웃어 보이기까지 했는데, 그때마다 누구도 따라서 웃거나 계속 그와 시선을 마주치는 사람이 없었다.

백발 노인의 시선은 마침내 경만리에게로 향했다. 백발 노인은 고개를 갸웃거리더니 반색을 했다.

"자네는 혹시 적선(赤仙) 나인기(羅仁起)의 제자가 아닌가?"

경만리는 웃는 얼굴로 정중하게 포권을 했다.

"저를 기억하고 계시는군요. 파동 적인문의 경만리가 복양 대협을 뵙니다. 별래무양하셨습니까?"

"노부야 늘 잘 있지. 그래, 자네 사부께선 정정하신가?"

"선사께선 이미 십여 년 전에 별세하셨습니다."

백발 노인은 나직하게 혀를 찼다.

"쯧, 강호의 큰 별 하나가 또 사라졌군. 그나저나 자네를 이곳에서 보게 될 줄은 몰랐네. 여기는 무슨 일인가?"

"제가 속해 있는 집단의 일을 보러 왔습니다."

"적인문의 일인가?"

"저는 얼마 전부터 강북녹림맹에 몸을 담고 있습니다."

백발 노인은 알겠다는 듯 고개를 끄덕였다.

"그렇군. 사여명은 능력이 좋은 인물이지."

경만리는 귀가 번쩍 뜨여 기대에 차서 물었다.

"사 맹주를 아십니까?"

"한번 만난 적이 있네. 재기가 넘치면서도 자신의 분수를 잘 알아서 호감이 가는 젊은이였네."

사여명은 사십이 넘은 중년인이어서 젊은이라고 하기에는 민망한 나이였다. 하나 백발 노인은 그가 새파랗게 젊은 애송이처럼 생각되었던 모양이었다.

경만리는 그걸 알면서도 굳이 그 점을 지적하지 않았다. 천하의 어떤 고수라도 백발 노인의 눈에는 그렇게 보일 법 했기 때문이다.

그것은 백발 노인이야말로 우내사마의 일인이며 강호에서 환우삼성과 함께 가장 배분이 높은 인물인 음양신마 복양수이기 때문이었다.

경만리조차도 적은 나이는 아니지만 복양수에 비하면 모든 면에서 애송이에 불과했다.

경만리는 복양수가 사여명과 친분이 있는 것 같자 내심 기대하는 마음이 생겼다. 하나 복양수의 다음 말은 그의 그런 기대를 산산이 깨뜨리는 것이었다.

"사여명에게서 무슨 지시를 받았는지는 모르지만 이만 돌아가도록 하게. 특별히 자네의 선사를 생각해서 자네에게 손을 쓰지는 않겠네."

경만리는 하고 싶은 말이 많았지만 한마디도 더 꺼낼 수 없었다. 그가 선사인 나인기에게 들은 복양수의 성격이 사실이라면 복양수의 말마따나 순순히 물러가도록 해 준 것만으로도 그로서는 큰 선심을 쓴 것임을 알고 있기 때문이었다.

경만리는 거의 손에 잡힌 일을 제대로 마무리 짓지 못해 아쉬웠으나 지금으로서는 어쩔 수 없음을 알고 강북녹림맹의 고수들과 함께 물러나고 말았다.

강북녹림맹의 고수들이 숨도 제대로 못 쉬고 떠나자 장내에는 경요궁의 인물들과 면사 여인, 그리고 곽산쌍려만이 남게 되었다.

복양수는 그들을 차례로 둘러보더니 이내 여불회가 업고 있는 백의인에게로 시선을 고정시켰다.

백의인은 안색이 백짓장처럼 창백했고 입가에는 핏자국이 선명했다. 입고 있는 백의 또한 여기저기가 찢어져 있어 낭패스런 모습이었다. 백의인의 숨결은 너무도 미약해서 자세히 듣지 않으면 숨이 끊어진 시체로 생각될 정도였다.

복양수는 물끄러미 백의인을 보고 있다가 나직하게 혀를 찼다.

"내 음양수 공력에 세 번이나 격중 당하고도 살아 있다니 무림제일호한(武林第一豪漢)의 명성이 거짓은 아니로군. 하지만 이래서야 시체나 마찬가지가 아닌가?"

그때 의식을 잃고 있는 줄 알았던 백의인이 천천히 눈을 떴다. 비록 예전의 형형한 안광에는 비할 수 없지만 그는 또렷한 눈빛으로 복양수를 응시했다.

"아직 시체는 아니지. 당신도 내 여의신창에 옆구리를 찔렸는데 어떻게 그리 멀쩡할 수가 있소?"

그의 음성은 그리 크지 않았고 힘도 거의 담겨 있지 않았으나 중인들의 귀에는 똑똑하게 들렸다. 그것은 아마도 그가 말꼬리를 흐리지 않고 분명하게 말을 내뱉었기 때문일 것이다.

복양수는 백의인이 눈을 뜰 것을 짐작이라도 하고 있었는지 조금도 놀라거나 당황하지 않고 자신의 왼쪽 옆구리를 한 차례 쓰다듬었다.

"자네의 창법은 확실히 고명했네. 다른 사람이었다면 아마 옆구리 부상 때문에 움직이기는커녕 숨도 제대로 못 쉬고 자리에 누워 있었을 것이네. 하지만 노부의 음양대진력(陰陽大眞力)은 천하에서 가장 회복이 빠르고 요상(療傷) 효과가 뛰어난 무공일세. 삼일 동안 꼬박 운공(運功)을 했더니 부상 부위가 씻은 듯이 나아 버리더군."

백의인, 유중악의 얼굴에 고졸(古拙)한 미소가 떠올랐다. 환상 제일창이라는 명성에 어울리지 않는, 약간은 허탈하고 씁쓸한 미소였다.

"확실히 내 무공은 당신에게 미치지 못하는군. 나는 몇 차례나 운공을 하려 했으나 진기를 끌어 올릴 수가 없었소."

뿐만 아니라 그 뒤로 줄곧 그를 뒤쫓는 무리들이 있어서 운공은커녕 제대로 쉴 수도 없었다.

하나 유중악은 그 점에 대해서는 아무런 언급도 하지 않았다. 설사 자신이 쫓기지 않았더라도 삼 일 만에 몸을 완전히 회복하고 추적에 나선 복양수에 비할 수 없다는 것을 누구보다 잘 알고 있기 때문이었다.

"노부의 음양수에는 상대의 진기를 전문적으로 흩어 버리는 파

쇄(破碎)의 기운이 담겨 있어서 일장(一掌)만 맞아도 내공을 사용할 수가 없지. 그런데 자네는 삼장이나 맞았으니 지금까지 살아 있는 것만으로도 용한 것일세."

"확실히 그런 것 같소."

복양수는 유중악을 물끄러미 쳐다보았다.

"자네는 언제까지 남의 등에 업혀 있을 셈인가?"

유중악은 자신을 업고 있는 여불회의 어깨를 두드렸다.

"여 형, 나를 내려 주시오."

여불회는 고개를 저었다.

"안 되네, 청천. 나는 무슨 일이 있어도 노방에게 데려갈 때까지 자네를 내려놓지 않겠네. 노방이라면 자네를 회복시킬 수 있을 거야."

유중악은 씁쓸하게 웃었다.

"내 몸은 내가 잘 알고 있소. 이미 진기가 가닥가닥 끊기고 진력이 고갈 나서 아무리 노방이라도 나를 회복시키기는 쉽지 않을 거요."

여불회는 더욱 단호한 표정으로 고개를 저었다.

"안 되네. 나는 더 이상 아무 말도 듣지 않을 테니 자네도 말하지 말게."

유중악은 무거운 한숨을 내쉬었다.

"나는 남에게 업힌 채로 인생의 마지막 순간을 맞이하고 싶지 않소."

그 말에 여불회는 물론이고 기아향과 면사 여인, 희인몽의 몸이 크게 흔들렸다.

"청천……."

"나를 내려 주시오."

유중악의 음성은 어느 때보다 조용했으나 그래서 더욱 비장하게 들렸다. 여불회는 입가를 실룩거린 채 몇 번이나 망설이더니 이윽고 조심스레 그를 바닥에 내려놓았다.

몸이 차가운 바닥에 닿자 유중악의 입술이 가늘게 떨렸으나 한마디의 신음도 흘러나오지 않았다. 몸을 길게 누인 유중악은 가느다란 한숨을 내쉬었다.

"후우. 편하군. 사실 당신의 등은 너무 굳은 근육으로 뭉쳐 있어서 조금 불편했었소."

여불회는 억지로 미소 지었다.

"그런 줄 알았으면 내 마누라에게 업으라고 할 걸 그랬네."

"여자에게는 업히는 게 아니라 안기는 거요. 하지만 남의 아내 품에 안길 수는 없으니 딱딱한 당신 등에 업히는 게 나로서는 최선의 방책이었소."

여불회가 다시 무어라고 대꾸하려 했으나, 그때 복양수의 나직한 음성이 들려왔다.

"말이 너무 많아지면 미련도 많아지는 법일세. 이제 그만 우리 사이의 일을 마무리 짓도록 하세."

유중악은 바닥에 누운 채로 복양수를 올려다보며 담담한 표정으로 고개를 끄덕였다.

"좋은 생각이오. 우리의 수다를 듣느라 지겨웠을 텐데 기다려

줘서 고맙소."

복양수는 천천히 뒷짐을 풀고 오른손을 들어 올렸다. 그의 손에 가공할 경력이 모여드는 것이 중인들의 눈에 확연히 보일 정도였다.

그때 몇 사람이 그의 앞을 막아섰다. 그들은 면사 여인과 희인몽이었다.

복양수는 조용한 눈으로 두 여인을 바라보았다.

"노부의 앞을 가로막은 사람은 지난 십여 년간 너희들이 처음이다. 그런 점에서 자부심을 느껴도 좋을 것이다."

마치 할아버지가 손녀딸을 대하듯 부드러운 모습이었으나, 면사 여인과 희인몽은 커다란 압박감을 느끼는 듯 신형이 한 차례 부르르 떨렸다. 하나 둘 중 누구도 뒤로 물러서는 사람은 없었다.

복양수는 그런 두 여인이 신기한 듯 두 사람을 차례로 훑어보더니 이내 입가에 엷은 미소를 지어 보였다.

"확실히 유중악이 강호 제일의 풍류남아라더니 거짓이 아닌 모양이로구나. 이렇듯 젊고 미색이 출중한 미녀들이 다 죽어 가는 그를 위해 목숨을 초개같이 버리려 하다니 말이야."

두 여인은 약속이라도 한 듯 입을 굳게 다문 채 아무런 말도 하지 않았다.

"노부는 여인이라고 해서 사정을 봐준 적이 없다. 어차피 자신이 하는 행동에 대한 결과는 자신이 책임지는 법이지."

복양수가 손을 쓰는 것을 제대로 보지도 못했는데 어느새 그의 양손이 면사 여인과 희인몽을 향해 무서운 속도로 날아들었다. 강호에서의 명성이나 지위로 보아 선수를 양보하거나 공격을 하기 전에 기척을 보일 법도 한데, 복양수는 전혀 그렇지 않았다.

상대가 누구든 자신이 할 수 있는 모든 수를 동원해 전력으로 대하는 것이 지금까지 복양수가 강호에서 싸워 온 방식이었다. 그리고 그것이 그가 신마(神魔)라 불리게 된 가장 큰 이유였다.

두 여인의 반응은 판이하게 달랐다.

면사 여인은 뒤로 훌쩍 물러나며 왼손을 빠르게 휘둘렀는데, 가뜩이나 새하얀 옥수가 유난히 하얗게 반짝거렸다. 그에 비해 희인몽은 어느새 뽑아 들었는지 수중의 연검을 휘두르며 앞으로 몸을 날렸다.

두 사람의 움직임은 서로 달랐으나 그 결과는 비슷했다.

콰앙!

귀청이 찢어지는 듯한 폭음과 함께 면사 여인의 몸이 훌훌 날아 삼 장 밖으로 나가 떨어졌다.

희인몽은 순식간에 다섯 번이나 복양수의 가슴을 노리고 다가들었으나 그때마다 그의 음양건곤수에 가로막혀 제대로 검식을 이어 나가지 못했다. 그녀는 공세를 무리하게 이어 나가다가 복양수가 내뻗은 음양탈화(陰陽奪華) 일식을 감당하지 못하고 피를 뿌리며 바닥을 굴렀다. 그녀의 손에 쥐어져 있던 연검이 십여 장 밖에 떨어져 내리는 광경은 보는 사람으로 하여금 허무함을 느끼게 할 정도였다.

복양수는 불과 십초도 안 되어 무공이 절정에 달해 있는 두 여고수를 쓰러뜨리고도 전혀 표정의 변화가 없었다. 다만 그는 면사

여인의 하얀 손에 부딪쳤던 자신의 왼손을 슬쩍 내려다보았을 뿐
이다.

"명옥공? 그렇다면…….."

그가 채 무어라고 중얼거리기도 전에 무언가 섬뜩한 것이 그의
미간으로 날아들었다. 그 섬광이 날아드는 속도는 너무도 빠르고
순간적이어서 복양수가 고개를 쳐들었을 때는 이미 그의 이마에
거의 도달해 있는 상태였다.

팍!

한 줄기 예리한 섬광이 번뜩였다가 사라졌다.

삼 장 밖으로 나가떨어졌던 면사 여인은 어느새 자리에서 일어
나 기대에 찬 눈으로 복양수를 바라보았다.

"아……!"

그녀의 입에서 탄성인지 신음인지 모를 소리가 흘러나왔다.

복양수는 오른손을 자신의 이마에 갖다 댄 자세로 우뚝 서 있
었다. 자세히 보니 그의 오른손에는 여인의 장신구 하나가 쥐어져
있었다.

장신구는 손가락 반절 길이에 끝이 유달리 뾰족했는데, 안목이
예리한 사람이라면 그것이 여인의 귀걸이임을 알아보았을 것이
다.

복양수는 자신의 손에 들린 대나무 잎 모양의 귀걸이를 내려
보고 있다가 천천히 고개를 돌려 면사 여인을 쳐다보았다.

"명옥공에 죽엽배(竹葉环)라…… 너는 옥부용의 제자로구나."

그 말을 듣고 있던 면사 여인이 갑자기 왈칵 피를 토했다.

"우욱!"

그 바람에 면사가 벗겨지며 삼십 대 초반의 아름다운 여인의 얼굴이 드러났다.

그녀는 다름 아닌 천수관음의 대제자 신수옥녀 능자하였다. 그녀는 한때 유중악과 염문이 나돌았을 정도로 그와 친밀한 사이였으나, 어느 순간부터 사이가 멀어져 많은 사람들의 아쉬움을 산 적이 있었다. 그런데 유중악이 위기에 처한 이 순간에 정체를 감추고 그를 위해 목숨마저 도외시하고 있으니 알다가도 모를 여심(女心)이 아닐 수 없었다.

능자하는 복양수와 정면으로 맞선 순간에 이미 심각한 내상을 입고 있었는데, 내상을 억지로 억누른 상태에서 무리하게 암기술을 펼치느라 내상이 더욱 도진 상태였다. 정면 대결로는 도저히 승산이 없다고 판단하고 일부러 삼 장이나 나가떨어져 그의 방심을 유도하고 치명적인 일격을 노렸음에도 복양수의 몸에 상처 하나 입히지 못한 것이 그녀에게는 더욱 큰 충격이었다.

능자하는 심신이 모두 크게 다쳐 자신의 몸도 제대로 가누지 못하고 있었고, 희인몽은 애검마저 놓쳐 버릴 정도로 심각한 부상을 입고 말았다. 단후명과 수신사위는 희인몽에게 다가가고 싶어도 자신들을 에워싼 흑백상문신에 가로막혀 꼼짝도 못하고 있었다.

주위를 둘러보던 복양수의 시선이 마지막으로 곽산쌍려 여씨 부부에게로 향했다. 아무 말 없이 물끄러미 그들을 응시하고 있는 복양수의 눈에는 그들에게 덤빌 테면 덤벼 보라는 무언의 빛이 담겨 있었다.

여불회와 기아향은 서로 얼굴을 마주 보더니 누가 먼저랄 것도 없이 고개를 끄덕였다.

여불회는 나직하게 소곤거렸다.

"예전에 내가 당신에게 한 약속을 기억하지?"

"무슨 약속이요?"

"당신과 한날한시에 태어나지는 못했어도 한날한시에 죽겠다는 약속 말이오."

기아향의 눈은 기이할 정도로 반짝거렸다.

"그걸 어떻게 잊겠어요?"

여불회는 빙긋 웃었다.

"그 약속을 지킬 때가 된 것 같소."

기아향은 부드러운 눈으로 그를 바라보았다. 그 속에 담긴 따뜻한 정을 여불회는 온몸으로 느끼고 있었다.

"당신은 정말 멋진 남자예요."

"당신도 정말 좋은 여자지."

두 사람은 서로 웃으며 손을 마주 잡았다.

"이제 저 하늘 높은 줄 모르는 마인에게 우리 부부의 힘이 얼마나 무서운지 보여 주도록 합시다."

여불회가 가슴을 탕탕 치며 큰 소리를 쳤으나, 기아향은 복양수를 힐끔거리며 낮은 음성으로 속삭이듯 말했다.

"우리가 아무리 용을 써도 그가 우리를 무서워할 것 같지는 않군요."

여불회는 그런 그녀가 못내 사랑스러운 듯 입가에 미소를 매달았다.

"그럼 우리의 사랑이 얼마나 뜨거운지 보여 주는 걸로 하지."

기아향은 만족스러운 표정으로 고개를 끄덕였다.

"그게 좋겠어요. 우리가 가장 자신할 수 있는 것이니."

"역시 그렇지?"

두 사람은 몸을 돌려 복양수의 앞에 나란히 섰다. 유중악은 몇 번이나 그들을 향해 무어라고 말을 하려다 그들의 표정을 보고는 아무 말도 하지 못했다. 그들의 얼굴에 떠올라 있는 미소만 보아도 그들의 지금 심정을 너무도 잘 알 수 있기 때문이었다.

아마 자신이 그들의 입장이 되었어도 역시 같은 행동을 취했을 것이다. 그러니 그가 어찌 그들의 마지막 소원을 깰 수 있겠는가?

유중악은 차마 그들의 최후를 보고 싶지 않아 고개를 돌렸다. 눈이 흐릿해지는 것이 눈물 때문인지 아니면 진기의 흐름이 끊긴 때문인지는 그도 알 수가 없었다.

그때 문득 유중악은 멀지 않은 숲 속의 한편에서 한 사람이 천천히 걸어오고 있는 것을 보았다.

자신 하나 때문에 오늘 이곳에 그토록 많은 고수들이 몰려들었는데 아직도 더 올 사람이 남아 있단 말인가?

유중악은 문득 우스운 생각이 들어 소리 내어 웃으려다 그 사람의 모습이 어딘지 낯익은 것을 깨닫고 안력을 최대한 돋우어 보았다.

흐릿한 시야에 그 사람의 모습이 조금씩 선명하게 보이고 있었다.

유난히 훤칠한 키에 차분한 눈빛을 한 사나이였다. 자세는 곧았고, 허리춤에 한 자루의 검을 차고 있었다. 왼쪽 뺨에 움푹 파여들어간 칼자국이 유난히 시선을 끌었다.

그 칼자국을 보다 사나이의 시선을 마주한 유중악의 눈에 뿌연 물기가 차올랐다. 유중악은 눈물을 보이기 싫어 고개를 떨구었다.

진산월은 그런 유중악을 한동안 바라보다 천천히 시선을 돌렸다. 그의 시야에 이글거리는 눈으로 자신을 보고 있는 복양수의 모습이 가득 들어왔다.

(군림천하 28권에서 계속)

목용단 신무협 장편소설

천하무적 백무결

무공의 원류, 태을신맥의 전승자 백무결!

은인자중(隱忍自重).
수천 년을 내려온 태을신맥의 계율은 백무결의 대에 와서
무참히 깨지고 만다.
사부의 무단가출을 틈 타 강호로 나선 백무결은
사해전장과의 인연을 시작으로 온 무림의 경계 대상으로 거듭나는데……

"어디까지 바라보고 계십니까?"
"어디까지 가고 싶은데?"
"전인미답(前人未踏)."
"데려가 주지."

천하무적 백무결!
이제 강호의 상식 대신 백무결의 상식이 통용된다!

공 현대판타지 장편소설

MEMORY OF SPACE

01

작가 공이 선보이는 신개념 현대 판타지
과거를 지배하는 자, 세상을 손에 넣으리라

『공간의 기억』

자살한 아내의 무덤을 찾은 최우혁
돌아가는 길에 만난 산사태의 흙더미 속에서
과거를 볼 수 있는 안경을 발견한다

안경의 능력으로 수많은 사건을 해결하면서
순식간에 스타 형사가 되지만, 호사다마라고 했던가
자살이라 생각했던 아내의 사인에 얽힌 진실을 알게 되는데……

"기다려라, 내가 꼭 콩밥 먹여 줄 테니까."

그를 노리는 권력자들의 방해와 음모!
안경과 초고대문명의 힘으로 난관을 헤치고
이 추악한 자들의 세상을 뒤집으리라!

미리혼 신무협 장편소설

귀검무영

『귀환』『귀창』의 작가 미리혼이 선보이는 새로운 패러다임!
귀(鬼) 시리즈의 두 번째, 묵직함과 강렬함을 계승한 무협이 왔다!

『귀검무영』

이유도 모른 채 지옥과도 같은 금마갱에 갇힌 용일
하루하루 절망과 죽음에 대한 공포와 맞서던 중
우연히 만박자가 남긴 귀문에 대한 글귀를 발견하지만
결코 풀려날 수도, 탈출할 수도 없음에
자포자기로 망연자실하고 마는데……

우연히 찾아온 기회! 생존, 그리고 구출!

끽해야 능력 없는 삼류 건달에 불과했던 용일은
긴 세월 동안 자신을 감금해 둔 이들에게 복수하기 위해
정체도, 존재도 알 수 없는 귀문을 무작정 찾아 나선다

그리고 십 년……

마침내 강호로 귀환한 용일의 복수행이 바야흐로 시작되었으니
이제, 기이막측한 그의 귀검은 광풍처럼 휘몰아치리라!

최대 장르문학 사이트 최단기 화제작!
진정 패왕에 이른 자의 제일보가 시작된다!

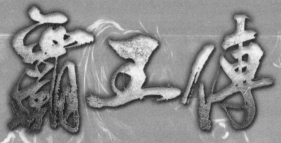

『패왕전』

무림의 절대 세력, 무천무국(武天武國)!
금단의 무공에 손을 댄 칠제자 진천풍은
단전이 부서진 채 쫓겨나고 마는데……

오직 무공만을 위해 살아오던 삶, 부서진 단전
주색과 도박에 빠져 폐인이 되지만
그것은 잠룡의 기다림(潛龍勿用)이었으니……!

"사람이 어떻게 단번에 변합니까?"
"없어졌거든. 지켜보는 눈들이."

만부막적(萬夫莫敵), 절대패왕(絶對覇王)!
무림의 역사를 새로 쓸 패왕을 보라!

호현
신무협 장편소설